U0330231

珠海文艺评论书系

叩问与超越：
苏曼殊文艺创作研究

韦驰 著

KOUWEN YU CHAOYUE:
SUMANSHU WENYI CHUANGZUO YANJIU

中山大学出版社
·广州·

图书在版编目（CIP）数据

叩问与超越：苏曼殊文艺创作研究/韦驰著 . —广州：中山大学出版
社，2024.4
（珠海文艺评论书系）
ISBN 978 - 7 - 306 - 08019 - 6

Ⅰ. ①叩…　Ⅱ. ①韦…　Ⅲ. ①苏曼殊（1884—1918）—古典诗歌—诗
歌研究　Ⅳ. ①I207.22

中国国家版本馆 CIP 数据核字（2024）第 033616 号

出　版　人：王天琪
策划编辑：吕肖剑
责任编辑：王　璞
封面设计：曾　斌
责任校对：周　玢
责任技编：靳晓虹
出版发行：中山大学出版社
电　　话：编辑部 020 - 84110283，84113349，84111997，84110779，84110776
　　　　　发行部 020 - 84111998，84111981，84111160
地　　址：广州市新港西路 135 号
邮　　编：510275　传　　真：020 - 84036565
网　　址：http://www.zsup.com.cn　E-mail：zdcbs@mail.sysu.edu.cn
印　刷　者：佛山市浩文彩色印刷有限公司
规　　格：787mm×960mm　1/16　12.25 印张　215 千字
版次印次：2024 年 4 月第 1 版　2024 年 4 月第 1 次印刷
定　　价：48.00 元

总　序

　　珠海，百岛之市，浪漫之城。古至新石器时代，有宝镜湾岩画；中至秦汉时期，为南海郡、南越国之属地；近到晚清民国，为香山文化之核心区域；今天，时值走向中华民族伟大复兴的新时代，珠海更是屹立在改革开放潮头，书写着属于自己的精彩篇章。

　　1980年，珠海市被设立为经济特区，从此驶入经济发展和文化繁荣的快车道。这里是海上丝绸之路的节点，是距离澳门最近的城市，多种文化在这里汇聚、碰撞和升华。温润的文化土壤吸引来大批文化工作者以及文艺创作者，耕耘于斯，收获于斯。他们的存在使得珠海的文艺创作迎来百花齐放的芬芳格局。文艺创作的繁荣也相应地带动了文艺评论的发展。显而易见的是，文艺评论的兴起对于规范珠海文艺界的艺术创作、提高艺术工作者的理论水平起到了不可或缺的积极作用。珠海市文艺评论家协会正是在这种大环境下应运而生的。

　　一个时代有一个时代的文艺，一个时代也有一个时代的文艺批评。要推动文艺繁荣发展，加强文艺评论工作是极其重要的一个方面。习近平总书记指出，"要高度重视和切实加强文艺评论工作"，"要加强和改进文艺理论和评论工作，褒优贬劣，激浊扬清，更加有效地引导创作、推出精品、提高审美、引领风尚"。社会主义现代化建设，除了要有高度的物质文明，还要有高度的精神文明，要习惯于"两条腿走路"。文艺评论是社会主义文艺建设的重要抓手之一。推进文艺评论建设，对于监督文艺创作、净化艺术环境、弘扬中华美学精神等都有着非凡的意义。

　　珠海市作为粤港澳大湾区的桥头堡之一，文化建设至关重要。繁荣珠海文化事业，促进珠海文艺发展，是珠海市每一位文艺工作者、每一位艺术创作者义不容辞的责任，也是珠海市文艺评论家协会等社会团体义不容辞的责任。只有百花齐放、激浊扬清，才能促进精品佳作的不断涌现，才能抵制社会上金钱至上、炫富媚俗的文艺流毒。在这个过程中，文艺评论和文艺评论协会理应起到当仁不让的作用。

一直以来，珠海市广大文艺评论工作者认真贯彻党的文艺方针政策，以对历史负责、对民族负责、对未来负责的精神，自觉提高专业素养和综合素质，主动传承中华美学精神，弘扬本土优秀文化，发挥文艺评论的引领功能。珠海市文艺评论家协会遵循"百花齐放，百家争鸣"的方针，牢牢把握社会主义先进文化的前进方向，不断推陈出新，繁荣文艺创作，提高读者的欣赏能力；始终坚持以人民为中心的创作导向，扎根生活、扎根人民、扎根基层，坚持"三贴近"原则，以丰富多彩的艺术形式和表现手法，推出更高水准的文艺评论成果。

在中国共产党成立一百周年之际，中共珠海市委宣传部设立宣传文化发展专项资金资助项目，支持出版"珠海文艺评论书系"，并由中山大学出版社出版。书系依照整体策划、独立成书的原则分批次推出。首批包括《唐涤生戏剧艺术研究》《叩问与超越：苏曼殊文艺创作研究》《拒绝合唱：散文的精神》《星空下的潮涌——1980 年代以来的珠海小说》和《古元美术研究》五部著作。这是珠海文艺评论界对党的百年华诞的温情献礼，也是珠海文艺评论实力的集中亮相。

"珠海文艺评论书系"所选篇目，不仅体现出文艺评论的专业性水准，而且浸透着挥之不去的人文情怀。单就研究对象而言，便蕴含了深深的缅怀之念。古元，字帝源，生于广东省珠海市唐家湾镇那洲村，是一个农村虾仔出身的名画家。出生在广东香山县（今珠海市沥溪村）的苏曼殊，能诗擅画，通晓汉文、日文、英文、梵文等多种文字，可谓多才多艺，在诗歌、小说等多个领域皆引领一时风骚。珠海唐家湾人唐涤生，更是把粤剧表演与京剧艺术、舞蹈艺术融合起来进行创造性转化，开创一代先河……这些前辈艺术家，其文化血脉之根不只在岭南，更是在珠海。可以认为，本书系的出版，是对前辈艺术家的致敬，更是驻足于新时代的文化语境中对一代文化巨人的追思。

"珠海文艺评论书系"的付梓，是珠海文艺界的一件好事，也是珠海文艺评论界的一件大事，象征着珠海文艺评论工作经过多年磨砺，已渐至佳境、日臻成熟。作为珠海文化建设的新起点，我们相信，这套带着淡淡墨香的书系，尽管未必尽善尽美，但终将行稳致远，拥有美好的未来。

是为序。

"珠海文艺评论书系"组委会

2021 年 11 月 30 日

目 录
Contents

绪论：苏曼殊，我该怎样诠释你 …………………………………… 1

第一章 《断鸿零雁记》解读一：精神分析 ………………………… 30

第二章 《断鸿零雁记》解读二：因果解构 ………………………… 41

第三章 《碎簪记》：一种读者反应与新批评式解读 ……………… 49

第四章 苏曼殊小说地理学 …………………………………………… 67

第五章 苏曼殊诗歌意象语言特征 ………………………………… 105

第六章 苏曼殊诗歌对等原则中的隐喻与用典之魅 ……………… 127

第七章 中国诗学与日本诗学中的苏曼殊诗歌 …………………… 146

第八章 苏曼殊三部爱情组诗的抒情叙事艺术 …………………… 161

后 记 ………………………………………………………………… 187

绪论：苏曼殊，我该怎样诠释你

中国近现代作家苏曼殊的人生非常短暂，但是他挑战生活和文学的陈规窠臼，创作的小说与诗歌表现出了动人的情感和迷人的技巧，引发出影响读者的"地震波"。直至今天，他的文学作品仍然给人一种别样的新意，100多年来，文学研究者从不同角度探讨苏曼殊文学作品，传记作者也精心镂刻自己心中的苏曼殊形象。正因如此，我研究苏曼殊文学世界侧重于他的小说与诗歌，因为小说与诗歌是苏曼殊研究中仍有巨大空间可以进行挖掘的内容；但同时，小说与诗歌这两扇窗又是洞察苏曼殊这一传奇人物创作心理最为重要的途径与依据。

站在21世纪20年代的节点上，我拟用当代批评理论重新诠释苏曼殊文学世界。新的理论有助于我使用一些有价值的新方法来看待自己和世界，它只会增强而不会降低我对苏曼殊文学的鉴赏力与分析力。

苏曼殊及其文学研究概述

苏曼殊原籍广东珠海，珠海市沥溪村至今仍然保留苏曼殊故居。苏曼殊的祖父苏瑞文以经营进出口业起家；父亲苏杰生是旅日华侨，在横滨任某英商洋行买办，娶一妻三妾，长妾河合仙是日本人。苏曼殊1884年出生于横滨，生母是苏杰生长妾河合仙的妹妹若子。苏曼殊的同父异母妹妹苏惠姗在1978年2月台北传记文学出版社出版的《传记文学》第32卷第2期上发表文章《亡兄苏曼殊的身世——致罗孝明先生长函》中写道："第二庶母河合仙氏，入苏家已多年，未有所生。……斯时仙姐有妹，名若子，年在芳龄，已随其姊入苏家，愿作偏室。惟先父……未得双亲允许，仍未再纳偏室。但同居日久，已身怀六甲，正是曼殊兄在出世前之时期。……曼殊兄确实是河合氏之妹'若子'所生。……置之柴房以待毙。"据苏惠姗叙述，苏曼殊既是私生子又是混血儿。他刚刚出世，母子二人便被赶出苏家之门，母亲带他在日本外祖父家居住三年。后来，苏家因生女多而生男少，才把苏曼殊从日本领回广东珠海，但拒绝他的母亲再入苏家。由于没有母亲的庇护，苏曼殊13岁那年生了一场大病，却得不到医治，被家族"置之柴房以待毙"，苏曼殊童年之凄惨可见一斑。成年以后，苏曼殊以上海为中心，足迹遍布江苏、浙江、湖南、广东、安徽、香港以及日本和东南亚各地，没有固定职业，穷困潦倒，死于五四运动前夕的1918年，年仅35岁。在短暂的一生中，苏曼殊留下5部中短篇小说，现存103首诗，虽然量少，但是它们在中国近代文学世界中熠熠生辉。

早期对苏曼殊及其文学作品进行研究的有章太炎、柳亚子、柳无忌、杨鸿烈、张定璜、周作人、郁达夫、陈独秀、陈子展等人，近期则有任访秋、裴效维、马以君、李欧梵、陈平原、宋益乔、邵迎武等人。主要研究著作有，柳亚子编的《苏曼殊全集》（上海北新书局1947年版，北京中国书店1985年影印本）、柳无忌编的《曼殊大师纪念集》（重庆正风出版社1944年版）、黄鸣岐的《苏曼殊评传》（上海百新书店1949版）、朱传誉编的《苏曼殊传记资料》（台北天一出版社1979年版）、唐润钿的《革命诗僧——苏曼殊传》（台北近代中国出版社1980年版）、刘斯奋注的《苏曼殊诗笺注》（广东人民出版社1981年版）、裴效维校点的《苏曼殊小说诗歌集》（中国社会科学出版社1982年版）、马以君注的《燕子龛诗笺注》（四川人民出版社1983年版）、刘心皇的《苏曼殊大师新传》（台北近代中国出版社1984年版）、陈平原编的《苏曼殊小说全编》（珠海出版社1985年版）、曾德珪编注的《苏曼殊诗文选注》（陕西人民出版社1986年版）、［美］柳无忌编的《苏曼殊研究》（上海人民出版社1987年版）、宋益乔的《情僧长恨：苏曼殊》（北岳文艺出版社1987年版）等。有关早期苏曼殊及其作品的研究文集和研究论著还可以列出一长串的名目，它们为我们日后研究苏曼殊文学提供了最原始的支撑。

20世纪80年代末以来，内地、中国台湾以及中国香港出现了一批苏曼殊传记或评传类作品，日本和美国也有几个版本。例如，李蔚的《苏曼殊评传》（社会科学文献出版社1990年版）、［日］饭冢郎的《诗僧苏曼殊》（甄西译，山西教育出版社1990年版）、邵迎武的《苏曼殊新论》（百花文艺出版社1990年版）、邵盈午的《苏曼殊传》（团结出版社1998年版）、王长远的《沉沦的菩提——苏曼殊传》（长春出版社1995年版）、朱少璋的《燕子山僧传》（香港获益出版事业有限公司1997年版）、［美］柳无忌的《苏曼殊传》（王晶垚、李芸译，生活·读书·新知三联书店 1992 年版）、朱少璋的《苏曼殊散论》（香港下风堂文化事业出版公司 1994 年版）、毛策的《苏曼殊传论》（中国人民大学出版社 1995 年版）、黄轶的《苏曼殊与中国文学现代转型研究》（中国出版集团东方出版社 2016 年版）、唐珂的《跨文化的行者苏曼殊：一种语言符号学探索》（复旦大学出版社 2019 年版）等传记和论著，从不同的角度对苏曼殊短暂而复杂的一生以及苏曼殊文学进行了有益的梳理与探讨，这些丰硕的成果无疑为我们日后进一步研究苏曼殊在学术资料准备以及认知角度方面提供了参照。

苏曼殊从东西方文化的传统中汲取养分，并在近现代生活中看到富有生命力和创造性的一面。苏曼殊文学是近现代中国文学进程中一个不可忽视的重要组成部分，其艺术世界既体现抒情小说在主题、创作特点、艺术手法等方面的共性，同时又独具特色。虽然他只创作了 5 部中短篇小说，另一部小说尚未完成，但它们却构成了中国叙事文学现代转型之际继往开来的一个重要极点。苏曼殊的诗歌熔铸大量典故与历史于一炉，以深刻的哲思意蕴和杰出的艺术技巧，揭示了人的精神困境。同时，苏曼殊从自己的情感体验与日常生活中汲取创作诗歌的素材，围绕永恒、爱情、家国情怀等主题，彰显其诗歌内容的广泛，表现其对灵魂深处的内省。苏曼殊诗歌诗风独特，想象大胆，擅用意象，语言朴素睿智，诗语给人强烈的直觉与瞬间的感官反应，一瞬间的思想和稍纵即逝的景物能使人从中获得对人生隐秘的顿悟。

以苏曼殊小说为例，大多数研究者围绕苏曼殊小说第一人称叙事或自传性小说、苏曼殊抒情小说、苏曼殊与五四浪漫抒情派文学之间的关系（包括与鸳鸯蝴蝶派之间的关系）、苏曼殊小说与现代文学悲剧意识、苏曼殊哀情文本等方面进行研究。例如，学者李欧梵这样评价苏曼殊："苏曼殊透过其风格及技巧，不但将'传统古老的中国传统，以西方清新而振奋的浪漫主义，幻化成一个全新的组合'，同时包含着这一过渡时期的一种普遍的情绪，也就是倦怠、骚乱和迷惑。"[1] 李梵欧这一段话，使我们自然而然地想到苏曼殊的小说《断鸿零雁记》《绛纱记》《碎簪记》都有对苏曼殊自己的现实境遇和心路历程的投射，混血儿身份、长年的羁旅阅历、西方文化与东方佛教的交融，这些因素凸显了苏曼殊小说主题的矛盾性和思想情绪的复杂性，使得苏曼殊小说叙事方式别出心裁，无论是对五四时期的一代作家，还是对后来中国小说叙事的变向，都产生了深远的影响。

---

[1] 李欧梵：《中国现代作家的浪漫一代》，王宏志等译，新星出版社 2005 年版，第 76 页。

《跨文化的行者苏曼殊：一种语言符号学探索》的作者唐珂对苏曼殊小说如是评价："就小说叙述者的构架而言，苏曼殊是中国小说现代转型当之无愧的先驱者。《碎簪记》《断鸿零雁记》和《绛纱记》打破第一人称叙述者的旧传统，实践了二度模式系统下第一人称叙述程序的丰富多样性。……另外，晚清域外小说翻译的热潮很可能是苏曼殊小说叙述者和叙述策略的创新的主要源泉之一。"① 由此可见，苏曼殊小说第一人称代词所牵引的话语机制，我们要想挖掘其本质内涵，必须推陈出新，在传统研究的基础上注入新的元素，通过新的视角挖掘苏曼殊小说的作者形象。只有从科学的、新的学术研究视野出发，才能正确把握具有许多新特点的苏曼殊小说中的作者形象，才能深刻理解苏曼殊小说的深层含义。

《苏曼殊与中国文学现代转型研究》的作者黄轶认为："从苏曼殊小说来看，在近现代中西文化的交汇中，苏曼殊善于从西方小说中汲取营养：一是突破了中国古代小说第三人称陈述记录见闻的叙事模式，采用国外小说常用的第一人称的手法；二是突破古典小说章回体传统表现模式，采用自由分节的结构形式；三是继承以情节、行动为轴心的构架方式，但也重外貌和心理刻画、自然环境描写，用人物的心境变迁来推动情节展开；四是大量运用穿插、倒叙；五是创作形式多为短篇体制，等等。苏曼殊自叙小说体的选择，既有西洋文学也有日本小说技巧对他的影响。"② 同时，黄轶认为，苏曼殊感伤、抒情、爆满生命意识的诗情小说表现得较为卓异：第一，苏曼殊开始尝试着把人物作为抽象的抒情符号；第二，苏曼殊小说很注重抒情意象的营造，若以抒情体写叙事文学论，苏曼殊可算是第一位的，苏曼殊小说文本成为中国小说从单一作为叙事文学向抒写个人"生的苦闷"和"性的苦闷"的浪漫抒情文学过渡的一座桥梁；第三，在文艺原则的维护上，苏曼殊注重文学的审美价值，有自觉的文体意识；第四，苏曼殊用小说传达了一份现代知识分子文化冲突间渴念爱与自由的情感。由此往后，当我们再度研究苏曼殊文学时势必会发生方法论上的转向，即从过去传统单一的文学批评研究转向综合的语文学研究，探索最为合适的阐释苏曼殊文学作品的方法。这一转向与当代文学语境密不可分。

北京大学中文系教授陈平原说："中国古代小说缺的是由'我'讲述'我'自己的故事，而这正是第一人称叙事的关键及魅力所在。……第一人

---

① 唐珂：《跨文化的行者苏曼殊：一种语言符号学探索》，复旦大学出版社 2019 年版，第 207 - 208 页。
② 黄轶：《苏曼殊与中国文学现代转型研究》，中国出版集团东方出版中心 2016 年版，第 116 页。

称叙事仅仅依靠'讲述'这一动作就很容易使主人公故事具有整体感，这无疑是一种容易取巧的结构方法。'他的经历也许并非显得合乎逻辑地艺术地联结在一起，但起码由于所有部分都属于同一个人这种一致性，而使这一部分跟其他部分联结起来。……第一人称将把一个不连贯的、框架的故事聚合在一起，勉强使它成为一个整体。'……从便于抒发自我感情的角度来采用第一人称叙事方式的，我们能举出来的大概只有苏曼殊的《断鸿零雁记》等寥寥几篇。"① 结合陈平原关于小说第一人称叙事之论，我发现苏曼殊小说第一人称叙述结构中并存多种视角，例如，在《碎簪记》中就有多个叙述声音的融合，"我"中有"我"以及"我"中有"他"的叙述都使小说作者形象难以捕捉，这无疑增加了读者接受行为的复杂性。苏曼殊的小说《碎簪记》《断鸿零雁记》和《绛纱记》叙述结构的复杂性首先表现在对作者形象范畴的认知上——它们不单单是实有作者的形象，也不是作者的代言人如叙述者、讲述人的形象，同样不是那个隐含在小说中的作者的形象，而是一个有着多层次、多形态和多含义的复杂结构。

　　当我阅读完苏曼殊所有小说《断鸿零雁记》《绛纱记》《焚剑记》《碎簪记》《非梦记》以及《天涯红泪记》（未完稿）后，在分析这些小说作者形象时，我发现其表征形态既包括作者苏曼殊本人语境，又包括作者意识的语言表现：第一，现实生活中的真实作者即苏曼殊本人的世界观、创作的个人特点、作者意识都潜移默化地渗透在小说之中；第二，处于创作状态的作者苏曼殊表现为各级叙述角色，他们是苏曼殊在小说中的面具或者说是表演者的脸谱，这些角色形象是不受真实作者苏曼殊的意志控制的；第三，已完成的小说是集多个因素于一体的一个复杂结构，苏曼殊对小说叙述结构和叙述者的选择是体现小说作者形象的一个重要手段，各级叙述角色以及叙述结构的安排是作者苏曼殊意识的具体体现；第四，小说的话语层次分为叙述者话语和人物话语，这两个层次中所运用的叙事技巧必然体现出作者苏曼殊的意识、小说作者形象；第五，隐含读者是隐含作者的一个理想读者，是其知心人，小说在某种程度上是以理想读者为假定对象创作的，其中必然渗透着以该目标为基础的作者"第二自我"的形象；第六，具体读者在构建作者形象过程中起"混凝"作用。通过对小说和作者两大范畴的解读，具体读者脑海中形成了对体现在小说中的苏曼殊本人的认识，这一认识与小说和作者两个范畴相互作用，共同构筑起坚实的作者形象的大厦。苏曼殊小说是一个包含

① 陈平原：《中国小说叙事模式的转变》，上海人民出版社1988年版，第78－79页。

真实作者、隐含作者、叙述者（包括讲述人）、小说本身、小说世界中的人物、读者等各级语言主体和意识主体在内的多层次、多视角的复合结构。

与小说相比，苏曼殊诗歌的风格独具一格。"风格"是一个令人艳羡、神往，并闪耀着奇光异彩的词汇。一般来说，文艺理论范畴内的风格概念是指艺术作品在整体上所呈现出的具有代表性或标志性的独特面貌。具体谈到以语言文字为工具的形象化反映现实的艺术形式——文学——同样可以运用"风格"这一术语进行考察与探究。从文学风格"语言论、主体论、整体论、接受论"来看，文学风格这一概念在理论上始终存在某种不确定性。从表现形态上看，它既具体又抽象。它在文学作品中几乎无处不在，然而却又难以把握。在作品构成的诸多要素中，它并非内容或形式的单一方面，而是同时存在于内容和形式的各个方面。因此，我认为，单从内容或形式的其中一个角度阐释苏曼殊诗歌的风格显然是不全面的，如果要把握苏曼殊诗歌的风格，势必要将语言学、修辞学角度和文艺学角度结合起来，就这方面而言，苏曼殊诗歌确实是一抹炫目的动人心弦的色彩。苏曼殊诗歌现存103首，它们就像高难度的哲学诗，抵抗平庸。与苏曼殊小说使用第一人称叙事一样，苏曼殊诗歌也频繁使用第一人称，可见，自叙性是苏曼殊诗歌的显著特征。同时，苏曼殊许多诗歌使用暗喻，使诗句与诗句之间的过渡，连接起没有人能看得出来的相似性。当我们读到"偷尝天女唇中露"这样诗句时想必一定紧张刺激，具有魅力，生生勾出魂灵，也就是说，你得继续往下读，因为苏曼殊诗歌秘密中还隐藏着新的秘密。总之，苏曼殊诗歌所带来的瞬间的狂喜是绝对真实的。

《苏曼殊与中国文学现代转型研究》的作者黄轶认为："苏曼殊诗的自叙性体现在三个方面：一是小诗前以大段题记或以较长的诗题交代作诗时的生活、心情等背景材料，这些材料与其诗歌内容形成互指，诗歌内容又与其现实生存实况相吻合；二是频繁使用吾、余、我、予等第一人称词语，达到了突出叙事者主体的功用，凸显了主体的情绪流动，使整个诗篇具有强烈的抒情性，也使读者的情绪深深融入诗人的情绪之流；三是大量运用设问句。"① 苏曼殊诗歌由于具有浓郁的自叙性，它们给人一种自然与空灵、动感与抒情、清新与感伤的阅读体验。华南师范大学文学院教授覃召文在《禅月诗魂——中国诗僧纵横谈》一书中指出，在中国僧人诗发展史的中晚唐、明末清初、清末民初三个阶段上："敬安、曼殊作为这股诗潮的清末民初主要

---

① 黄轶：《苏曼殊与中国文学现代转型研究》，中国出版集团东方出版中心2016年版，第109-110页。

代表（可以纳入这股诗潮的还有他们前后的道安、竺云、宗仰、演音、太虚等等）就好比是两颗熠熠生辉的明珠，为近代诗坛增添了奇光异彩。"① 中国文学史家陈子展说："我常以为近代有两个诗僧，都是天分绝高，不甚读书，却会作诗。其一为敬安上人，字寄禅，即世所称八指头陀……其一即曼殊上人。寄禅很见重于王闿运、郑孝胥一班人，曼殊就很见称道于现今文学界。"② 著名文艺评论家、诗人谢冕说："苏曼殊无疑是中国诗史上最后一位把旧体诗做到极致的诗人，他是古典诗一座最后的山峰。"③ 有关苏曼殊及其诗歌的评论，我还可以列举很多。上述这些专家学者的论述体现他们对于苏曼殊个人的看法及对其诗歌的评价持着充分肯定与积极态度，是后继的苏曼殊研究者们必不可少的参照。

苏曼殊有一般作家所无的特殊的敏感和想象力，是一位集多面于一身的奇才，他洋溢着激情的世界意识，以及他的人文主义精神、战斗精神和聪明才智，都可以在他非凡的人生传奇、小说、诗歌中找到证据。苏曼殊的小说、诗歌广受读者欢迎，也备受评论界关注，不少研究者从苏曼殊身世、从语言学和修辞学及文艺学相结合的角度，对苏曼殊小说与诗歌风格的艺术表达体系进行整体性把握，既关照作家作品的语言特点和修辞表现手段，又对作品主题、艺术形象、情节等因素的艺术表达方法进行阐释和分析，试图形成一套比较系统的文学修辞视角下的苏曼殊小说与诗歌风格研究体系。

中国近代文学研究学者裴效维对苏曼殊及其文学作品作总结式的评价："毋庸讳言，从整个中国文学史来看，苏曼殊确实算不上什么了不起的作家，严格地说，他的作品无论在思想方面还是艺术方面都是不成熟的，都存在着明显的缺陷。这主要是由下列两个原因造成：其一，苏曼殊享年短促，只活了 35 岁，他的作家生涯只有十多个年头。而且在这期间他还不花了不少时间去学习英文、法文、梵文、日文等多种外语和研究佛学等，同时由于穷困潦倒，又不得不从事教育工作和四处流浪来维持生计，这样一来，他用在创作上的时间也就很有限了。其二，苏曼殊在创作上的准备是不充分的。据苏曼殊的同学冯自由说，苏曼殊在大同学校期间，'性质鲁钝，文理欠通，绝未显其头角'④，甚至直到 1903 年即苏曼殊开始创作的时候，他还处于'汉文的程度实在不甚高明，连作诗的平仄和押韵都不懂的地步'，后来'由着

---

① 覃召文：《禅月诗魂——中国诗僧纵横谈》，生活·读书·新知三联书店 1994 年版，第 225 页。
② 陈子展：《中国近代文学之变迁：最近三十年中国文学史》，上海古籍出版社 2000 年版，第 168 页。
③ 谢冕：《1898：百年忧患》，山东教育出版社 1998 年版，第 151 页。
④ 冯自由：《苏曼殊之真面目》，见《革命逸史》（初集），中华书局 1981 年版，第 168 页。

曼殊自己去找他爱读的诗，不管是古人的，还是现代的，天天拿来读。读了这许多东西以后，诗境便天天的进步了'①。可见，苏曼殊是边学习边写作的。因此，苏曼殊的作品存在这样那样的缺点是很自然的。但是，苏曼殊生活在一个特殊的历史时期，又取得了独特的成就，因而他在文学史上的地位又是不容抹杀的。……综观苏曼殊的一生可以看出，他在政治上是进步的，在文学上也是有贡献的，因此他的作品理所当然地应当成为我国优秀文化遗产中的组成部分。"② 综观前人研究发现，大家对苏曼殊文学均予以高度评价，可见苏曼殊文学是中国文学史不可或缺的重要组成部分。

当代批评理论视野中的苏曼殊小说

当我运用后现代精神分析、因果解构、读者反应与新批评、文学地理学等当代批评理论去分析苏曼殊小说的时候，这就意味着我正在走着一条与前人研究苏曼殊文学完全不同的路径。对于同一部文学作品，不同的理论阐释可能产生极为不同的见解，因为它们集中关注的是不同的人物和不同的情节内容；即便对于同一人物和事件，也可能会产生完全相反的看法。但各派理论之间也可能有许多重合之处，对于同一部文学作品，它们的解读可能彼此兼容，甚至相似。如果用一种不恰当的理论框架去解读作品，很可能徒劳无功。在理论与作品之间牵强附会，会产生削足适履的弊病，无论对于作品，还是对于理论，都会有所扭曲。当然，这就要看判断力了，至于哪些理论能够有效地分析哪些作品，读者的见解不一而足。我的任务是，既认识到自身的长处和局限，也要认识到我所使用的理论的长处和局限，即便我在努力强化理论运用能力之时，也要做到这一点。

首先，我之所以从后现代精神分析入手去分析苏曼殊小说《断鸿零雁记》，原因在于，无论我们是否意识到，精神分析的概念早已融入我们的日常生活（因此，精神分析的思维绝非陌生之物），它都确实为我们的研究提供了帮助。假若你对某位怒气冲冲的朋友说"别拿我出气"，你就是在责怪

---

① 柳亚子：《记陈仲甫先生关于苏曼殊的谈话》，见柳无忌《苏曼殊年谱及其他》，上海北新书局 1928 年版，第 284 页。

② 裴效维：《中国近代文学丛书：苏曼殊小说诗歌集》，中国社会科学出版社 1982 年版，第 24、25、28 页。

他的移置行径。"移置"是精神分析术语，在这里指的是把自己的怒气转移到别人身上，这个人一般不会反击，即便反击，他造成的伤害也比不上真正惹我们生气的那个人。在日常生活中，"手足相争""自卑情结"和"防御机制"等精神分析概念被广泛使用，为多数人所耳熟能详，其意义内涵不证自明，无须另外解释。我对《断鸿零雁记》的精神分析解读便是从精神分析的角度阐释该小说的一个例证：故事中的人物长大成人后的行为模式与故事中表现的早年家庭生活经历能否联系在一起？这些行为模式与家庭情结、爱情情结是怎样发挥作用的？它们暴露出什么东西？透过精神分析，读者将会看到，《断鸿零雁记》既是打动许多读者的爱情故事，也是表现畸形爱情的一出心理戏剧。

《断鸿零雁记》中的主人公三郎生母为日本人，父死母归扶桑，聘妻雪梅之父以三郎家运式微，悔婚背盟，三郎由此披剃于海云古刹。后与雪梅邂逅，雪梅贻书三郎表白爱情之心不泯，并赠百金助三郎东渡寻母。三郎终得归依慈母膝下。表姐静子对三郎一往情深，而三郎终于"断惑证真，删除艳思"，却弃绝静子和慈母孑然归来，而雪梅久已玉殒香消。小说涉及爱情与礼教的冲突，如雪梅为父所梗而不得完结良缘，不过小说主旨并不在此，它是以自传体抒写苏曼殊本人的人生感悟"方外之人，亦有难言之恫"。它的深层蕴涵即在于写出一个"总是有情抛不了，袈裟赢得泪痕粗"的出家人的人生感悟与困惑。在清末民初大量的哀情小说中，《断鸿零雁记》堪称高标秀出。苏曼殊的浪漫气质、他所开创的第一人称抒情小说以及那种落叶哀蝉的格调，给读者留下深刻印象。例如，作为一个被家庭遗弃吓坏了的私生混血男孩，三郎从小就渴望母爱："人皆谓我无母，我岂真无母耶？否，否。余自养父见背，虽茕茕一身，然每于风动树梢，零雨连绵，百静之中，隐约微闻慈母唤我之声。顾声从何来，余心且不自明，恒结凝想耳。"小说这段开场白的语言可以说是悲与哀从中升起。寻母故事与爱情故事构成了《断鸿零雁记》叙事的两条主线。

三郎的人生似乎是由不断地陷入爱情而又不断地主动弃绝爱情的一连串事件构成的。更不幸的是，他本人对于爱情极为重视，爱情之于他始终是至关重要的，甚至可说是他唯一的大事，因为爱情的好处就是让他的欲望得以发泄，满足自尊心。然而，一言难尽的混血儿身份、出家人形象与犹豫不决的性格，常常导致三郎在爱情方面只是演绎了一出"叶公好龙"的戏剧。起初，三郎从爱慕、希望的开始到他体验激情之爱、情趣之爱、虚荣之爱，最后，爱情即将结晶之际，他却逃之夭夭。对此，当代学者张哲俊的分析颇有见地："从佛教的角度来看，世间万物都是无常的，人的爱欲也是无常的。人只要生活在尘世之中，就不能不受到无常爱欲的控制。尘世间的爱欲是客观的，人类自己也不能左右自己的爱欲。爱欲的无常使源氏从一个女人无常地转向另一个女人，陷入无常的爱情流转之中，源氏为此备受痛苦。"① 这段分析源氏的文字，同样是三郎的写照。但是，在陷入无常的爱情流转之中的过程中，我们看到三郎把浪漫主义的激情、自我和反抗相融合，但我们却始终没有看到他试图凭借激情、能力与勇气去改变自己的命运。一个人只有强烈地、坚持不懈地追求，才能达到目的。

当我们细读《断鸿零雁记》之后，就会发现一个惊人的事实：没有人比苏曼殊对自我更感兴趣，他永远是小说的男主角。只不过，三郎是戴着面具的苏曼殊。为此，苏曼殊把三郎塑造成极具自己性格的形象，总能得到女人忠贞的爱情，但最后又弃绝到手的爱情。苏曼殊自己希望如此，却永远无法实现愿望。苏曼殊让三郎使用他自己想出来却一再失败的方法达成追求爱情的目标，如此反讽的原因仅在于三郎的多愁善感与健谈，这正是苏曼殊的两大特点。除此之外，苏曼殊几乎把自我灌注到了三郎身上——赋予他自己的才华、自己的自卑、自己的敏感。三郎在爱情上那种复杂的情绪波动既有阶层越界中所包含的自卑与自尊，也有爱情越界中的焦虑与狂喜，两种相似的情感在苏曼殊的笔端交织缠绕，难以区分。这便引发了后世关于《断鸿零雁记》的种种争论：有人认为这是一部自传式的爱情小说。1911 年暑假，苏曼殊自爪哇东渡日本，途经香港、广州、上海、东京、京都，故地重游，前尘旧事历历重现，可谓触景伤情，重回爪哇即开始创作《断鸿零雁记》。魏秉恩在 1925 年再版的《断鸿零雁记》序中写道："曼殊大师，非赖小说以生活者，亦非藉小说以沽名者。……大师撰此稿时，不过自述其历史，自悲其身世耳。"② 在苏曼殊这里，生活、爱情与出家修行是三位一体的存在。在某种意义上，苏曼殊的生活就是由一连串的爱情事件所构成的，他个人行状、情感隐衷、心灵真实同时在《断鸿零雁记》中得到了反映和升华。

其次，我从因果解构的视角进一步分析《断鸿零雁记》。因果之间的关系是多种多样的。单一的因决定单一的果，这是一种最简单的因果关系，也

---

① 张哲俊：《〈源氏物语〉与中日好色观的价值转换》，载《北京师范大学学报（社会科学版）》2007 年第 6 期。

② 魏秉恩：《〈断鸿零雁记〉序》，见柳亚子《苏曼殊全集》（四），上海北新书局 1947 年版（北京中国书店 1985 年影印本），第 51 页。

是一种机械论的因果观。事实上，在因果之间还存在着多因素的关系。可以是一因多果，可以是多因一果，还可以是多因多果。作为小说，《断鸿零雁记》就是一个多因的集合体，或者说，它是一个多因组成的系统。艺术形象是审美的内核，而艺术形象在小说中大都不是单一的，往往由众多的人物、景物、事件组成。而小说中的艺术形象，又是情、理、趣的综合，可产生多种多样的美学功能，从而构成小说的多因体系。然而，就每一篇小说而言，因果关系并不是完全一致的。自然，最理想的就是"良因芳果"。作为作家，要有良因，就应有良好的预期效果，有良好的目的，这就要求从欲望到动机都是良好的，有个良好的起头，有个良好的出发点。然而，作家的预期，又包含有两重性：一是对小说的预期，这是对因的预期；二是对读者反馈的预期，这是对果的预期。前一种预期是直接的，后一种预期是间接的，而且在时间、地域、对象等问题上都应有个准确的估计。"芳果"，就是在读者的心灵上产生的强烈共鸣。就这些分析而言，《断鸿零雁记》的文本叙事美学可引起读者的关注与共鸣。

一般来说，解构一个文学文本主要出于两个目的。在任何一个解构主义文本解构之中，我们可能都会看到其中一个目的在发挥作用，或者两个同时在发挥作用，这两个目的是：一是揭示文本的不确定性，二是揭示意识形态构建文本的复杂运作过程。揭示文本的不确定性就是去证明，文本的意义实际上是一系列含混不清、多元并生、相互冲突的潜在意义，因此，如果按照传统意义来理解意义，文本根本没有意义可言。简而言之，这个目标可以通过以下程序来实现：一是指出文本针对其中的人物、事件、意象等作出的种种阐释；二是证明这些阐释相互冲突；三是证明这些冲突如何产生了更多的阐释，而后者又如何造成了更多的冲突，更多的冲突又是如何产生了更多的阐释；四是用上述三个步骤来验证文本的不确定性。不确定性并不意味着读者无法在各种潜在意义当中进行选择，也不意味着文体对自己想说什么无法下定决心。相反，不确定性意味着在语言散播意义的过程中，文本和读者密切结合，难解难分。也就是说，如果我们把语言看作一台永不停歇的织布机，那么，读者和文本就是这台机器上相互交织的纺线。特定的意义只是文本意义暂时逗留的阶段，后续必然有更多的意义接踵而至。《断鸿零雁记》表达的已不是古典式的对于爱情的逆来顺受，苏曼殊利用多角恋爱的叙事结构对生命赋了审美意识，三郎的情与欲、佛与俗所形成的巨大张力，三郎逃离婚姻，对他而言禅佛境界相对于婚姻更具有个人意志色彩，因而逃向佛门使他在心理上获取了逃离社会规约的合法性，他重新认可了戒条的宰制性意识形态制约，与他最初的逃离与追求构成悖反结构。从叙事结构与叙事效果看，《断鸿零雁记》中宰制性意识形态实现了对三郎的有效控制，贯穿小说始终的是社会权力话语及意识形态的缝合作用得以实现的过程。这样一来，我们就用《断鸿零雁记》来证明，所有的文本，无论是文学文本还是其他文本，其潜在意义都是含混不清、多元并生和相互冲突的，因为所有文本都是由语言构成的。这是一种既有趣又有用的尝试，因为这类解读有助于提醒我们：语言及其全部产物包括我们自己在内，就是意义不断增生的一个过程，它内容丰富、激荡人心，有时令人警醒，常常妙趣横生。

美国批评理论家泰森指出，在解构主义看来，语言是动态多变、含混多义和不稳定的，它总是不停地散播各种潜在的意义，存在没有中心、没有稳定的意义，也没有固定的立足点。人类是各种意识形态争来夺去的支离破碎的战场，人类唯一的同一性是人类自身创造出来并且有意去信奉的。因此，我们不应对解构主义的观点感到吃惊，在它看来，文学与构成文学的语言一样，都是动态多变、含混多义和不稳定的。意义不是潜藏在文本中的一个固定不变的因素，它不会一动不动地待在那里等着我们去揭示或者被动地让我们去消费。意义是读者通过阅读行为创造出来的。或者更确切地说，意义是语言游戏借助于读者而产生的，虽说我们通常把这个过程称为阅读。另外，被创造出来的意义不是一个稳定不变的元素，能够定于一尊，也就是说没有哪一种阐释可以做到盖棺定论。相反，文学文本与所有文本一样，都包含多重意义，这些意义相互重合、相互冲突，彼此之间的关系是变动不居的，它们与我们之间的关系也是如此。针对某一文本进行的各种阐释，虽然被认为是显而易见的或常识性的，但实际上，它们都是意识形态化的解读——是特定文化的价值观和信仰带来的阐释，只不过因为我们非常熟悉这些解读，才认为它们是天经地义的。简而言之，我们在文本之中发现的意义与价值，实际上是我们自己创造的。作者在构建文本的时候，必然要凭借他们所在的文化环境所秉持的种种假设。同时，读者在建构自己的解读之时，必然也会凭借他们本人所秉持的种种假设。因此，无论是文学文本，还是批评文本，都可能遭到解构。例如，苏曼殊小说《绛纱记》倒数第二段："余乃出，一一为张公述之。张公笑曰：'子前生为阿罗汉，好自修持。'"这是对昙鸾的肯定，也是苏曼殊自身的投射。接着，倒数第一段即小说最后一段："后五年，时移俗易，余随昙谛法师过粤，途中见两尼：一是秋云，一是玉鸾。余将欲有言，两尼已飘然不知所之。"这一结尾解构了"子前生为阿罗汉，好自修持"之说。对理性的解构可能具有积极的社会作用，同时也可能产生消极的影响。《断鸿零雁记》的悲剧性结构往往并不由外部施加的权力意志所决定，而是源于三郎自己的抉择，因而当浪漫的爱情在颠覆外在的家长制度、佛戒时，也解构了这种颠覆的反抗价值，凸显人物的个人生存，这也使得《断鸿零雁记》呈现出其审美价值。

再次，我运用读者反应动力学结构理论与新批评来分析苏曼殊小说《碎簪记》。小说《碎簪记》的第一人称叙事视角，使一个三角恋爱的哀情故事抹上一层神秘色彩，增添了读者的情绪感，这是苏曼殊对小说叙事艺术进行探索较有特色的一篇。小说通过主人公庄湜的朋友"余"之口，叙述了三个有情人为"情"付出了年轻生命的故事：庄湜因拒绝在为袁世凯劝进的文字上签字而被捕，经杜灵运营救获释，并与其妹灵芳相恋缔结婚约，却遭到叔父反对，逼其娶另一女子莲佩，庄湜不从，他的叔父便击碎灵芳赠送的玉簪，结局是灵芳、莲佩自杀，庄湜亡故。灵芳虽与庄湜有过一段短暂的恋情，并赠玉簪给庄湜作为定情信物，但当她得知莲佩对庄湜的深情后，认为他们如果结合在一起会很幸福，因此甘愿牺牲自己的爱情，但她仍然承受不了失去恋人的巨大痛苦而悄然离去，最后也走上自杀的道路。叔叔为让庄湜彻底断绝对灵芳的爱怜，谎称灵芳已经和别人订婚并且打碎玉簪，一次又一次的打击使庄湜病倒身亡。故事结局如同之前"余"曾感叹的那样："天下最难解决之事，唯情耳。"在这个三角爱情故事中，虽然三足鼎立，但矛盾的产生和解决并不是在灵芳、莲佩、庄湜三者之中，而在他们之外的以礼教与家长为代理人，男女双方并没有自己选择情人的权利的社会背景。小说中这种矛盾选择所形成的叙事张力及其带来的复杂的丰富性，令人回味无穷。

《碎簪记》中的叙述者"余"亦即曼殊君叙述自己所见闻的好友庄湜与灵芳和莲佩的爱情悲剧，曼殊君并不是事件中人，他要使小说叙事进行，就要不断地猜测当事人的心理，这种具有"后视角"的叙述者大于人物：曼殊君并非全知全能，他要叙述庄湜与灵芳和莲佩的爱情中的心理曲折而不得不参与其中，所以先安排两个女子来访时庄湜不在，他先见到她们，然后在庄湜与灵芳和莲佩会面时，作者便借庄湜之口为叙述者曼殊君寻找出场的理由："此子君曾于湖上见之，于吾为第一见，故吾求君陪我，或吾辞有不达意者，君须助我。""君为吾至亲爱之友，此子亦为吾至亲爱之友，顾此子向未谋面，今夕相逢，得君一证吾心迹，一证彼为德容俱备之人，异日或能为我求于叔父，于事兹佳。"曼殊君作为第三者时时在场，这与爱情作为完全私人化的事情显然是格格不入的。所以，当女子来到时，庄湜出来打圆场："在座者，即吾至友曼殊君，性至仁爱，幸勿以礼防为隔。"接着，庄湜见女郎肃然言曰："吾心慕君，为日非浅，今日始亲芳范，幸何如也！"在庄湜与女郎会面的全过程中，曼殊君始终像一个侍者一样在现场谛听，这似乎完全是作者的一种叙事策略，无疑是苏曼殊那个时代小说叙事模式转换中一个尝鲜的试验文本。

文学欣赏是一个阅读心理体验的过程。作品的魅力是要把读者引入一个非真实的世界中，并努力让读者在这里获得与现实生活中一样的真实的心理感受与情绪体验。《碎簪记》用"余"这样的第一人称方式进行叙事增强了读者的情绪感。《碎簪记》是一种鲜活的交谈。这里，交谈当然不只存在于《碎簪记》叙事内部，它更是作者和读者、读者和虚构人物、读者和读者之间的交流。《碎簪记》是发生在主体间的动态过程，它的优劣就取决于它激发对话的能力，但最终的阅读效果则有赖于个体读者的参与。换言之，《碎簪记》不是空谷幽兰，亦不是灵丹妙药，而是行动中的知识，其意义永远处于一个社会化的生成中，因为任何文学作品都会激发一种反应：愉快、兴奋、痴迷、厌倦、愤怒，它总归永远都是未竟之事。一部特定的文学作品对于我而言很重要，其中的原因是更容易解释清楚的，也许我与主人公有共鸣或者对他们的境遇感同身受，就像一场谈话一样，我对《碎簪记》的创造性反应来自我的思想、心灵、感觉，来自我的过去和我对于未来的希望。我们与一本书的关系是在变化的：阅读是一个过程。我们对一本书作出反应，一本书也会对我们作出反应。阅读《碎簪记》的过程就包含着一种认识逻辑，它创造了独特的社会知识结构，因此我们应该珍视阅读《碎簪记》所带来的震惊的体验。《碎簪记》所带来的阅读愉悦，也是与认知上的增益和它对当时社会现状的深刻见解有着密切的关系的。我的目标是，对《碎簪记》予以审美反应的认知和情感层面同等重视，我必须思考《碎簪记》如何改变我认识自己与世界的方式，以及《碎簪记》对我的精神世界的内在影响。也就是说，我在阅读《碎簪记》时，它触发了我对在人性内核所感受到的经验的访问，并为我提供了一种更自由、更深入和更灵活的思考它的方式。总之，读者不是单一的，而是由不同阶层的人群组成的，在不同人群之间，有认识的差异性、志趣的差异性、感受的差异性、品位的差异性，从而也构成了不同层面的欣赏水平，产生的反应效果也是多种多样的。

《碎簪记》的形式和意义是相辅相成的，它是一个生物有机体，小说的任何部分都与整体结构不可分割，在这一点上，《碎簪记》符合新批评判断文学作品质量的标准——"作品的有机整体性即它的各部分相互协作形成一个密不可分的整体"。《碎簪记》作为一个有机体，它所有的形式元素之间相互协作，产生《碎簪记》的主题或整体的意义。通过这个有机整体，《碎簪记》呈现出了它的复杂性，即它充分再现了时代生活的复杂性以及人们出于本性而去追求的秩序。《碎簪记》的复杂性源于小说内部贯穿的多重且经常相互矛盾的意义，例如，庄湜见女郎时，竟然"肃然言曰"，是否因为曼殊君在场？既然庄湜能够那般恋爱，又何以"得君一证吾心迹"呢？既然是"此子亦为吾至亲爱之友"，却不去与恋人约会，而是"异日或能为我求于叔父"。这些多层次、相互冲突的意义进行相互协调后和谐地融合在一起，共同深化了小说主题。《碎簪记》作为一个具有固定意义的独立整体，具有一个最佳的或最精确的、最能代表它自身的阐释：它最能解释自身的意义和自身产生意义的方式，换句话说，《碎簪记》最能解释文本的有机整体性。因此，我用新批评来丰富读者对小说《碎簪记》的解读，让它帮助读者采取新的方式来观察和欣赏《碎簪记》形式元素错综复杂的运作情况以及形式元素产生意义的过程。

最后，我用文学地理学来分析苏曼殊小说《绛纱记》和《断鸿零雁记》。法国著名诗人和学者、空间诗学研究的领军人物米歇尔·柯罗认为，文学里的地点是一个视觉世界，以灵活的方式与参照物世界之间进行互动。空间的文学再现，明确地存在于想象世界的建构，必是立足于一个主体的视角，一个文本的结构。同时，文学景观不是地理参照物，而是一种主体视线里的建构想象的形式。真正的文学地理批评，不是作者经历过或游历过的地点，而是重新书写。文学是现实与虚构之间的第三空间，但一切现实中的地理位置都是真实与想象的，文学空间就将成为一种地点的组合，从现实的矿床中一点一点地剥离出来，只服从于文学的规律，这规律并不理会时空中的偶发事件，它将首先是一个语言之地，现实任何具体的地理位置上都找不到它的对应物。然而，基于一些地理数据的架构，作家将虚构置于现实之中，同时让虚构的视野充分开放，允许读者从中认识自己，并将自己想象中的宇宙投射到这片虚构的空间里：这种看似矛盾的、既精确又模棱两可的混合体，对于发明一片充满想象力的土地至关重要。米歇尔·柯罗说："用细节来保证虚构国度的存在和叙述的真实性，这种模糊使得听众或者读者能够独立地从这个或那个叙述所提供的依据点，来进行自我投射，并且找到一个与他内心的家园得以产生共鸣的独特地方。……文学地理学的全部难度恰恰就在于需要维持平衡，以及内外部之间、虚构与真实之间、文字与经验之间的衔接。"① 我国古代文学理论家刘勰在《文心雕龙·物色》说："若乃山林皋壤，实文思之奥府；略语则阙，详说则繁。然屈平所以能洞监《风》《骚》之情者，抑亦江山之助乎？"② 山林原野的自然景象，确实是启发文思的宝库，屈原能够深切领悟《国风》《九歌》的内容真情并写出《离骚》这样伟大的作品，大概就是得力于大自然的帮助吧！这表明，楚辞艺术风格受地理环境影响。同时，刘勰在《文心雕龙·物色》中也说道："情以物迁，辞以情发。"作家的感情跟随景物而变化，作品正是作家内在感情的抒发。可见，文学地理学批评视域下的地理空间是指存在于作品中的由情感、思想、景观或称地景、实物、人物、事件等诸多要素构成的具体可感的审美空间，因为地理空间具有鲜明的视觉性和丰富的象征性，除了承担故事背景的功能，还承担了审美功能，所以文学地理学实质上是一种修辞手段。在这里，我关注《绛纱记》和《断鸿零雁记》中的人物性格生成和其所处的地理空间之间的互动与象征关系。这两部小说分别提供了一种绘图方式，绘制小说人物所遇到的或想象的空间，人物与其所处的地理空间交互影响。更为深刻的是，这两部小说通过地理空间的流动叙事把人物内在的疏离与绝望一步步形象地展现了出来。

《绛纱记》开篇颇具悲剧色彩："余友生多哀怨之事，顾其情楚恻，有落叶哀蝉之叹者，则莫若梦珠。"小说主人公昙鸾的爱情悲剧源于麦翁的阻碍，麦翁是一个非常势利的人，他嫌贫爱富、背信弃义。梦珠和秋云的爱情悲剧却来自他们的内心，秋云赠玉，而梦珠却卖玉出家。三年后，梦珠见裹玉之绛纱，便睹物思人，进而不远千里地寻找秋云，却寻而不得流落他方。接着，梦珠再次弃绝爱情而出家，足见梦珠始终陷入生与死、爱情与佛戒的心理矛盾之中，无法走出自我。小说结尾的这段话令人深思："后五年，时移俗易，余随昙谛法师过粤，途中见两尼：一是秋云，一是玉鸾。余将欲有言，两尼已飘然不知所之。"小说中最耐人寻味的是，昙鸾接到舅父的书信后去星嘉坡（现新加坡），在星嘉坡的舅父家，他结识了麦翁的女儿五姑，双方长辈为他们订下婚约，后来昙鸾舅父破产，麦翁私自毁约，两个情人便出海私奔，在途中遇到一女子，她是逃难三年寻访梦珠的秋云，这两条线索交织并行。然而，小说故事一波三折：昙鸾与五姑、秋云乘坐一艘从星嘉坡

---

① 〔法〕米歇尔·柯罗：《文学地理学》，袁莉译，福建教育出版社 2021 年版，第 100－110 页。
② 〔南朝梁〕刘勰：《文心雕龙译注》，王运熙、周锋译注，上海古籍出版社 1998 年版，第 419 页。

开往香港的英国船在海上暴风雨中失事，他们皆失散，不知生死。昙鸾被渔民搭救，数日后他在无名海岛的海滩上散步时见到秋云。他们后来坐上一艘从无名岛开往香港的船只，不料这船竟然是从事绑架、贩卖军火的海盗船，秋云被绑架，昙鸾从中周旋，还好海盗头目突然良心发现，把昙鸾和秋云送到九龙附近海域。从某种意义上说，《绛纱记》发挥着地图的功用，向读者呈现关于地方的经验，使读者进入某种想象的空间，并向读者提供各种参照点，帮助读者了解小说人物生活过的世界。确实，昙鸾的地理空间呈现出时空交错、不断变换的流动性特点，当然流动空间包含相对静止固定的一些特定的建筑意象空间，比如慧龙寺、充南涧寺、安徽高等学堂、香港皇娘书院、糖厂、橡皮公司等，这些固定的建筑意象中间穿插着流动变化的路线，构成一个个流动的地理空间，串起了昙鸾的旅程轨迹。从叙事的角度来看，这些地理空间的流动和转换都是在时光交错中实现的，苏曼殊通过地理空间意象的并置和流转等手段来突出昙鸾的片段性、非连续性的个人经历，强化昙鸾内心的迷失、疏离与绝望。这些地理空间没有哪一个能够安放昙鸾的身体和灵魂，流动性是他人生中最为突出的特点。

苏曼殊的《断鸿零雁记》以心理和社会的视角，关注小说中人物的自我身份与社会身份的复杂关系。小说主人公三郎寻母的故事与三郎和雪梅、静子的爱情故事构成了叙事的两条主线。三郎从出生到幼儿时期，对于自己的身份都处于一种不确定的认证状态，即便已经出家了，他也抱着一种东渡日本非找到母亲不可的坚定不移的信念前行，因而他的地理叙事空间呈现出一种单向前行的模式。我们知道，混血儿身份所带来的焦虑感是三郎与生俱来并且伴随终生的，暗示他在以后的人生道路上将会在自我身份认知上充满艰辛与困惑，这奠定了他分裂心理状态的真实基调。然而，三郎的"内在自我"与"外在自我"随着寻母地理空间的流动，使三郎与他人的相互作用以及三郎与其所到的地方关系得到重塑。混血儿身份与出家人身份使三郎的"内在自我"始终处于封闭、分裂、破碎、孤独等心理状态，而他的"外在自我"则呈现出与他人和外在空间的疏离、对立的关系，例如，当母亲撮合他与静子成婚时，他最终逃离。一般来讲，心理不正常的人在正常的环境中会感到不自在，只有在不正常的环境中，这种人与他人、与社会的疏离感才会减轻一些。三郎渴望与静子有肌肤之亲，但是又不愿接受出家人身份的处置，也不愿接受佛戒遭到瓦解的风险。三郎在世俗情爱与佛教之间穿梭，完成了"内在自我"的调和。但是，三郎的"外在自我"即他与他人和外在世界的疏离、对立的关系根本不可能扭转。《断鸿零雁记》在地理空间建构中，三郎内心世界的挣扎与外在世界的挑战充满了张力。因此三郎和空间环境之间形成了一种相互构建的关系，这也是三郎心理创伤重复产生的具体表现。三郎的"内在自我"与"外在自我"之间的张力愈趋紧张，当最后他的"内在自我"的分裂与绝望完全消融之际，他的"外在自我"与他人的对抗冲突愈是达到巅峰。苏曼殊利用地理空间的再现与变换等片段性的叙事手段让三郎的精神危机和其所处的地理空间相互构建，并从地理空间获得意义，从而把三郎内心的疏离与绝望淋漓尽致地表达出来，使得三郎出家人身份的宿命在流动和转换的地理空间里得以完整演示，他抗争命运的个人悲剧也在不断流动变换的地理空间中虚实相应。

我选择拿《绛纱记》和《断鸿零雁记》这两篇小说进行比较，是因为它们在叙述内容和形式方面有着相似之处，它们在地理空间上存在一种非常具有趣味性的对等的相似性和相反性的场景。例如，《绛纱记》的昙鸾被渔民搭救后来到一座无名海岛，他所看到的简直是一个世外桃源："天朗无云，余出庐独行，疏柳微汀，俨然倪迂画本也，茅屋杂处其间。男女自云：不读书，不识字，但知敬老怀幼，孝悌力田而已；贸易则以有易无，并无货币；未尝闻评议是非之声；路不拾遗，夜不闭户。复前行，见一山，登其上一望，周环皆水，海鸟明灭，知是小岛，疑或近崖州西南。自念居此一月，仍不得五姑消息者，吾亦作波臣耳，吾安用生为？及归，见老人妻子，词气婉顺，固是盛德人也。"文中的"贸易则以有易无，并无货币"彰显这个安静的海岛是一个抵抗现代文明的所谓"进步"的岛屿。"老人瞥见余怀中有时表，问是何物。余答以示时刻者，因语以一日二十四时，每时六十分，每分六十秒。老人正色曰：'将恶许用之，客速投于海中，不然者，争端起矣。'"这段对话，足见海岛居民主张放弃现代文明（时表）的这种进步，坚决反对功利主义、唯物质主义、科学主义和理性主义。海岛的象征，应该是留一些空间给无用的、神圣的、无知的和非理性的东西。我们不难注意到海岛这种地理学特征与作者叙事结构之间的趋同。海岛的风景代表着眼中的诗隐藏在表面的无用之下却隐约可见，这里的居民保留了这种灵魂的诗意，即精神的神圣无知。正是这片尚未被现代机器开垦的海岛、有人居住却仍无知这样双重的诗意，才能构成海岛的原始魅力。一般来说，海岛是远离陆地、位于大海中的一块飞地，一旦进入这片飞地，旅行者就看到了极限，它似乎比其他任何地方都更与浪漫主义的风格规范相符。之所以选择海岛作为叙事和故事发生的地方，是因为它逃脱了社会的拘囿，摆脱了视线和理性的控制，构成了一个处女地，那是集体想象力之愿景生造出来的欢迎之地，作者在这里为它代言，那绝对是一个浪漫而梦幻的空间。正如德国哲学家康德所说："在空间中被直观的任何东西都不是事物自身，空间也不是事物自身固有的形式。相反，对象自身根本不为我们所知，而我们称为外部对象的东西，无非是我们感性的纯然表象，其形式就是空间，而其真正的相关物亦即物自身。"① 与《绛纱记》这个场景对等相似的是，《断鸿零雁记》的三郎在日本通往母亲家住处的途中所见到的情景同样是一个世外桃源："如是数里，从山脚左转，即濒海边而行。但见渔家数处，群儿往来垂钓，殊为幽悄不嚣。……久之，至一处，松青沙白。方趺望间，忽遥见松阴夹道中，有小桥通一板屋，隐然背山面海，桥下流水触石，汩汩作声。"三郎所处的地理位置是海边，入眼的是远离繁华的社会边缘地带的渔村风貌。与其说"方趺望间"是三郎的一种看见方式，不如说他的目光首先被放置在一个有利的位置，眺望远处，他的视点发现了一个相当广阔的空间，打开了一个远方、一个可以统观全局的视角，远与近、高与低、大与小、有限与无限、弯与直、静止与运动、横与竖、开与闭、持续与间断等，构成一个地方体系，从那里形成景观构图，逐个元素扫过而成为视域，建立了一种和画布之间相仿类型的现象学距离，从而产生了将景观视为艺术的效果倾向，即将夹道的松阴、小桥、板屋、背山面海、流水触石等不同元素联系起来，仿佛是由画家的目光构成的一幅画，一个真正的空间符号体系使得描写和组织有了象征的意义。

　　《绛纱记》和《断鸿零雁记》对等相反的场景是，昙鸾先后乘坐的船在海上不仅遇到暴风雨沉没，还遭到绑架："女言至此，黑风暴雨猝发。至夜，风少定。忽而船内人声大哗，或言铁穿，或言船沉。……时天沉如墨……此时船面水已没足。……凡百余日，忽见海面有烟纹一缕，知有汽船经过。须臾，船果泊岸，余三人遂别岛中人登船。船中储枪炮甚富。估客颤声耳语余曰：'此曹实为海贼，将奈之何？'时有贼人数辈，以绳缚秋云于桅柱，既毕，指余二人曰：'速以钱交我辈，如无者，投彼于海。'"沉船与遭劫，剥夺了昙鸾旅行空间的诗意。这段文字提醒了读者大海所犯下的种种罪行，这些描述更加强化了水元素带给我们的不适之感。水的浩渺广博让人迷失了方向，它无法丈量，难以预料，因而充满危险。水能够挣脱任何管控，不受理性的限制，水的流动是间歇且令人疲惫的，归根结底，水流不通人情。因此，水的隐喻并没有吸引力。唯一能让人气定神闲

① ［德］康德：《纯粹理性批判》，李秋零译，中国人民大学出版社 2004 年版，第 52 页。

的水莫过于清澈的泉水了。大海几乎仅仅能够承载哈姆雷特全部的痛苦以及他那一海的灾难；而对其他人来说，大海是充满疑惑之地，每个人都尽力地在这片疑惑之海上漂浮。然而，大海并不仅仅是被刻意遗忘的人间悲剧的舞台，它同时也是希腊神话中象征海洋的神明蓬托斯，能够支撑和维持流动。大海这个液体世界不一定是不稳固的、没有价值的世界。大海面前，所有沿海生活的人都是平等的。较之，三郎东渡日本的海上航行对于昙鸾来说可谓快乐天堂："船行可五昼夜，经太平洋。斯时风日晴美，余徘徊于舵楼之上，茫茫天海，渺渺余怀。即检罗弼大家所贻书籍，中有莎士比尔，拜伦及室梨全集。余既译拜伦诗竟，循环朗诵。时新月在天，渔灯三五，清风徐来，旷哉观也。翌晨，舟抵横滨，余遂舍舟投逆旅，今后当叙余在东之事。"大海的魅力在于其本身强烈的神奇色彩，它时而黑风暴雨，时而清风徐来旷哉观也，它是过渡之域、人类经过的地方、含糊之所，被旅行者、海盗、商人、渔民所惊扰。大海是一个过渡空间，从那里，已知通向未知，那是一个超自然的门槛：它看起来像是世界末日，而那些穿越它的人，变成了流浪的鬼魂。

苏曼殊诗歌艺术系统工程论

　　我从认知语言学角度，运用结构主义批评方法研究苏曼殊诗歌，对其诗歌的意象、语义变化、繁复及错综语汇进行细致翔实的分析，为读者揭示一条进入苏曼殊古典诗歌世界的可能路径；运用俄国语言学家罗曼·雅各布森的对等原则，分析隐喻和典故在苏曼殊诗歌中的体现，重新发现苏曼殊诗歌的特质，拓宽苏曼殊诗歌研究的视野；从中国诗学与日本诗学的审美观出发，探讨苏曼殊诗歌所建构的自己独特的诗学价值体系；最后，我将叙事学观念运用到对苏曼殊诗歌的探讨中，对苏曼殊诗歌作出新的阐释，深入过去未曾触及的层面。

　　第一，从认知语言学分析的角度看，在一首以文字形式固定下来的诗歌里面，意象既然与语言的基本单位语词相对，那么一些常见的语言分析的方法同样适应于意象的归类，例如苏曼殊诗歌《过若松町有感示仲兄》："契阔死生君莫问，行云流水一孤僧。无端狂笑无端哭，纵有欢肠已似冰。"三个连缀意象"行云""流水""孤僧"共同构建了诗人的"自我"，一是旨在突出诗人出家人的身份和清高的人格，二是表现诗人自重及其顾影自怜，诗中的复杂情感给人一种淡泊与忧伤、苍劲与孤独、开阔与内化的艺术感受。可见，意象实则是自然界中的物象，只不过这一物象在写入诗歌时，已经蕴含着诗人的理念，因此意象实际上是有寓意的物象。它既描绘事物又唤起形象和意义；它蕴含着诗人的情绪、意识、意志，也蕴含着诗人对世界、对人生的了悟与情思；它能在读者的意识中激发起反应的感觉经验和联想。又例如，苏曼殊诗歌《晨起口占》："一炉香篆袅窗纱，紫燕寻巢识旧家。莫怪东风无赖甚，春来吹发满庭花。"全诗由八个名词"炉""香篆""窗纱""紫燕""巢""旧家""东风""满庭花"，五个动词"袅""寻""识""怪""吹"组成。如果参照西方意象派的做法，还可以将它们归并为"动态意象"和"静态意象"两大类。所谓动态意象是指诗歌中动态性的描写，如上诗中的"袅""寻"两个意象，生动地展现出时间上的变化和空间上的推移。静态意象是由名词和形容词以及由它们构成的词组，如此诗中的"旧家"等。

第二，从心理学的角度看，意象是一个既属文艺学又属心理学范畴的概念，在心理学中，意象一词表示有关过去的感受和知觉的经验在心中的复现和记忆，然后是听觉的、触觉的、嗅觉的、味觉的和动觉的（与体感和运动感有关），还有一种属于心理性的对外界作了歪曲反映的错觉，以及诉诸理念的有意转换感觉印象的联觉意象，如诗人常以"霜""水"为"月"的喻体，苏曼殊诗句"一天明月白如霜""月华如水浸瑶阶"。苏曼殊《东居杂诗十九首》"灯前兰麝自氤氲"句中的"兰麝"是一个"嗅觉意象"，"朝朝红泪欲成潮"句中的"红泪"是一个"错觉意象"，"云鬟新簪白玉花"句中的"白玉花"是一个"视觉意象"，"十指纤纤擘荔枝"句中的"擘荔枝"是一个"动觉意象"，"看取红胸浑欲滴"句中的"浑欲滴"是一个"触觉意象"，等等。另外，"佛、蒲团、湘兰天女、未剃、禅心、凤愿、红尘、镜台、芒鞋破钵、随缘、妙迹、劫前尘、劫后灰、空、恕、忏、钵"等，这些禅佛意象让读者体会到苏曼殊在"凡心"与"禅心"之间的地带中彷徨；"樱花落、华严瀑布、沙白青松、湖水小桥、摘红缨、仙山、桃花女郎、胡姬、天女、蛾眉、青丝、含颦、桃腮檀口、远山眉黛、胭脂泪"等，这些意象让读者读出苏曼殊对日本自然风物及其女性的赞美。作为诗人的一种心理活动，各种各样的意象的创造无非是诗人过去有关的感受或知觉上的经验在头脑中的重现或回忆。"至于这种重现和回忆，是一次性经验的展示，还是二次性或者更多次经验的拼合；是诗人的亲身经历，还是得之于间接的知识；它与被反映的生活事实是否相符合，甚或世界上根本不存在那东西，这种种不确定因素的存在，都会使诗歌中的意象披上诗人强烈的主观色彩。"①学者陈植锷如是说。强调诗人的主观感受，认为诗是诗人的自我表现，是我国古代文论中一个源远流长的基本文学观。意象的主观象喻性，正是这种文学观在苏曼殊诗歌创作中的具体表现，苏曼殊诗歌偏重于诗人的自我内心世界与精神世界。

第三，在结构主义语言学家罗曼·雅各布森看来，在诗歌中占主导地位的"效果等值原则"同样也强烈地支配着诗歌文本，在诗歌文本构成的回声效果、重复效果、对应效果和细节书写方面都是如此。罗曼·雅各布森说："选择是在对等的基础上、在相似与相异、同义与反义的基础上产生的；而在组合过程中，语序的建立是以相邻为基础的。"在这里，罗曼·雅各布森强调，对等不仅是相似、相等，而且应该包括相反、相异。诗的作用是把对等原则从选择的过程带入组合的过程，对等则成为语序的构成手段。在诗性语言中，两个并置的成分或者在相隔较远的语言单位中，以它们之间相似或者相反的特征为基础，通过对等原则不受语法的限制同样可以使两者结合起来并且产生一种张力，使得两者的相似特征更加突出，或者使得两者对比的焦点更加尖锐。也就是说，对等是突出诗歌信息最强有力的手段，以使诗歌显示出语言的魅力和自我凸显的力量。

我以罗曼·雅各布森的对等原则为依据，分析隐喻和典故在苏曼殊诗歌中的体现。

作为修辞格的隐喻，建立在表达方式的字面意义和比喻意义之间的"相似"或"对比"概念基础上。隐喻包括"本体""喻体""背景"这三个成分，通俗来说就是"被解释成分""解释成分"和"对比的基础"。隐喻的本质在于隐喻表达和隐喻使用时的语境之间互动。德国学者弗里德里希·温格瑞尔和汉斯-尤格·施密特认为，"从认知视角看，隐喻是把源模型的结构映射到目标模型上"②。这意味着，隐喻不仅仅是一种利用语言手段表达思想、在风格上增加魅力的方法，而且是一种对事物进行思维的方法。例如，苏曼殊《吴门依易生韵十一首》之十："碧城烟树小彤楼，杨柳东风系客舟。故国已随春日尽，鹧鸪声急使人愁。"在这里，国家的前途已如同暮春

---

① 陈植锷：《诗歌意象论》，中国社会科学出版社 1992 年版，第 147 页。

② ［德］弗里德里希·温格瑞尔、汉斯-尤格·施密特：《认知语言学导论》（第二版），彭利贞、许国萍、赵微译，复旦大学出版社 2019 年版，第 131 页。

一样逝去，诗人听到鹧鸪声更感到寂寞和孤独，诗人便借助"鹧鸪声"描述自己的愁绪，采用的隐喻是"春日尽""鹧鸪声"。在中国古代，有些诗篇借助鸟的鸣声，寓意言志，有时借用鸟之鸣声作为诗的起句或者借以发挥的词语，用来反映现实生活，抒发感情。这种用鸟声以附人事的诗歌，称为禽言诗。《诗经·鸱鸮》是中国古代第一首禽言诗。以"禽言"二字命题的禽言诗，则始于宋朝梅尧臣的《四禽言》。但这类禽言诗并不描绘禽鸟的状况，因此它不同于一般的咏鸟诗。言说至此，苏曼殊借"鹧鸪声"形容国运艰难，他把看不见摸不着的愁绪化作"鹧鸪声"，使得无形的愁绪变得有形有声了。这首诗以今昔对比、丽景哀情反衬的手法，抒发深沉的盛衰之感和身世之悲。

用典是中国古代诗歌创作中的一个重要手法，有事典和语典之分，作用在于以简驭繁，让作品更加含蓄、典雅。古人写文章或者作诗时，援引前人的事迹或摘取古代典籍中的词句来阐明自己的观点，表现当时的情境。凡是出现在后人各种形式的文字创作中的古事和成辞，均可称为典故。简单地说，在诗文中典故要能充分发挥作用，必须有两个组成部分：一是与现实事件相关，二是与历史事件相连。这两者形成比较，目的是为诗人表达意愿做准备，而且运用典故，说明现实生活中并没有像类似历史事件那样的事情发生。读者之所以能够理解诗歌中诗人表达的意愿，其实是对等原则在起作用。例如，苏曼殊《吴门依易生韵十一首》之五："万户千门尽劫灰，吴姬含笑踏青来。今日已无天下色，莫牵麋鹿上苏台。"这首诗不仅是一条语链，还植根于中国文学传统，根据对等原则，这首诗与典故"麋鹿上高台"相联系。典故可称得上是《吴门依易生韵十一首》的矿藏和源泉，通过对等原则将缺场的成分补充完整。苏曼殊凭着对中国传统文化的熟悉，巧妙地用典抑或是以创新多变为原则使一典多用，甚至采用加一倍的写法增强诗歌形象的表达力。典故的运用不但丰富了苏曼殊诗歌的文化底蕴，而且加深了诗歌的现实寓意。可见，用典艺术是苏曼殊诗歌艺术的一个重要组成部分。

作为对等关系的隐喻和典故，它们是对等原则限制在语义范围时的特殊表现，由于两个成分的相似性或相异性而构成对等，但值得注意的是，相似和相异总是并存的，这样我们才能从苏曼殊诗句中读出多重的意义。

第四，苏曼殊诗歌杂糅着中国诗学与日本诗学的审美观，建构起自己独特的诗学价值体系。中国诗学中的"道、风骨、文气、意境、格调、意象、古雅、寄托、禅意、趣"等，表现出了中国文学叙事抒情审美方式的本土化特色。日本诗学中的"真诚、物哀、幽玄、禅风、好色、趣、寂、枯"等，则呈现出了一种隐性的诗学体系结构。但是，中国诗学与日本诗学在文学创作方面都主张真诚、诚实。中国的《周易》很早就提出"修辞立其诚"之说，孔颖达认为其包含内外两个方面："外则修理文教，内则立其诚实，内外相成，则有功业可居。"[①] 也即内圣外王之道，其所指向的则是作为终极目标的国家与统治。相比较而言，日本文学及诗学中的"诚"是从原始的神道思想中孕育出来的，最初带有较多的神秘色彩，注重的更多是一种内心的真诚，然而其内涵在后人的不断阐释中逐渐表现出复杂化的趋势，如："传言起神代，古昔大和国。皇神威严在，语言有灵泽。"[②] 其一称言灵能带来幸福繁荣，一称言灵能为国家带来助佑，既充分表现出了当时人对言灵的信仰，又显示出这一信仰在文学作品中的运用所指向的是整个国家，具有一种集体意识。可见，无论是中国古典诗学，还是日本古典诗学，"诚"指的是毫不隐瞒地将自己内心的真实想法用语言表达出来，其在早期多表现为一种国家的、民族的共同意识，具有一定程度上的政治意味，如日本《古事记》序言中的"邦家之经纬，王化之鸿基焉"[③]，表现出一种政治性的目的，所以说《古事记》在一定程度上受到了中国儒家诗学中的"诚"之概念的影响。例如，苏曼殊在《以诗并画留别汤国顿二首》"蹈海鲁连不帝秦，茫茫烟水着浮身。国民孤愤英雄泪，洒上鲛绡赠故人""海天龙战血玄黄，披发长歌览大荒。易水萧萧人去也，一天明月白如霜"中，诗人用战国时鲁仲连力主抗秦和荆轲刺秦王的故事，抒发了忧国忧民的悲愤心情和深沉的爱国主义思想，诗与政治的关系，作为理念被特别强调。

随着文学的进一步发展，"诚"在后来则开始表现出个人的情感表达的倾向，中国的儒家诗论多主张在辞与情两端取其中，即各不偏废，而在情一方，亦强调其要受到"礼"的约束，而不是一味任其放纵。日本《古今和歌集》序既借用了诗之"六义"，将其套用在和歌上，又强调和歌应有"实""诚"，不能一味追求华词，显示出了日本传统诗学范畴的"诚"与中国诗学中的"尚实""尚质"之论的结合："及彼时变浇漓，人贵奢淫，浮词云兴，艳流泉涌，其实皆落，其花孤荣。"[④] 其中，"实"是指情感、心志，"花"当指文辞。可见，文辞与情感的契合对诗而言是多么重要。在这

① 〔清〕阮元：《十三经注疏》，中华书局 1980 年版，第 15 – 16 页。

② 〔日〕大伴家持等：《万叶集》，赵乐甡译，译林出版社 2002 年版，第 212 – 213 页。

③ 〔日〕安万侣：《古事记》，周作人译，中国对外翻译出版公司 2000 年版，序第 10 页。

④ 《日本古典文论选译·古代卷》（上），王向远译，中央编译出版社 2012 年版，第 32 页。

方面，苏曼殊诗歌表现得相当出色，如《游不忍池示仲兄》："白妙轻罗薄几重，石栏桥畔小池东。胡姬善解离人意，笑指芙渠寂寞红。"根据苏曼殊自注：日本人称里衣之袖为"白妙"。像"白妙"这样新颖华丽的辞藻在苏曼殊诗歌中俯拾皆是：碧城烟树、杨柳东风、水晶帘卷、凤凰台、采莲船、兰蕙芬芳、落花如雨、雨笠烟蓑、胭脂泪、玉筝、沾泥残絮、素女婵娟等令人目不暇接，在写作动机这一点上，苏曼殊表现出物语的写作对应他人之事有所感受，从而一吐为快的一种行为，相对而言苏曼殊这些诗语更接近于"诚"原本的内涵。"诚"之所以称之为诚的依据，不论是出自对国家的诚，还是出于对恋爱、人情的诚，抑或是出于对自然万物的诚，只要是一种发自内心的、不虚伪造作的情感表现，就可以称之为"诚"。

1931 年夏天，苏曼殊游览苏州，写下了久负盛名的《吴门依易生韵十一首》，可以说每一首诗都体现出了东风客舟中的"物哀"："江南花草尽愁根""中原何处托孤踪""万户千门尽劫灰""故国已随春日尽""白水青山未尽思""轻风细雨红泥寺"等诗语中的感愤、酸楚、惆怅、忧思、无奈，隐隐地透露出诗人怀古伤今之情。"物哀"作为最能够代表日本传统文学、文化的关键词之一，其重要性早已不容置疑，其与中国诗学、美学传统之间的异质之趣也值得读者去仔细品味。"物"指的是在心之外的世界里存在的一切事物，日本古人所谓的"物"，其含义是存在于人力所不能及的灵异世界的某种力量。他们认为，在外部世界事物背后隐含着一种人力所不能及的、非常怪异或者说很不可思议的东西。那么，"哀"是什么意思呢？它指的是与上面这种人力所不能及的怪异的力量接触时一个人内在的变化。因此，当外部的东西与一个人的内在产生了某种连接时达成的和谐平衡状态，并且能深切地感受到这个过程的发生，这叫作物哀。"物哀"作为一种本土审美概念，是由江户时期的日本国学家本居宣长归纳并提出的，他认为要懂得"物哀"，首先在于能够"知物哀"，即必须有一颗善感之心，并且要将其与他人分享。这样一种"善感"的理论当中，事实上与中国传统诗学"感物"论颇有相似之处，但他所强调的这些事物实际上是直接与人最为本真的内心相关的一些细小事物，而与道德、政治等重大因素无关，这样一种观点本身就是一种强烈的政治态度。这一精神传统也确实为许多日本现当代文学家所继承，如川端康成说："以研究波提切利而闻名于世、对古今东西美术博学多识的矢代幸雄博士曾把'日本美术的特色'之一，用'雪月花时最怀友'的诗句简洁地表达出来。当自己看到雪的美，看到月的美，也就是四季时节的美而有所省悟时，当自己由于那种美而获得幸福时，就会热切地想念自己的知心朋友，但愿他们能够共同分享这份快乐。这就是说，由于美的感动，强烈地诱发出对人的怀念之情。这个'朋友'，也可以把它看作广泛的'人'。另外，以'雪、月、花'几个字来表现四季时令变化的美，在日本这是包含着山川草木，宇宙万物，大自然的一切，以至人的感情的美，是有其传统的。"① 川端康成所侧重的便是大自然中的那些极具日本审美气质的可感之物，以及想要将此种感受与他人所分享的那份情怀，这点正与本居宜长的"物哀"说相吻合。苏曼殊诗歌从"哀"到"物哀"的发展，是苏曼殊一种特定的审美观念由偶然使用到大量使用，再到归纳总结的过程，这也是他将两个民族文学、文化得以融合的必然过程。1915 年春，苏曼殊在日本小涌谷、强罗、宫下、汤本等地旅行，沿途看到被风雨摧残而坠落的樱花而心生颇多伤感，于是他写下诗歌《樱花落》："十日樱花作意开，绕花岂惜日千回？昨来风雨偏相厄，谁向人天诉此哀？忍见胡沙埋艳骨，休将清泪滴深杯。多情漫向他年忆，一寸春心早已灰。"从诗语中，读者可以看到苏曼殊对所见所闻，感慨之，悲叹之，于是心有所动而写出真的内心，以便读者感知"物哀"。

除了"诚""物哀"美学之外，苏曼殊诗歌还流动着一股日本传统美学中的"寂色"的气韵，给人一种寂静之美感，又凸显出中国古诗"逾静更幽"的艺术表现手法。日本的"寂色"与中国的"陈色"在视觉上相近，但"陈色"常常是一种否定性的视觉评价，而"寂色"却是一种完全意义上的肯定评价。换言之，"寂色"是一种具有审美价值的"陈旧之色"，就是一种古色，如水墨色、烟熏色、复古色，例如，苏曼殊诗句"梦中衰草凤凰台""落红狼藉印苔泥""轻风细雨红泥寺"等，都含有一种寂色。"寂"是一种平淡的心境，它又含"宿""老""古"的趣味。作为一种美学，"寂色"为苏曼殊诗歌增加了一层魅力。

第五，我运用叙事学分析苏曼殊《东居杂诗十九首》《本事诗十首》和《无题八首》三部爱情组诗。其实，叙述性在其他的苏曼殊诗歌都有端倪，例如《题〈拜伦集〉》这首七言绝句前面有一段很长的叙述性题序："西班牙女诗人过存病榻，亲持玉照一幅，《拜伦遗集》一卷，曼陀罗花并含羞草一束见贻，且殷殷勖以归计。嗟夫，予早岁披剃，学道无成，思维身世，有难言之恫，爰扶病书二十八字于拜伦卷首。此意唯雪鸿大家能知之耳。"这

① ［日］川端康成：《川端康成散文选》，海翔选编，中国世界语出版社 1993 年版，第 122－123 页。

段题序交代了题诗的背景、原因、心情，这些现实生活的实录和诗的内容即"异域飘零、海上黄昏、思维身世、独吊拜伦"构成一种互涉互补，而且与题序相同的表述又出现在苏曼殊小说《断鸿零雁记》中，进行互相对应，几乎难辨是生活中的苏曼殊还是文本中的抒情主体，使诗歌或者小说具有很浓的叙述性，形成一种读者信任的场域。另外，苏曼殊的不少诗歌题目很长，如《久欲南归罗浮不果，因望不二山有感，聊书所怀，寄二兄广州，兼呈晦闻、哲夫、秋枚三公沪上》；《忆刘三天梅》的副题是"东来与慈亲相会，忽感刘三、天梅去我万里，不知涕泗之横流也"；《别云上人》的副题是"束装归省，道出泗上，会故友张君云雷亦汉土，感成此绝"；《偶成》的副题是"汽车中隔座女郎，言其妹氏怀仁仗义，年仅十三，乘摩托车冒风而殁。余怜而慰之，并示湘痕、阿可"；等等。这些具有叙述性特征的题目的目的和效果均在于交代作诗时背景材料，这些材料与诗歌内容形成互指，诗歌内容又与其生存现实吻合。在这些题序与副题中，苏曼殊频繁使用"吾""我""余""予"等第一人称词语，以达到凸显叙事者主体情绪流动的功用，使整首诗具有强烈的抒情性，导致读者的情绪深深融入诗歌的情绪之流。

同样，我阅读《东居杂诗十九首》《本事诗十首》和《无题八首》三部爱情组诗时，发现它们都有着自己的一个爱情故事框架与叙述视角或者一个序列与脚本。在这三部爱情组诗中，苏曼殊将爱情框架与场景的原型实例构建起来，形成一个语言选择的系统，也就是说，建立爱情故事框架与场景相联系的一系列语言选择。我们应该思考一切尝试用寥寥数词去讲述某种情感、直觉、感受或感知的诗歌。在这个应该能够自给自足的狭小词语空间里，不可能存在叙事，但是苏曼殊在《东居杂诗十九首》《本事诗十首》《无题八首》这三部爱情组诗中借助只能遥远地并在瞬间提及叙事的影射，这即意味着简短诗歌的用词摆脱了某种理解事件与事物的方式，这种方式会在叙事作品中将这些事件与事物串成一条因果链，导致读者只能通过某种分析性、普遍化的思想才能了解它们，了解这些生活境遇。分析性与普遍化的思想只从外界了解特殊的现实。苏曼殊这三部爱情组诗中那些简短的诗歌在面对即刻印象时不会采取退缩的举动，因此比起苏曼殊其他诗歌，这三部爱情组诗能更加自然地与某个过去的时刻相吻合。

《东居杂诗十九首》《本事诗十首》和《无题八首》三部爱情组诗都有一个共同核心的事件，那就是渴望爱情的实现，爱情被直接追寻，并且由于女子准备回报诗人的感情，而将爱情作为一种可能性加以叙述。一个出家人与女子谈情说爱或者一个女子向一个出家人表示爱意，这一现实表明他们偏离了自我克制这一传统脚本，进而被与自我克制相对的观念所取代。在任何一部组诗中，开始涉及一个媒介事件，但这一媒介事件被明确地运用于追寻发生之事中的一个事件，追寻文本外的真实世界中的变化。三部爱情组诗中的叙述者诗人既是出家人又是凡夫俗子，他尝试爱情短暂时间的流逝，在想象中将人生的时钟倒拨回去，以便在他的生活变得更糟以前再次体验过去他所曾经历过的幸福时光。诗歌叙述功能包含了这一尝试，通过回忆以赢回过去。从社会心理学的意义来说，诗人与女子关系所存在的关联提供了这一尝试背景：它影响着诗人如何定义自己，并赋予了诗人的爱情故事叙述序列以特殊的意义。一系列呈现的发生之事包含一个具有两方面的事件，这都牵涉对相关脚本的偏离所产生的失望和挫折。在过去，诗人与女子之间各种发生之事中的事件，存在于诗人的生活变化和他们关系的中断之中；在当下，一个呈现事件存在于诗人越来越清楚地意识到他已经离女子而去，这无论对于女子还是对于诗人自己来说，他们在未来生活中都会变得越来越衰弱，使他们的生活幸福已经不可能再开始。确实，对爱情向往的期望感到失望并不少见——衰落和人生短暂是典型的现代悲观感受。然而，作为《东居杂诗十九首》《本事诗十首》和《无题八首》叙述者的诗人的明显特征，在诗歌叙述中，女子由于诗人的离去而失望所产生的悲凉结局显得尤为突出，这是因为诗人对爱情脚本提出的期望具有高度的情感负荷，从而影响了诗人对自己的界定。

《东居杂诗十九首》《本事诗十首》和《无题八首》三部组诗的主人公是一个曾经活过、可能爱过、尝过喜乐与伤悲的诗人兼出家人，但我们对他的选择知之甚少，这就使得他能够代表我们每个人的境况中最基本的侧面。另外，这也意味着他身上发生了什么不幸，使我们想起生活的兴衰无常，生活固有的偶然性，以及徘徊在每个生命之下的虚无。人生在世心中忧虑的两极，它们之间突然的靠近，存在与虚无的同一。于是人们抬眼看世界，目光摆脱了幻想，毫无退缩，将一切存在——也就是不存在——都视作无声的即时性。我发现《东居杂诗十九首》《本事诗十首》和《无题八首》三部组诗的其中一个主题就是对个人命运的忧虑，这阻碍了它们真正地与统一的现实相遇，也要求诗人投入到净化内心的长期工作中去，在这个过程中，执着于幻想的"自我"可能会消失在世界显而易见的事实中。这显然是不可能的工作，无论如何是无法完成的。至少对诗人来说是如此，但它也打开了一条在诗人看来属于现代诗歌特有的道路，并且指明我们怎样才能用自己的眼光去阅读诗歌，去遇见那结合了诗意与智慧的教诲。这一切将发生在某些时刻，我们会通过生活中的事件，看到无言的现实在我们眼前伫立，既与我们的忧虑无甚关联，又不可思议地令人感到舒心。

第一章 《断鸿零雁记》解读一：精神分析

苏曼殊小说《断鸿零雁记》有两条线索：一条线索是主人公三郎渴望母爱而不辞千里东渡日本寻母，一条线索是他与雪梅、静子之间的爱情关系，整部小说的叙事是在三郎的心理行为推动下进行的。同时，《断鸿零雁记》采用了一个三重自我作为叙述者：一个天生永远在爱的温柔的灵魂，总是迷上别人；一个被家庭遗弃而深受精神创伤的男孩，从经验中学会了伤害别人，因为他害怕被伤害；一个疏离的第三者，站在旁边看着前两个人。在《断鸿零雁记》中三个自我的声音从头到尾轮番出现，交织在一起，就像一呼一应的爵士乐段，使读者一直留意视角和事境，这为小说提供了精神分析批评的可能性。

《断鸿零雁记》第一章写道："三郎叹曰：'人皆谓我无母，我岂真无母耶？否，否。余自养父见背，虽茕茕一身，然常于风动树梢，零雨连绵，百静之中，隐约微闻慈母唤我之声。顾声从何来，余心且不自明，恒结凝想耳。'继又叹曰：'吾母生我，胡弗使我一见？亦知儿身世飘零，至于斯极耶？'"①

小说主人公三郎是一个中日混血儿，从小失去母亲的庇护与爱，从日本被送回中国后，他承受家族及世人的偏见与歧视，飘零感与孤独感，心理缺憾和被遗弃感，使他心冷于空门。寺院是一个封闭的生活环境，孤独使他产生了隐隐约约听到母亲呼唤他的幻觉，他老是觉得母亲就在他周围，都是凝视着他的一个存在，成天焦虑不安，始终摆脱不了寻母以及渴望得到母爱的愿望，三郎对母亲依恋的情感可见一斑。

在精神分析理论中，家庭对一个人的成长显得非常重要，因为每一个人都受到其在家庭复合体中的角色的塑造。心理学家弗洛伊德在其著作《性学

---

① 本书所引用苏曼殊小说、诗歌，均来自裴效维：《中国近代文学丛书·苏曼殊小说诗歌集》，中国社会科学出版社1982年版，后面引文不再一一注释。

三论》的第二章"孩子们的'性冲动'"① 中提出幼儿发展期在塑造个体性格方面的极端重要性。美国后现代精神分析学家诺曼·N. 霍兰德指出："婴儿出生后第一年的任务之一是获得'自我－客体分化'。婴儿出生时并不知道自我和他人他物之间的界限，但是到了八个月时，他就知道了这种界限。因为婴儿完全依赖某个人（母亲或'初始养育者'），有时他会因为那个他人不在身边而必须等待才能哺乳。由于这种等待（不在身边），孩子开始意识到这个他人必定是与自己分离的，因为这个他人并不和婴儿的内心需求和愿望重合，也不可能与之重合。这头一个他人带给婴儿的是沮丧。婴儿正是痛苦地意识到母亲而并非自己，他才明白自我的存在，才学会区分这两者。……因为自我的分离必然要求等待与沮丧，因此一岁婴儿的第二个任务便是学会怀着爱恨参半的感情生活。婴儿必须能够对同一个人同时容忍强烈的爱和强烈的恨，这个人多半是他的母亲，他必须通过完全依赖她来获得满足，然而，由于事物的本质所决定，她必然令他感到沮丧。事实上，婴儿必须学会爱其所恨的，恨其所爱的。头一年中的这种爱恨参半的感情，正是许多年之后，我们从哲学意义上所称的'解构'的感情核心。正如马里昂·米尔纳巧妙地证明的那样，一个分离的自我，这个概念本身便引出了大量的进攻性，这些进攻性来自最初的、由生物性决定的沮丧。婴儿正是痛苦地意识到母亲并非自己，他才明白自我的存在，才学会区分这两者。"② 根据诺曼·N. 霍兰德对婴儿生活的分析研究，我们通过小说描述了解到，三郎的家庭并没有给他提供养育他的母亲和稳定可靠的父亲，没有家庭的保护，失去父母的教养，三郎个体性格在幼儿时期得不到健康的发展，正如小说第三章最后一句话："幽恨万千，不自知其消散于晚风长笛间也。"这是三郎对自己不幸身世的深深慨叹，"幽恨"的种子已然埋下，它在三郎心中生根发芽，左右着他的人生。

小说第三章写三郎见到乳母后，乳母的一番讲述使他进一步确认自己的身份。乳母对三郎说："一日，拾穗村边，忽有古装夫人，珊珊来至吾前，谓曰：'子似重有忧者。'因详叩吾况，吾一一答之。遂蒙夫人怜而招我，为三郎乳母。古装夫人者，诚三郎生母，盖夫人为日本产，衣制悉从吾国古代。此吾见夫人后，始习闻之。……'三郎'即夫人命尔名也。尝闻之夫

---

① ［奥地利］弗洛伊德：《性学三论》，徐胤译，浙江文艺出版社 2015 年版。

② ［美］诺曼·N. 霍兰德：《后现代精神分析》，潘国庆译，上海文艺出版社 1995 年版，第 286 页。

人，尔呱呱坠地无几月，即生父见背。尔生父宗郎，旧为江户名族，生平肝胆照人，为里党所推。后此夫人综览季世，渐入浇漓。思携尔托根上国，故擎尔身于父执为义子，使尔离绝岛民根性，冀尔长进为人中龙也。明知兹事有干国律，然慈母爱子之心，无所不至，乃亲自抱尔潜行来游吾国，侨居三年。……吾既见摈之后，彼即诡言夫人已葬鱼腹，故亲友邻舍咸目尔为无母之儿，弗之闻问。"从乳母这番讲述中，读者对三郎身世的来龙去脉可谓一目了然，也就不难理解三郎"幽恨万千"的情感。在乳母这个派生的、次要的角色之外，母亲就其自身而言可以被视作扮演了一个照料者的角色，但是母亲对三郎的照料仅仅几个月，因为三郎在心理无助的阶段对失去母亲的恐惧，就是在三郎成熟之后所有不同形态的这种感觉最初来源，例如，幼儿时期的经历使三郎在现实世界中变得异常敏感，甚至容易流泪："余斯时泪如綆縻，莫能仰视；同戒者亦哽咽不能止。""余聆小子言，不禁有所感触，泫然泪下。""斯时余方寸悲惨已极，故亦不知所以慰吾乳媪，惟泪涌如泉，相对无语。"当三郎东渡日本见到自己的母亲时："余即趋前俯伏吾母膝下，口不能言，惟泪如潮涌，遽湿棉墩。"回国后，当得知雪梅为爱情绝食而死的消息时："余此时确得噩信，乃失声而哭。"小说结尾处："余此时泪尽矣！"这些关于泪水的描写，足见三郎在不同的情境里若隐若现的感伤情绪，飘零与孤独以及忧郁与犹豫铸成他的个体性格。在如此固定下来了一幅三郎心理发展的图景之后——根据这幅图景，三郎与他人的关系仅仅是性冲动发展过程中的一个函数——即使三郎所有其他身体性的需要都得到满足了，拒绝给予三郎母爱还可能导致其严重的行为障碍。在精神分析学看来，儿童和他们的照料者之间的相互依恋存在一种独立的意义，儿童也正是在通过与其他人的情感关系中学会把他们自己视作独立的主体，其情感纽带具有独立的重要性。但是，在三郎幼儿阶段，三郎和他所谓的代理母亲乳母之间的纽带无法从生理冲动得到满足的体验中派生出来，而必须来源于接触性愉悦的体验。也就是说，三郎已处于生命最初几个月的时候，应当发展出的一种积极的对于人际亲密接触的意愿因为母亲的遗弃而没有实现，由此为三郎所有后来的情感纽带形式奠定了基础。特别是在与他人互动时，首先只有在他们作为三郎情感投射对象出现时，这种投射产生于三郎无意识的冲动与一个逐渐发展出来的自我在心灵中的冲突，以致三郎始终无法走出焦虑、对依恋的热望、对归属感的渴望以及对服从的幻想的情感沼泽。

《断鸿零雁记》第四章写道："一日，余方独行前村，天忽阴晦，小雨溟濛，沾余衣袂。……余纡道徐行，至一屋角细柳之下，枯立小憩。忽睹前垣碧纱窗内，有女郎新装临眺，容华绝代，而玉颜带肃，涌现殷忧之兆。"
接着，第五章写道："读吾书者，至此必将议我陷身情网，为清净法流障碍。
然余是日正心思念：我为沙门，处于浊世，当如莲华不为泥污，复有何
患？……且余昨日乍睹芳容，静柔简淡，不同凡艳，又乌可与佻挞下流，同
日而语！……妾雪梅将泪和墨，袯祍致书于三郎足下：……迨侵晨隔窗一
晤，知真为吾三郎矣。当此之时，妾觉魂已离舍，流荡空际，心亦腾涌弗
止，不可自持。……继母孤恩，见利忘义，怂老父以前约可欺，行思以妾改
媵他姓。……沧海流枯，顽石尘化，微命如缕，妾爱不移。今以戋戋百金奉
呈，望君即日买棹遄归，与太夫人图之。……雪梅者，余未婚妻也……古德
幽光，奇女子也。今请语吾读者：雪梅之父，亦为余父执，在余义父未逝之
先，已将雪梅许我。后此见余义父家运式微，余生母复无消息，乃生悔心，
欲爽前诺。雪梅固高抗无轮者，奚肯甘心负约？……默默思量，只好出家皈
命佛陀、达摩、僧伽，用息彼美见爱之心，使彼美享有家庭之乐。"

当三郎得知未婚妻雪梅的父母退婚后，很失望，接下来他把自己的兴
趣、时间和精力全都放在去日本寻母这件事上，这样做可以避免与雪梅产生
真正亲密的情感。事实上，在父母正式毁约之前，雪梅对爱情与婚姻满怀期
待，当父母爽约之后让她异常苦恼，她知道父母毁约无疑给三郎带来心理创
伤，这更坚定三郎寻母的决心，更不会把全部心思放在自己身上，与其不能
跟三郎长相厮守，不如赠百金帮助三郎东渡日本寻母，这也算是践行了"妾
爱不移"的誓言。

受阻于雪梅的父母，三郎并没有积极主动去挽回失去雪梅的爱情，而是
干脆利落地放弃，这可以被视为一种破坏性行为，这种破坏行为无疑是他的
心理防御（心理防御机制，psychological defense mechanism，是指个体面临挫
折或冲突的紧张情境时，在其内部心理活动中具有的自觉或不自觉地解脱烦
恼，减轻内心不安，以恢复心理平衡与稳定的一种适应性倾向）[①] 造成的。
三郎害怕自己与雪梅发生情感瓜葛，根本原因在于防止雪梅了解自己幼小时
已积聚的心理创伤，因此，在与雪梅的交往中要保持一种情感的距离，对三
郎而言是一种有效的防御机制，避免勾起自己心里的伤痛。

对三郎而言，"默默思量，只好出家皈命佛陀、达摩、僧伽，用息彼美
见爱之心，使彼美享有家庭之乐"，这深刻地揭示出三郎的自卑心理，感觉
自己不配得到雪梅的爱，更觉得雪梅不宜嫁给他这样一无所有的人，他放弃

① 本词条由"科普中国·科学百科词条编写与应用工作项目"审核。

这段姻缘而出家皈依佛门，对于两个人来说都是最好的选择。

但是，三郎没有意识到，他一直渴望从抛弃他而从未谋面的生母那里得到从未得到的爱，那么，他就很容易把这种情感寄托在一个类似于生母的雪梅身上，以便重温母子关系，希望雪梅能爱他。即使他意识到自己依恋抛弃自己的生母的心理问题，然而他还是很难确认他何时与雪梅重温母子情。他很可能看不到他的母亲和他所爱的雪梅之间的惊人相似之处，相反，他只会注意到她们表面上的差异。换句话说，他会把自己对生母的依恋转变成对自己眼前恋人雪梅的依恋。他会感觉到自己爱上眼前的雪梅，甚至是陷于深爱而不能自拔（"读吾书者，至此必将议我陷身情网"），而且他还认为自己真正想得到的是雪梅同样爱他。他不一定能够意识到，他真正想从雪梅身上得到的正是他未能从生母那里得到的爱。这方面的证据是，如果三郎从眼前的雪梅那里真的得到了自己期待的那种母亲式的爱，他很有可能会对她失去兴趣，也许是因为这种爱还不够充分：父母一爽约，雪梅就不敢往前再迈一步，虽然她把自己对三郎之爱压抑住，但她永远无法让三郎相信她真的爱他，三郎认为自己的不安全感是她对他的热情弱化的证明。另外，就算三郎确信雪梅真的爱他，他也会对她失去兴趣，真正的原因是雪梅没有满足他的需要：让他重温当年惨遭生母遗弃的体验。问题的关键在于，三郎想要的东西是他不知道自己想要而且也不可能得到的东西——母爱。

《断鸿零雁记》第十章写道："翌晨，雪不可止。余母及姨氏举屋之人，咸怏怏不可状，谓余此病匪细。顾余虽声吟床褥，然以新归，初履家庭乐境，但觉有生以来，无若斯时欢欣也。于是一一思量，余自脱俗至今，所遇师傅、乳媪母子及罗弼牧师家族，均殷殷垂爱，无异骨肉。则举我前此之飘零辛苦，尽足偿矣。第念及雪梅孤苦无告，中心又难自恝耳。然余为僧及雪梅事，都秘而不宣，防余母闻之伤心也。兹出家与合婚二事，直相背而驰。余既证法身，固弗娶者，虽依慈母，不亦可乎？"

小说这段叙述披露三郎的一段心路历程：在日本与生母及亲戚的团聚，是三郎有生以来第一次分享大家庭的天伦之乐，正如他自己所感慨的那样——"但觉有生以来，无若斯时欢欣也"。在体会家庭温馨之际，三郎联想到自己出家至今，所遇师傅、乳媪母子及罗弼牧师家族对他予以无异骨肉般的垂爱，这对三郎因从小缺失家庭生活而导致心理创伤起到缓解的作用，在之前他尝尽人生飘零之苦。同时，"然余为僧及雪梅事，都秘而不宣，防余母闻之伤心也"。面对举屋之人给他带来的家庭乐境，"出家"与"合婚"这两件相背而驰的事又让他转瞬间跌入进退维谷的境地，此刻他不能将这两件事直接告诉母亲，以免她听后无法接受，很可能使一家人团聚的快乐受到弱化。对三郎来说，心里的感受和渴望的意识此时此刻都处于最低点，暗藏着一种焦虑的情绪，这种焦虑在日后变得越来越强烈。

《断鸿零雁记》第十二章写道："……'母今有言，关白于尔，尔听之。三郎，吾决纳静子为三郎妇矣。'……余母方絮絮发言，余心房突突而跳。当余母言讫，余夷犹不敢遽答。正思将前此所历，径白于母；继又恐滋慈母之戚，非人子之道。余曰：'儿终身不娶耳。'余母闻言极骇，起立张目注余曰：'乌，是何言也！尔何所见而为此言？抑尔固执拗若是？此语真令余不解。尔年弱冠不娶，人其谓我何？若姨爱尔，不陡然耶？尔澄心思之，此语胡可使若姨听之者？矧静子恒为吾言，舍三郎无属意之人。尔前次恹恹病卧姨家，汤药均静子亲自煎调。怀诚已久，尚不知尔今竟岸然作是言也！'余母言至末句，声愈严峻。余即敛涕言曰：'慈母谛听。儿抚心自问，固爱静子，无异骨肉；且深敬其为人，想静子亦必心知之。儿今兹恝然出是言者，亦非敢抗挠慈母及阿姨之命，此实出诸不得已之苦衷，望慈母恕儿稚昧。'"当听到母亲让三郎纳静子做妻子的决定时，他紧张得心房突突地跳起来，到这个时候他仍然向母亲隐瞒自己出家这一事实，回应母亲时只是以"此实出诸不得已之苦衷"一笔带过。他越是隐瞒自己"出家"这一事实，他心里越是紧张与焦虑，不知如何向母亲解释。无论是母爱还是爱情，对三郎来说，爱是唯一值得追求、值得为之而活的目标，没有爱的生活是单调乏味、空洞无聊的。由于他不甚清楚自己的障碍和痛苦来自内心的冲突，因此爱似乎能保证他治愈一切问题：只要他能找到一个爱他的人，一切都会好起来。但是，这种希望显然是渺茫的，因为"出家"与"合婚"这一对矛盾冲突的出现，进一步加剧了三郎的焦虑。根据弗洛伊德的人格结构理论，焦虑是一种由紧张、不安、忧虑、惊恐等感受交织在一起的情绪体验，由出生所产生的分离感是一切后来出现的焦虑的基础。焦虑本身会起到一种动力作用，同时也起到对人的行为的控制和引导作用。为了减轻或消除人的内部的冲突，降低或避免焦虑，以保护人格的完整和统一，自我创造了许多保护性的自我防御机制。三郎自我防御的目的就是竭力保护自我免受冲突、内疚或焦虑之累。对此，奥地利儿童精神分析学家安娜·弗洛伊德进一步指出："防御机制之间并不互相排斥，因而有时可以多种防御机制同时起作用。每个人通常使用的防御机制有一定的差异，这主要是由个人先前生活经验和环境不同造成的。由于自我防御机制成功地保护了个人免受焦虑的袭击，它们倾向于长时间保持不变（防御风格）。因此，它们对个人人格的稳定性和一致性起了很大作用。"①

"固爱静子"与"终身不娶"如同一枚硬币的两面：三郎既想要爱，但他又不甘于受其支配从而丧失无限的自由，他的防御就是一种目的意识，它能保存他的精神存在。三郎身上这种亲密恐惧症是一种潜在他心灵世界已久而且非常强烈的感觉，他总觉得与家人、静子的情感过于亲密迟早会暴露他以往的心理创伤，给自己带来严重伤害或毁灭，而这种亲密恐惧症发挥的心理防御作用正好可以防止旁人去了解他的过去，因此，他觉得只有一直与大家保持情感距离才会有情感的安全。心理防御也有崩塌之时，届时三郎心中的冲突与焦虑依然存在。对此，德裔美国女精神分析学家卡伦·霍妮写道："换言之，他忽视整个神经症冲突。他指望不对冲突本身做任何改变就摆脱未解决冲突所带来的恶果，而这正是每种神经症尝试解决途径的态度特征。这也是为何这些努力注定会失败的原因。……但是通常情况下，他期望从中寻得人间天堂的这段关系，只是将他推入更深的苦难当中。他非常容易把自己的内心冲突带到这段关系中，从而毁掉这段关系。即使是最好的情况，也只是缓解现实压力，除非他的冲突得以消除，否则他的发展仍然会受到阻碍。"②

三郎向母亲道出终身不娶的心声后，又深感自己不应如此忤逆，以致直接伤害了母亲的感情。于是在惶恐不安中，他跪在母亲的膝前，求得母亲的宽恕与谅解。但是，在三郎与静子的婚事上，母亲并没有轻易地作出让步，她进一步规劝三郎要明白古人所说的"不信老人言，后悔将何及"的道理，更要他明白母亲对儿子的那番"当知娘心无一刻不为儿计也"的母爱与用心良苦。但是，三郎深知，如果慨然答应母亲的要求，与静子结婚，日后会有无穷忧患。然而，如果不答应，他又将以怎样的方式告慰母亲呢？内心矛盾如海潮之声，持续而至，无有尽时，让三郎不得片刻安宁。于是，三郎把这种不快乐的情感置换成一种看似快乐的心理想象，《断鸿零雁记》第十三章写道："只好权顺老母之意，容日婉言劝慰余母，或可收回成命。如老母坚不见许，则历举隐衷，或卒能谅余为空门中人，未应蓄内。余抚心自问，固非忍人忘彼姝也。继余又思：日俗真宗，固许带妻，且于刹中行结婚礼式，一效景教然者。若吾母以此为言，吾又将何言说答余慈母耶？余反复思维，不可自聊，又闻山后凄风号林，余不觉惴惴其栗。因念佛言：'身中四大，

① ［奥地利］安娜·弗洛伊德：《自我与防御机制》吴江译，华东师范大学出版社 2018 年版。
② ［美］卡伦·霍妮：《我们内心的冲突》，杨柳桦樱译，台海出版社 2019 年版，第 34 页。

各自有名，都无我者.' 嗟乎! 望吾慈母，切勿驱儿作哑羊可耳!" 从这段话中，我们可以看到，三郎做了三种心理假设：第一，先顺着母亲之意，然后在适当时机再好好和母亲沟通，说不定母亲会收回成命；第二，如果母亲坚决不同意，我就把自己出家的隐衷讲出来，让母亲知道我是空门中人而打退堂鼓；第三，像日俗真宗那样亦僧亦婚，如果母亲同意我这样做，那我又该怎么办呢？可见，三郎把心理防御重点置换到与初始问题不同的另一个问题上，这种置换是建立在三郎的某一早期和主要的适应之上的，这是一种方向不同的数量置换。即便如此，想到如何解决与静子合婚之事，他心里仍然不自觉地惴惴其栗。

三郎在如何与母亲解释其隐衷的问题尚未解决时，他的姐姐也来劝他随时随地须听母亲的话，凡事毋以盛气自用，则人情世故必须晓得。姐姐认为，三郎对母亲宣称所谓终身不娶是自以为高，笑煞人！所以，她告诫三郎以后必须谨慎说话，勿贻人笑柄。听完姐姐一番教诲，三郎唯唯而退。《断鸿零雁记》第十四章写道："余自是以来，焦悚万状，定省晨昏，辄不久坐。尽日惴惴然，惟恐余母重提意向。余母每面余时，欢欣无已，似曾不理余心有闲愁万种。一日，余方在斋中下笔作画，用宣愁绪。既绘怒涛激石状，复次画远海波纹，已而作一沙鸥斜射堕寒烟而没。"姐姐的谈话重新激活了三郎心里的焦悚，特别是母亲每每见到三郎时，她已经没有先前母子相见时的那种欢欣，更不理会三郎心中的万种闲愁，这更是让三郎终日不安。在这段文字里，我们再次发现三郎将心中不安置换成作画，想通过绘画来释放心中的焦虑。

接下来，是三郎如何面对静子了。《断鸿零雁记》第十五章写道："静子踌躇少间，乃出细腻之词，第一问曰：'三郎，迩来相见，颇带幽忧之色，是何故者？是不能令人无郁拂。今愿窃有请耳.' 余此时心知警兆，兀立不语。静子第二问曰：'三郎可知今日阿母邀姨母同令姊，往礼淡岛明神，何因也？吾思三郎必未之审.' 余闻语茫然，瞠不能答，旋曰：'果如阿姊言，未之悉也.' 静子低声而言，其词断续不可辨，似曰：'三郎鉴之，总为君与区区不肖耳.'"面对静子的询问，三郎心不自镇，不知如何回答。久之，静子发清响之音，如怨如诉曰："我且问三郎，先是姨母，曾否有言关白三郎乎？"静子的追问，让三郎六神无主，双膝摇晃而牙齿相击，垂头不敢睇视，只有心中默念，情网已张，插翼难飞，正是此时。接着，静子又说："三郎乎，果阿姨作何语？三郎宁勿审于世情者，抑三郎心知之，故弗背言？何见弃之深耶？余日来见三郎愀然不欢，因亦不能无渎问耳。"三郎一边力制内心的惊悸，一边嗫嚅告诉静子母亲虽然提起过他们结婚这件事但他依稀不记得多少了。他这一含糊其词的言说甫一出去，静子旋即松开紧握三郎的手。三郎知道静子是因为他不得体的话而感到愕然的。随后，静子拿出一块温香罗帕塞进三郎手中："三郎，珍重。此中有绣角梨花笺，吾婴年随阿母挑绣而成，谨以奉赠，聊报今晨杰作。君其纳之。此闲花草，宁足云贡？三郎其亦知吾心耳！"三郎听静子如是说，他无以为计：如果拒绝静子的一番好意，他于心何忍；如果接受了这块香罗帕，日后可谓睹物思人，那如何是好？这种内心矛盾使三郎不知所可。更令三郎措手不及的是，静子突然抱住三郎的臂膀，把腮熨贴到他的脸上，嘤嘤欲泣地说："三郎受此勿戚，愿苍苍者祐吾三郎无恙。今吾两人同归，朝母氏也。"此时，三郎呆立无言，心情更紧张了。现在他完全无法决定是否要和静子结婚，最迫切需要解决的问题是如何才能越过自己与静子之间的这道情关，他经受严峻的折磨，被一种有意识的冲突从一个极端穿梭到另一个极端的拉扯，因此，他心里非常焦虑。

《断鸿零雁记》第十八章写道："余姊行后，忽忽又三日矣。此日大雪缤纷，余紧闭窗户，静坐思量，此时正余心与雪花交飞于茫茫天海间也。余思久之，遂起立徘徊，叹曰：'苍天，苍天！吾胡尽日怀抱百忧于中，不能自弭耶？学道无成，而生涯易尽，则后悔已迟耳。'余谛念彼姝，抗心高远，固是大善知识。然以眼波决之，则又儿女情长，殊堪畏饰；使吾身此时为幽燕老将，固亦不能提刚刀慧剑，驱此婴婴宛宛者于漠北。吾此前归家，为吾慈母；奚事一逢彼姝，遽加余以尔许缠绵婉恋，累余虺身于情网之中，负己负人，无有是处耶？嗟乎！系于情者，难平尤怨，历古皆然。吾今胡能没溺家庭之恋，以闲愁自戕哉？佛言：'佛子离佛数千里，当念佛戒。'吾今而后，当以持戒为基础，其庶几乎。余轮转思维，忽觉断惑证真，删除艳思，喜慰无极。决心归觅师傅，冀重重忏悔耳。"

首先，根据小说这段叙述我们可以分析出，三郎身上的自相矛盾是其存在冲突的指标，他极度渴望爱情，又畏惧爱情，这种内心冲突被外化后，在他的意识中表现为自身与环境格格不入，当他发现无法说清来源的恐惧与抑制干扰了他的渴望时，他才有可能意识到自己内心这股逆流来自更深的源头。其次，三郎对过去的种种回忆与省思是他因当前的心理创伤而产生的心理倒退事件：他为逃离爱情而进入佛门，但是他的内心深处始终没有清静，而他恰恰需要这种心静来弱化心中强烈的焦虑与不安全感，自从他在孩童时代遭到生母的遗弃与族人的排斥，这种焦虑与不安全感便一直伴随着他。因此，三郎在是否与静子结婚所表现出来的情感可以说是被压抑的情感的回归，因为三郎一直过着压抑的生活，他进行自我压抑的途径是抑制和回避，其根源在于他的心理焦虑与心中的不安全感。

从《断鸿零雁记》第八章至第十九章，我们看到，三郎尽管怀着一层隔阂与不安亲近母亲、姨氏、姐妹以及静子，他的孤独无助赢得了家人的爱，而他也试图地依赖她们，因为只有这样他才有一种安全感与归属感，并在生活中得到家人的帮助和支持，使他感觉到自己不再是那么孤立无援。但是，当母亲提出让他娶静子为妻的要求时，三郎却予以拒绝，拒绝意味着与家人对抗，无形之中把自己与家人推向一种敌对状态。从某种意义上说，三郎不得已而为之的此举部分出于自我保护（他出家的隐衷还不能暴露）。事情越是如此，三郎越是想摆脱这一切，接下来他既不想有所归属，也不想有所抗争，而是拉开距离，他觉得家人无论如何也不了解他。于是，他通过绘画、读书和幻想等来建立个人世界。对于三郎这种内心冲突现象，德裔美国女精神分析学家卡伦·霍妮写道："如果我们想要知道冲突是如何发展的，我们势必不能一味关注个体倾向，而应纵观这个孩子在这些环境中可行和实际的动向。尽管我们暂时看不见细节，但我们能够更清楚地观察到他应对环境的基本动向。一开始可能杂乱无章，但最后从中形成了三条主线：他可以亲近他人、对抗他人或远离他人。对于每一种态度，都有一个涉及基本焦虑的突出因素：第一种态度中是无助，第二种态度中是敌意，第三种态度中是孤立。但事实是，这个孩子不可能真心采取任何一种行动，因为在这些态度赖以发展的环境中，三种态度都一定会出现。我们纵观所见的只有占主导性的动向。"①

透过精神分析的眼光观察三郎，我们会看到，三郎的心理行为始于童年时代的残缺的家庭生活经历，是他刻意遗忘不愉快的心理事件而形成的，他在青春期和成人期的行为都是这段早期经历的直接后果。正如弗洛伊德的洞见："人类的行为受到自己没有意识到的欲望、恐惧、需要和冲突的刺激甚至驱动。"据此，三郎的无意识里储存着他童年时代一些令人痛苦的体验和情感，他之所以不愿意揭示这些创伤、恐惧和悬而未决的内心冲突，原因就在于他担心自己被它们压垮。然而，压抑非但无法根除三郎的痛苦体验和情感，反而助长了它们，因为无意识行为让三郎在暗中宣泄了一直压抑自己的痛苦经历和情感的矛盾感受。因此，从精神分析看来，无意识是一个能动的实体，它在三郎的心灵深处操控着他。除非三郎能找到办法，弄清并且承认

---

① ［美］卡伦·霍妮：《我们内心的冲突》，杨柳桦樱译，台海出版社 2019 年版，第 18 页。

被压抑的创伤、恐惧和持续不断的冲突的真正成因，他才能解决问题。

从精神分析的视角去解读苏曼殊小说《断鸿零雁记》，旨在探索家庭心理情结以及与家庭角色相关的一些无法解决的矛盾冲突是如何在生活中上演的。在小说中，混血儿身份给三郎带来的自卑心理，及其带来的严重心理冲突。正如小说所叙述的那样，即使在爱情这个舞台上，爱情关系也并未能够有效地帮助三郎压抑心理创伤，无法解决的心理冲突一直在他的无意识层面操纵他，一再持续上演。因此，透过三郎这一个案分析，我们得到的深刻启示是：精神分析的目标并不在于强化我们的防御机制，也不是恢复我们的社会适应能力，而是突破我们的心理防御，以便从根本上改变我们的人格结构和行为方式。

第二章　《断鸿零雁记》解读二：因果解构

　　一日凌晨，钟声徐发，余倚刹角危楼，看天际沙鸥明灭。是时已入冬令，海风逼人于千里之外。读吾书者识之，此日为余三戒俱足之日。计余居此，忽忽三旬，今日可下山面吾师。后此扫叶焚香，送我流年，亦复何憾！如是思维，不觉坠泪，叹曰："人皆谓我无母，我岂真无母耶？否否。余自养父见背，虽茕茕一身，然常于风动树梢，零雨连绵，百静之中，隐约微闻慈母唤我之声。顾声从何来，余心且不自明，恒结转一凝想耳。"继又叹曰："吾母生我，胡弗使我一见？亦知儿身世飘零，至于斯极耶？"

　　此时晴波旷邈，光景奇丽。余遂披袈裟，随同戒者三十六人，双手捧香鱼贯而行。升大殿已，鹄立左右。四山长老云集。《香赞》既阕，万籁无声。少选，有尊证阇黎以悲紧之音唱曰："求戒行人，向天三拜，以报父母养育之恩。"余斯时泪如绠縻，莫能仰视，同戒者亦哽咽不能止。

　　既而礼毕，诸长老一一来相劝勉曰："善哉大德，慧根深厚，愿力壮严。此去谨侍亲师，异日灵山会上，拈花相笑。"

　　余聆其音，慈悲哀愍，遂顶礼受牒，收泪拜辞诸长老，徐徐下山。夹道枯柯，已无宿叶，悲凉境地，惟见樵夫出没，然彼焉知方外之人，亦有难言之恫？

　　此章为吾书发凡，均纪实也。

　　这段文字引自苏曼殊小说《断鸿零雁记》第一章，其中彰显出解构主义的色彩。"如是思维，不觉坠泪，叹曰：'人皆谓我无母，我岂真无母耶？否否。'"这句话解构了"读吾书者识之，此日为余三戒俱足之日。计余居此，忽忽三旬，今日可下山面吾师。后此扫叶焚香，送我流年，亦复何憾"。在出家与尘世之间，三郎虽然深为空门之人，但他又往往被尘世中的情与爱所牵引，每当他的一个新的自我建构之际旋即又面临一个新的解构。

　　美国著名批评理论家乔纳森·卡勒说："因果关系是我们这宇宙中的一个基本法则。假如不是事先认定一个事件导致另一个事件，因产生果，我们将无法生存或思考。因果原则在逻辑上和时序上维护了因对果的居先地位。"① 根据乔纳森·卡勒的观点，透过小说这段叙述，我们得知三郎"出家"这一结果是事出有因的：人谓我无母、养父见背，在没有家庭的保障，没有父母的庇护，一个人从小孤苦伶仃，"出家"成为三郎生存的唯一活路。然而，"出家"这一结果并没有平息他内心的痛楚，这使他去寻找其中的原因。也就是说，"人谓我无母、养父见背"以及"以报父母养育之恩"这些语言构成一个外部世界的片段植入三郎的内心世界，生成为三郎的内在经验这一基本事实，当"出家"这一个"果"发生后，他就会去想象他"出家"之前的"因"。在进行小说解构时，我们有赖于"因"的观念，它告诉我们：三郎出家后内心仍然难以消除的痛楚，使我们了解、去发现是因为他失去家庭、失去父母所致，由此导致了一个原因的产生。解构发生在三郎身上的这种因果关系，我们只能用"因"的观念来破解因果关系本身。

　　随着小说情节的推进，三郎在一个小村子见到了自己的乳媪，悉知自己的身世，彼此之间可以说是悲喜交集。特别让这位乳媪倍感凄然哀伤的是，当年三郎父亲去世时，乳媪感到三郎孤寒无依，拟托人写信告诉三郎生母，让她来接三郎回日本，遗憾的是，这事遭到三郎族人阻挠，乳媪被藤鞭笞后逐之门外沦为村妇。然而，悠悠十数载，三郎也沦入空门，这一事实让乳媪从情感上是难以接受的。三郎欲东渡日本寻找生母，得到乳媪的鼎力支持。《断鸿零雁记》第三章写道："忽一日，夫人诏我曰：'我东归矣，尔其珍重！'复手指三郎，凄声含泪曰：'是儿生也不辰，媪其善视之，吾必不忘尔赐。'语已，手书地址付余，嘱勿遗失。故吾今尚珍藏旧簏之中。……吾既见摈之后，彼即诡言夫人已葬鱼腹，故亲友邻舍，咸目尔为无母之儿，弗之闻问。迹彼肺肝，盖防尔长大，思归依阿娘耳。"乳媪把当年三郎母亲写给她的在日本居住的地址从一只旧竹箱里拿出来交给三郎。现在，去日本寻找母亲的地址是有了，但是，"夫人已葬鱼腹"这一传言到底是真是假，母亲是否尚存人间，对于三郎来说是一个未知数。从解构因果关系看，族人预设三郎长大后有可能因为思念母亲而去日本寻找母亲这一"结果"，为防止这件事情发生，他们于是造谣生事说三郎母亲在回日本的途中已经葬于鱼腹，以此麻痹与蒙蔽三郎。在解构主义看来，"诡言夫人已葬鱼腹"这个短语让

---

① ［美］乔纳森·卡勒：《论解构》，陆扬译，中国社会科学出版社1998年版，第70页。

我们注意到语言是动态多变、含混多义和不稳定的，它总是不停地散播各种潜在的意义，正如这个短语使我们不知道三郎的母亲到底是死了还是活着，我们感觉存在没有中心，没有稳定的意义，也没有固定的立足点。听到"夫人已葬鱼腹"后，三郎心里很不是滋味，小说继续写道："斯时余满胸愁绪，波谲云诡。顾既审吾生母消息，不愿多询往事，更无暇自悲身世……天下事正复谁料？……读者试思，余昨宵乌能成寐？斯时郁伊无极，即起披衣出庐四瞩，柳瘦于骨，山容萧然矣。""柳瘦于骨，山容萧然"这两个意象恰好是三郎心境的写照，生母生死未卜这件事让他满怀愁绪，感觉"夫人已葬鱼腹"这一传言使他情思波谲云诡，夜不能寐，心中怎能不忧愤郁结呢？

后来，三郎到日本找到了自己的母亲。一日，三郎与母亲到姨母家做客时，姨母告诉三郎一条重要的信息：三郎的母亲从中国回到日本不到三个月，便收到三郎的义父来信，称三郎上山被老虎吃掉了。想到当时三郎义父家乡多有虎患，姨母与三郎母亲对来信所讲的内容只能信以为真，因为她们无法去证实来信披露的信息的真伪。三郎葬于虎口的噩耗，对于这两位母亲而言是致命的沉重打击，一夜之间，她们老了20年。《断鸿零雁记》第十章写道："姨氏言至此，凝思移时，长喘一声，复面余曰：'三郎，先是汝母归来，不及三月，即接汝义父家中一信，谓三郎上山，为虎所噬。吾思彼方固多虎患，以为言实也。余与汝母，得此凶耗，一哭几绝，顿增二十余年老态。兹事亦无可如何，惟有晨夕祷告上苍，祝小子游魂，来归阿母。'"从因果论的解构来看，"三郎上山，为虎所噬"是造成母亲未能从日本再到中国看望三郎这一结果的原因。毫无疑问，"三郎上山，为虎所噬"与小说第三章的"夫人已葬鱼腹"这一传言如出一辙，它们两个同时发挥作用，出于两个目的：一是防止三郎东渡日本寻找母亲，二是防止三郎母亲从日本到中国来带走三郎。三郎族人这样做旨在"解构"子与母和母与子的相逢，达到逼迫母子永远骨肉分离的目的。根据小说的叙述，我们知道三郎虽然对"夫人已葬鱼腹"这一传言半信半疑，但是找不到母亲誓不罢休这样的情感强烈驱动他，使他采取实质性的行动，义无反顾地去日本找母亲。当三郎看到自己朝思暮想的母亲时，当他活生生地出现在姨母面前时，"夫人已葬鱼腹"与"三郎上山为虎所噬"这两个谎言所构成的堡垒不攻自破。

在《断鸿零雁记》有关三郎寻母的叙述语言中，特别是像"夫人已葬鱼腹"与"三郎上山，为虎所噬"这样的谎言让我们进一步意识到"文字导向"是如何影响我们的思想与行为的。对此，乔纳森·卡勒这样解释："文字，从这一角度来看，是外在的、物质的、非先验的。文字造成威胁，是本应为一种纯然表达手段的运作，有可能影响或感染到据说是它所再现的意义。且看这一常见的模式：先有思想，比如说哲学的王国，然后有通过它们思想得以交流的媒介系统。言谈中，媒介即已存在，然而能指一出口便消殒无踪，并不强行参与，故说话人可解释清楚任何含混纠结，以确证意义得到了传达。但在文字中，媒介令人遗憾的方面偏偏变得真相毕露。文字将语言呈现为在说话人缺席情况下运作的一系列物质符号。它们可能是极为含糊的，或以处心积虑的修辞模式编织而成。"① 可见，在《断鸿零雁记》第三章、第十章中，两起谎言在"说话人缺席"情况下对小说人物行动、对"寻母"与"寻子"小说事件的进展起到阻碍的作用。但是，三郎的族人一厢情愿地认为他们想让语言表达什么，语言就能传达出他们想要的结果，这种对语言持有的想当然的态度在三郎找到母亲之时破产了，母子重逢也为"寻母"之旅画上圆满的句号。

《断鸿零雁记》除了三郎"寻母"这一条叙述线之外，还有三郎的爱情故事，他明里拒绝爱情的青睐，暗中却又迷恋与渴望这个爱情世界，小说让三郎同时代表两个相互对立的世界，且对自身的意识形态目标持有矛盾态度，这种矛盾态度出现最多的地方是三郎对静子的态度上，这是一个非常有趣的话题。

《断鸿零雁记》第十二章写道："此为余第一次见玉人启其唇樱，贻余诚款，故余胶胶不知作何词以对。但见玉人口涡动处，又使沙浮复生，亦无此庄艳。此时令人真个消魂矣！"② 这是三郎到日本后，第一次看到静子的情景。静子的庄艳，让三郎无不销魂，隐藏内心深处的爱情涟漪又荡漾了。晚饭罢，三郎独自坐在楼头，还沉浸在白天看到静子时的那种心动，他觉得静子不仅学养深厚，而且仪容如同乌舍仙子一样绝佳。然而，刚刚涌现的这份炽烈的情愫却被"幸勿以柔丝缚我"这一意识消解了："饭罢，枯坐楼头，兀思余今日始见玉人天真呈露，且殖学滋深，匪但容仪佳也。即监守天阍之乌舍仙子，亦不能逾是人矣！思至此，忽尔昂首见月明星稀，因诵亿翁诗曰：'千岩万壑无人迹，独自飞行明月中。'心为廓然。对月凝思，久久，回顾银烛已跋，更深矣，遂解衣就寝；复喟然叹曰：'今夕月华如水，安知明夕不黑云暧曃耶？'余词未毕，果闻雷声隐隐，似发于芙蓉塘外，因亦戚戚无已。寻复叹曰：'云耶，电耶，雨耶，雪耶，实一物也，不过因热度之异

---

① ［美］乔纳森·卡勒：《论解构》，陆扬译，中国社会科学出版社 1998 年版，第 74 - 75 页。
② 原文为"消魂"，引用时保留原文。《苏曼殊小说诗歌集》第 25 页。

而变耳。多谢天公，幸勿以柔丝缚我！'"在这里，云、电、雨、雪，这些自然现象是因热度之异（气候变化）而变化，但是作为一组意象，它们恰好地隐喻了三郎内心的变化：因为静子，爱情在他心中复活了；因为他已经出家为僧，心中苦衷不能尽道，虽然钟情静子，也只好对这美妙动人的姑娘加以婉拒。这段叙述道出三郎在爱情与出家之间进行选择的内心矛盾，同时也暴露出小说暗含的意识形态是如何影响三郎的世界观的。

当代美国著名的西方马克思主义理论家、批评家弗雷德里克·詹姆逊说："意识形态必然意味着个别主体的力必多投入，但是，意识形态叙事——甚至我们所说的'想象的'、白日梦的或愿望满足的文本——在其素材和形式上都同样必然是集体的。每一特定时期的文化或'客观精神'都是一种环境，那里栖居的不仅是承袭的词语和幸存的概念，还有那些社会象征类型的叙事整体，我们称之为意识形态素。这些意识形态素是原材料，是承袭的叙事范式，作为过程的小说就作用于这些范式之上，并将其改变成属于不同秩序的文本。因此，我们必须学会区别意识形态素于中留下不同踪迹的文本，以及自由浮动的叙事客体本身，后者从未以基本的词语形式被直接表达，而是必须根据事实加以重构，作为写作的前提或潜文本。"① 根据弗雷德里克·詹姆逊的观点，小说《断鸿零雁记》这一文本是一种意识形态化解读——是特定文化的价值观和信仰带来的阐释。小说作者在建构文本的时候，必然要凭借其所在的文化环境秉持的各种假设。因此，为了找到小说中那个意识形态框架并认清它的局限性，在解构主义看来，我们要在文本中寻找与文本主要主题相冲突的意义，集中关注文本自身似乎没有觉察到的自我矛盾。

在小说开头部分，雪梅对三郎那份情爱感人至深。但与之相比，静子似乎更吸引三郎，彼此之间有更多的共同语言。《断鸿零雁记》第十一章写道："旁有柚木书楗，状若鸽笼，藏书颇富。余检之，均汉土古籍也。……顾楗中所藏多宋人理学之书，外有梵章及驴文数种，已为虫蚀，不可辨析，俱唐本也。复次有汉译《婆罗多》及《罗摩延》二书，乃长篇叙事诗。二书汉土已失传矣，惟于《华严经》中偶述其名称，谓出自马鸣菩萨，今印度学人哆氏之英译《摩诃婆罗多族大战篇》，即其一也。"静子家藏书之多，令人不难想象她从小对中外文化耳濡目染，学识养成的积累，这从静子对绘画评

---

① ［美］弗雷德里克·詹姆逊：《政治无意识》，王逢振、陈永国译，中国人民大学出版社 2018 年版，第 181 页。

论可见一斑："试思今之画者，但贵形似，取悦市侩，实则宁达画之理趣哉？昔人谓画水能终夜有声，余今观三郎此画，果证得其言不谬。"静子这简短的点评可谓击中当时画坛画风的痛处，让三郎不得不发出"心念世宁有如此慧颖者""真旷劫难逢者也"这般赞美的感叹。除了绘画这个话题之外，诗歌、佛学、历史等都是三郎和静子的共同话题。《断鸿零雁记》第十二章写道："从来好读陈后山诗，亦爱陆放翁，惟是故国西风，泪痕满纸，令人心恻耳。比来读《庄子》及《陶诗》，颇自觉徜徉世外，可见此关于性情之学不少。三郎观吾书匮所藏多理学家言，此书均明之遗臣朱舜水先生所赠吾远祖安积公者。盖安积公彼时参与德川政事，执弟子礼以侍朱公，故吾家世受朱公之赐。吾家藏此书帙，已历二百三十余年矣。"静子此语一发，三郎顿时愕然张目注视静子。另外，我们从三郎的妹妹口中得知，静子对佛理涉猎广泛，而且有着独到的阐释。《断鸿零雁记》第十四章写道："妹曰：静姊平素喜谈佛理，以是因缘，好涉猎梵章。尝语妹云：'佛教虽斥声论，然《楞伽》《瑜伽》所说五法，曰相，曰名，曰分别，曰正智，曰真如，与波弥尼派相近。《楞严》后出，依于耳根圆通，有声论宣明之语。是佛教亦取声论，特形式相异耳。'"从小说第十一章、第十二章、第十四章的叙述中，我们看到静子是在一种双重或多重文化传统之间的交互参照的跨文化的背景中成长起来的，这种跨文化的预设并没有毁灭性地否定她的自我，她非常从容地把"力比多"更多地投入在三郎身上。"三郎归，吾心至适。……否！粉身碎骨，以卫三郎，亦所不惜！"这是静子对三郎之爱的宣言。

我们从一系列短句中窥见三郎对静子情感的变化："即见玉人翩若惊鸿……余不敢回眸正视，惟心绪飘然……令人真个销魂……真旷劫难逢也……善哉，静姊果超凡入圣矣……静子慧骨，一时无两……美哉，伊人，奚啻真真者……情网已张，插翼难飞，此其时矣……悲不伦，不如归也……甚矣，柔丝之绊人也……遂将静子曩日所媵凤文罗简之属，沉诸海中，自谓忧患之心都泯。"三郎对静子从赞赏到心动、从心动到恋情、从恋情到弃绝，正如我们在前面说的小说让三郎同时代表两个相互对立的世界，这势必让三郎陷入自相矛盾之中。为了给静子一个说法，他写下了一则短笺——

　　静姊妆次：

　　　　呜呼，吾与吾姊终古永诀矣！余实三戒俱足之僧，永不容与女子共住者也。吾姊盛情殷渥，高义干云，吾非木石，云胡不感？然余固是水曜离胎，遭世有难言之恫，又胡忍以飘摇危苦之躯，扰吾姊此生哀乐耶？今兹手持寒锡，作远头陀矣。尘尘刹刹，会面无因。伏维吾姊，贷我残生，夫复何云？倏忽离家，未克另禀阿姨、阿母，幸吾姊慈悲哀愍，代白此心；并婉劝二老切勿悲念顽儿身世，以时强饭加衣，即所以怜儿也。

幼弟三郎含泪顶礼

在这则短笺中，三郎已经向静子、母亲、姨母给出了他为何不能结婚的理由。之前，小说也描述过三郎在"恋人"与"出家"之间进退维谷的选择："吾今而后，当以持戒为基础，其庶几乎。余轮转思维，忽觉断惑证真，删除艳思，喜慰无极。决心归觅师傅，冀重重忏悔耳。"从小说这些描述中，可见三郎在弃绝爱情之前，心里全心全意地爱静子，并且这一爱情是他生命的部分内容和意义所在。然而，在这个一切皆流、一切都不确定的有限性世界中，他发现自己不能拥有和实现这一爱情，他所得到的只能是无尽的痛苦。在这种状况下，他清晰地认识到这个有限世界的短暂无常。他意识到作为一个个体的自己以及这代表自己生命内容的爱，本身也是微不足道、稍纵即逝的，完全受有限性、不确定性的因素制约。在这一决断的基础上，三郎作出了弃绝爱情的决定，这意味着他将不会在世俗的、有限性的意义上爱静子（删除艳思），而将这爱情转移到无限性的、永恒的领域，即对佛的爱（归觅师傅）——可以说，对作为永恒存在的佛的爱，正是三郎对静子的爱的升华和抽象化。这样一来，三郎会有一个关键的发现：原本隶属于有限性、受无常摆布的爱，竟然因为他的这一弃绝而披上了永恒的外衣、具备了永恒的形式。也就是说，三郎发现自己的有限性的爱，可以凭自己的意志转变为永恒之爱。

从因果论的解构来看，无论是对雪梅的爱，还是对静子的爱，三郎因为自己是出家人，信仰佛教，所以他弃绝了她们的爱情。三郎也正因为不能拥有世俗的有限性的爱情，所以他将未能实现的愿望中所包含的爱转化为永恒之爱，并将之转移到这个有限性的现实世界，在有限性的意义上维护着对雪梅或是静子的爱情的愿望，全心全意地爱着其中的美好，哪怕不能拥有或随时会失去，并且无畏地承担着所有的苦难。从这方面来看，三郎完全应该得到我们的赞赏，因为他一直在内心深处默默爱着雪梅、静子（例如，小说最后一章亦即第二十七章末写三郎找雪梅墓："呜呼！'踏遍北邙三十里，不知何处葬卿卿'。读者思之，余此时愁苦，人间宁复吾匹者？"这足见三郎对雪梅的深情之爱。）——虽然在有限性的世俗意义上他弃绝了她们的爱情。

　　对《断鸿零雁记》进行解构分析，固然无法根除人们那种由来已久的情感投入（或是力必多投入），但是它却有助于人们认清它的意识形态局限性。另外，对小说《断鸿零雁记》的解构分析，也证明了解构主义小说观是成立的。在解构主义看来，小说是由语言构成的，如同雅克·德里达所说的"语言是一个流动多变、意义含混的复杂经验场域，意识形态正是透过语言这个场域，暗中对我们施加操纵的"，所以小说《断鸿零雁记》体现了产生它的那种文化意识形态。因此，小说《断鸿零雁记》向人们显示，意识形态如何以各种方式塑造了三郎对世界的认知。换言之，小说《断鸿零雁记》不是按照生活的本来面貌来再现生活的，它是按照人们对生活的感知与认知来再现生活的。

第三章 《碎簪记》：一种读者反应与新批评式解读

"古往今来，人们容易被一部小说、一首诗歌、一出戏剧，击碎心灵。这种体验，不仅是一瞬间，更是永恒；不只是个人感受，更是万人共鸣。这正是文艺存在的重要原因。"① 而这一切是如何发生的？为了搞清楚其中的运作方式，在这里，我运用读者反应动力学结构理论去阐释苏曼殊小说《碎簪记》，考察读者在阅读小说过程中对人物不断变化的认识，以及读者是如何将自己的信念和愿望投射到人物身上，小说所讲的内容是如何反映出读者的阅读体验的。

同时，我还认为，任何一种文本由于它被视为一个具有固定意义的独立整体，它都有一个最佳的或最精确的、最能代表文本自身的阐释：它最能解释文本的意义和文本产生意义的方式，换句话说，它最能解释文本的有机整体性。新批评判断文学作品质量的标准恰恰就是作品的有机整体性。在这里我的目标是用新批评来丰富读者对小说《碎簪记》的解读，让它帮助读者采取新的方式来观察和欣赏《碎簪记》形式元素错综复杂的运作情况以及形式元素产生的意义的过程。细读《碎簪记》的过程中，我发现小说叙述的许多意象折射出人类渴望这一话题，这些交叠的意象散发出的美感和情感力量使该话题成为小说中最令人难忘、最有启发性的东西。接下来，我考察《碎簪记》的人物刻画、背景和风格元素，这些形式元素相互协作，产生作品整体的意义，我以此来确定小说的主题：人类永远无法逃避渴望无从实现这一现实。

余至西湖之第五日，晨餐甫罢，徘徊于南楼之上，钟声悠悠而逝，遥望西湖风物如恒，但与我游者乃不同耳。计余前后来此凡十三次：独游者九次，共昙谛法师一次，共法忍禅师一次，共邓绳侯、独秀山民一次，今即同庄湜也。

---

① ［美］芮塔·菲尔斯基：《文学之用》，刘洋译，南京大学出版社 2019 年版。

此日天气阴晦，欲雨不雨，故无游人，仅有二三采菱之舟出没湖中。余忽见杨缕氍氍之下，碧水红莲之间，有扁舟徐徐而至，更视舟中，乃一淡妆女郎。心谓此女游兴不浅，何以独无伴侣？移时，舟停于石步，此女风致，果如仙人也。至旅邸之门，以吾名氏叩阍者。阍者肃之登楼。

余正骇异，女已至吾前，盈盈为礼，然后赧然言曰："先生幸恕唐突。闻先生偕庄君同来，然欤？"

余漫应曰："然。"

女曰："妾为庄君旧友，特来奉访。敬问先生，庄君今在否？"

余曰："晨朝策马自去，或至灵隐、天竺间，日暮归来，亦未可定。君有何事？吾可代达也。"

尔时，女若有所思，已而复启余曰："妾姓杜，名灵芳，住湖边旅舍第六号室。敬乞传语庄君，明日上午惠过一谈。但有渎精神，良用歉仄耳。"

小说开篇叙述昭示，叙述者曼殊君以第一人称"余"出现进行叙述，消除读者与叙述者之间的陌生感，与读者增进情感距离。曼殊君先后 13 次游历西湖，这次前往西湖完全是为朋友庄湜赴约，曼殊君对往昔岁月的怀旧情绪表露无遗。他看到淡妆女郎乘扁舟徐徐而至时对未来梦想实现的憧憬，望女郎离去时，他又陷于朦朦胧胧、没有具体目标的渴望。曼殊君怀念往昔岁月的意象在"钟声悠悠而逝，遥望西湖风物如恒"的诗意描述中可见一斑。这是浪漫的往昔，灵芳像仙女一样穿着一袭素雅淡妆坐着一叶扁舟从碧水与红莲之间缓缓驶来。高贵之花红莲与淡妆女郎相互映衬，即使在欲雨不雨阴晦的天气里西湖也闪耀着神奇的光辉。"钟声悠悠""风物如恒""欲雨不雨""采菱之舟""杨缕氍氍""碧水红莲""扁舟徐徐"，这些自然意象令人想起一段清新、干净、纯洁的时光，没有被腐败玷污的世界。这段叙述的魅力把读者引入一个非真实的世界中，并努力让读者在这里获得与现实生活中一样的真实的心理感受与情绪体验。这正如美国新批评理论家克林斯·布鲁克斯、罗伯特·潘·华伦强调："当我们阅读一篇小说时，我们便从日常生活领域转入一个想象的生活领域。但是，那个想象的生活领域又是由某个作家根据他个人生活领域创造出来的。因此，这里就涉及了三个生活领域：我们的实际生活领域，作家的实际生活领域和作家为我们创造的那个生活领域。作家创造的那个领域，就是我们打算加以欣赏并从中得到享受的领域。

但是，有时我们并不能对作家创造的那个领域加以充分的体会，除非我们考虑到和它有关的另外两个领域，即：作家自身的生活领域以及我们自己的生活领域。……小说中的想象的生活领域总是和实际生活领域联系着的，其中也包括我们个人的独特的生活领域——不管这种生活是什么样子。因为说到底，我们的想象力所勾勒出来的东西并不是凭空杜撰出来的东西，而是现实生活的一种投影，一种重新组合的图景。"① 在这段话中，克林斯·布鲁克斯、罗伯特·潘·华伦关于小说艺术技巧与作家人生经验关系的创造性的论述，特别令我感兴趣，因为不难看出他们的文本批评有一个基本预设：成功的文本批评，是对作家的创作过程及其复杂性有充分的理解和把握。据此，通过细读小说《碎簪记》的开篇叙述，读者了解到创作意图、生活经历对作家创作有重要的意义，读者对小说文本的了解可以从小说叙述的生活经验中得到解释和说明。

> 余此际神经，颇为此女所扰，此何故哉？一者，吾友庄湜恭慎笃学，向未闻与女子交游，此女胡为乎来？二者，吾与此女无一面之雅，何由知吾名姓？又知庄湜同来？三者，此女正当绮龄，而私约庄湜于逆旅，此何等事？若谓平康挟瑟者流，则其人仪态万方，非也；若谓庄湜世交，何以独来访问，不畏多言耶？余静坐沉思，久乃莞然曰："天下女子，皆祸水也！"

在这段小说叙述中，曼殊君的心理活动可见一斑。曼殊君仍然受到"此女游兴不浅，何以独无伴侣"所困扰，小说的开头就叙述灵芳乘舟于碧水与红莲之间，曼殊君不禁心中诧异这个女子游兴不浅，为什么独自一人而没有其他游伴？由此可见，他对于淡妆女郎所知道的信息似乎不比读者多。接下来，我们看到曼殊君自我提出三个问题并予以分析，但对每一个答案最后均予以否定，甚至得出"天下女子皆祸水也"这样比较荒诞的结论。特别是"若谓平康挟瑟者流，则其人仪态万方"这种朦胧模糊、不确定的言说，无法满足读者想知道"这个女子到底是谁"的渴望，也就是说，小说对灵芳这种不确定性的叙述使读者的渴望无从实现，增强了小说情节进一步发展的悬念，反而丰富了小说的阅读。对此，美国当代文学理论家罗伊丝·泰森说，

---

① ［美］克林斯·布鲁克斯、罗伯特·潘·华伦：《小说鉴赏》（下册），主万等译，中国青年出版社1986年版，第587页。

不确定性并不意味着读者无法在各种潜在意义当中进行选择，它也不意味着文体对自己想说什么无法下定决心。相反，不确定性意味着在语言散播意义的过程中，文本和读者密切结合，难解难分。也就是说，如果我们把语言看作一台永不停歇的织布机，那么，读者和文本就是这台机器上相互交织的纺线。特定的意义只是文本意义暂时逗留的阶段，必然有更多的意义接踵而至。这样一来，我们就用文学文本来证明，所有的文本，无论是文学文本还是其他文本，其潜在意义都是含混不清、多元并生和相互冲突的，因为所有文本都是由语言构成的。这是一种既有趣又有用的尝试，因为这类解读有助于提醒我们：语言及其全部产物包括我们自己在内，就是意义不断增生的一个过程，它内容丰富、激荡人心，有时令人警醒，但总是妙趣横生。①

　　同时，曼殊君在西湖初识前来赴约而未见到庄湜的灵芳，曼殊君对她的忽然造访充满疑惑。对此，曼殊君向自己提出了三个疑问，这三个疑问由于没有给读者及时解开进而形成一种悬念的叙述，读者欲想知晓整个小说事件只好接受曼殊君接下来一环扣一环的叙述了。在小说中，曼殊君向读者申明的真相是他帮助友人庄湜摆脱一切障碍，表面上是他隐瞒此事，他既担当信息发送者的行动角色，又担当了干涉者和阻碍者的角色。"天下女子，皆祸水也"是曼殊君对灵芳的负面认知，这也预设了他在小说情节进程中的言行。曼殊君为何对灵芳得出如此结论，他没有说出根据，以致读者感到疑惑。不难看出，曼殊君的叙述利用了读者的期待心理，他的叙述是经过设计的：一个事件嵌套着另一个事件，它们相互交织于整体的叙述中，串起主题、行动者和主旨。

　　我们之所以这样分析，为的是勾画《碎簪记》建构读者阅读反应的模式。接下来，这种反应被用于证明，构成《碎簪记》的意义的不是我们就《碎簪记》内容得出的最终结论，而是我们对《碎簪记》效果的阅读体验，因为《碎簪记》是时间性事件：当我们阅读每一个词、每一个短句的时候，它都对我们产生影响。正像我们刚才见到的那样，这段话先是强化了读者对灵芳的看法（此女正当绮龄，则其人仪态万方），然后又撤销了这种强化（天下女子，皆祸水也），让读者继续满怀期望去找出一个答案，但文本并没有立即提供这个答案。但是，读者在这段引文中产生的这种体验在下面引文中又出现了：

---

① ［美］罗伊丝·泰森：《当代批评理论实用指南》，赵国新等译，外语教学与研究出版社 2014 年版，第 289 页。

> 他日，更来一女子，问："庄湜在否？"
>
> 余曰："早已归去。"
>
> 余且答且细瞻之，则容光靡艳，丰韵娟逸，正盈盈十五之年也。女闻庄湜已归，即惘惘乘轩去。余沉吟叹曰："前后访庄湜者两人，均丽绝人寰者也。今姑不问二人与庄湜何等缘分，然二人均以不遇庄湜忧形于色，则庄湜必为两者之意中人，无疑矣，但不知庄湜心在阿谁边耳？"
>
> 又思：庄湜曾言不愿见前之女子，今日使庄湜在者，愿见之乎，抑不愿见之乎？吾今无从而窥庄湜也。夫天下最难解决之事，唯情耳。庄湜宵深掩泪时，余心知此子必为情所累，特其情史，未之前闻。余又深信庄湜心无二色，昔人有言："一丝既定，万死不更。"庄湜有焉。今探问庄湜者，竟有二美，则庄湜之不幸，可想而知。哀哉！恐吾良友，不复永年。故余更曰："天下女子，皆祸水也！"

在《碎簪记》这段引文中，第一，映入读者眼帘的是一个"容光靡艳，丰韵娟逸，正盈盈十五之年"的姑娘，读者尚未来得及对这位美人细细品味，旋即又一次被曼殊君的"天下女子，皆祸水也"的结论所挫伤。第二，曼殊君肯定了前后访庄湜的均丽绝人寰的两个姑娘无疑是庄湜的意中人，因为她们均以不遇庄湜忧形于色。第三，曼殊君自问：庄湜的心到底是属于谁呢？这也是读者最想急于了解的信息。第四，曼殊君预言"今探问庄湜者，竟有二美，则庄湜之不幸"，其"可想而知"的定论依据又是什么呢？这同样是读者想知道的。那么，批评家就会说，曼殊君的叙述先让我们产生期待然后再予以挫败，通过这种模式，《碎簪记》教我们如何去解读它，甚至解读周围的世界：我们必须预料到，对获得明确认识的期待会产生，也会遭到挫败。我们渴望确定性知识，追求它，期盼得到它。但《碎簪记》这个文本教给我们的却是，我们可能对什么都拿不准。这就是一种阅读体验。

如果读者对"庄湜心属灵芳"还是"庄湜心属莲佩"这两组事件的了解是不完整的，那么无论遗失的信息是被暂时延缓，还是被暂时压制的，对已知事件的阐释都可能与得到被延缓或被压制的信息之后所作出的阐释不同。再者，在曼殊君的叙述中信息因被延缓或压制所产生的断点为读者提供了观察这两组事件的窗口，使读者看到曼殊君的叙述如何影响着对它们所再现的事件的阐释。读者在特定时刻了解小说其中的一组事件，主要依赖于曼殊君的时空位置。曼殊君可以置身于事件发生时的时空之中通过观察来获知事件的发展，也可以通过他所在时空中的交流获知事件的发展。

从读者来看，他在阅读《碎簪记》过程中的特定时刻对小说事件的了解，不仅依赖于叙述者曼殊君对小说事件的知情程度，还要看曼殊君讲了多少信息，作为叙述者，曼殊君所获得的信息量决定于读者的时空位置，因此对读者来说，在曼殊君不想显示信息的情况下，或者在曼殊君不掌握信息而无法显示的情况下，信息就可能被延缓或压制，例如，"但不知庄湜心在阿谁边耳"这句话表明曼殊君不掌握庄湜心属于谁的信息，读者读罢也只能猜测，而"庄湜始终不稍吐其心事"进一步强化了信息无法显示的情况，因此，"心在阿谁边"这一信息就被予以延缓。延缓就是本来应该在文本的某处传达的信息留到后面才传达。借助被保留的信息的时间范畴，延缓可以产生两种不同的悬念：指向将来的悬念和指向过去的悬念。据此，读者想了解庄湜的命运便心生"下一步怎样"的疑问一直存在，以致事件可以按它们在想象中发生的次序加以叙述。但是这类事件一定要能激起读者对于一连串继续发生的事怀着强烈的期望，同时对事件会怎样发展产生疑虑。为了增强读者的兴趣，并使之保持下去，曼殊君的叙述便要延缓故事中的下一桩事件，或是读者现在很想了解的事件，或是中断了一段时间的可疑的连续性事件的叙述。例如，针对未知庄湜叔父书信的内容，读者一直怀着这类疑问："发生了什么事？""为什么？""这一切意味着什么？"这样，读者便对庄湜的未来命运一直怀着悬念。在这种情况下，故事中的时间可能在推移，但是由于有关现在或过去的一些信息被省略掉，读者对庄湜叔父的书信给庄湜带来负面影响这一事件的理解便受到阻碍。

　　翌朝，余见庄湜面灰白，双目微红，食不下咽，其心似曰："吾幽忧正未有艾，吾殆无机复吾常态，与畏友论湖山风月矣。"

　　饭罢，余庄容语之曰："子自昨日神色大变，或有隐恫在心，有触而发，未尝与吾一言，何也？试思吾与子交厚，昨夜睹子情况，使吾与子易地而处，子情何以堪？"

　　此时，余反复与言，终不一答。余与欲扰其心绪，遂与放舟同游，冀有以舒其忧郁，而庄湜始终不稍吐其心事。余思庄湜天性至厚，此事不欲与我言者，必有难言之隐，昨日阍者所云得一信，宁非女郎手笔？吾不欲与庄湜提女子事者，因吾知庄湜用情真挚，而年龄尚轻，恐一失足，万事瓦解；吾非谓人间不得言爱也。今兹据此情景，则庄湜定与淡妆女郎有莫大关系，吾老于忧患矣，无端为庄湜动我缠绵悱恻之感，何哉？

余同庄湜既登孤山，见"碧晴国"人数辈，在放鹤亭游览。

此前是淡妆女郎不肯说明前来会面的具体缘由，现在是庄湜不言不语。曼殊君见庄湜面色灰白，双目微红，食不下咽，无论曼殊君怎样询问，庄湜就是缄默不语、不吐露半点心事，他也只好对庄湜的重重心事进行猜测。"阍者云其于六点钟得一信，时具晚膳，独坐不食，须臾外出，似有事也"，这一信息起着非常重要的作用，因为读者对"庄湜心在阿谁边"这一事件的阐释和再阐释都是以当时所能获知的信息为基础的，读者对这一事件的理解是通过把它们看作时间和因果之链上的环节来进行的。首先，我们按照曼殊君叙述的时间顺序组织所知的信息，然后在如此组织起来的事件之间寻找可能存在的因果关系。庄湜于傍晚六点钟收到一封信，曼殊君以为是淡妆女郎（灵芳）的手笔，庄湜称这是他叔父的来信，只说读信后他不愿去见相约的灵芳的原因，恐怕叔父来游西湖时见到。因此，庄湜委托曼殊君代自己去赴约。庄湜这一解释消除了曼殊君对淡妆女郎的误解。可是，曼殊君见到灵芳回来后，他之所以没有向庄湜提起见到灵芳后她让他转告庄湜信息的这件事，是因为他觉得庄湜太年轻了，用情真挚，万一庄湜深陷爱河不能自拔那真可谓万事瓦解了，正如他自己所说的："吾不欲与庄湜提女子事者，因吾知庄湜用情真挚，而年鬓尚轻，恐一失足，万事瓦解。"其次，之前庄湜没有说出他的叔父书信的内容，因此我们不知道这封信是否就是引发后续事件即庄湜与灵芳、湜佩与莲佩无法走到一起的原因。针对《碎簪记》叙述中的这种情况，在《似知未知：叙事里的信息延宕和压制的认识论效果》一文中，爱玛·卡法勒诺斯说："由于按照时间顺序组织的故事是由读者阅读情节时所得到的信息构成的，所以故事里只能包含情节显示已经发生的那些事件或提供信息以使特定读者在特定阅读时刻断定已经发生的那些事件。在事件被压制的情节里，会出现一种本来可能包含着相关信息的断点，这时在故事时间的序列上，会出现对应的断点，包含本来可能发生的事件。只要事件在情节里被永久压制，故事里就会出现断点；如果情节没有显示某事件已经发生，读者就不会把该事件包括在他所构想的故事之中。"① 根据眼前情景，曼殊君仍然断定庄湜有难言之隐一定是与淡妆女郎有莫大关系，这正是他一

---

① 爱玛·卡法勒诺斯：《似知未知：叙事里的信息延宕和压制的认识论效果》，马海良译，见戴卫·赫尔曼《新叙事学》，北京大学出版社 2002 年版，第 6 页。

直担心的问题。接下来，在庄湜与淡妆女郎下面的这段对话中，读者方获悉庄湜叔父写信的内容，但其叔父的目的是什么，读者暂且不知道。

> 少间，女郎已至，驻足室外。庄湜略起，肃之入。余鞠躬与之为礼。
>
> 庄湜肃然言曰："吾心慕君，为日非浅，今日始亲芳范，幸何如也！"
>
> 此际女郎双颊为酡，羞赧不知所对。
>
> 庄湜复曰："在座者，即吾至友曼殊君，性至仁爱，幸勿以礼防为隔也。"
>
> 女始低声应曰："知之。"
>
> 庄湜曰："吾无时不神驰左右，无如事多乖忤，前此累次不愿见君者，实不得已。未审令兄亦尝有书传达此意否？"
>
> 女复应曰："知之。"
>
> 庄湜曰："余游西湖之日，接叔父书，谓闻人言，君受聘于林姓，亲迎有日，然欤？"
>
> 女容色惨沮，而颤声答曰："非也。"
>
> 庄湜继曰："如此事果确者，君将何以……"
>
> 语未毕，女截断言曰："碧海青天，矢死不易吾初心也！"
>
> 庄湜心为摧折，不复言者久之。
>
> 女忽问曰："妾中秋侍家母之钱塘观潮，令叔已知之耶？"
>
> 庄湜曰："或知之也。"
>
> 女曰："妾湖上访君未遇，令叔亦知之耶？"
>
> 庄湜曰："惟吾与曼殊君知之耳。"
>
> 女曰："令叔今去通州，何日归耶？"
>
> 庄湜曰："不知。"
>
> 女郎至此，欲问而止者再，已而嗫嚅问曰："君与莲佩女士见面否？与妾同乡同塾，其人柔淑堪嘉也。"
>
> 庄湜曰："吾居青岛时，曾三次见之，均吾姊绍介。"
>
> 女曰："君偕曼殊君游湖所在，是彼告我者。彼今亦在武林，未与湖上相遇耶？"
>
> 庄湜曰："且未闻之。"
>
> 此际，余始得向庄湜插一言曰："子行后，果有女子来访。"

女惊向余曰："请问先生，得毋密发虚鬓、亭亭玉立者欤？"

余曰："是矣。"

庄湜闻言，泪盈其睫。女郎蹶然就榻，执庄湜之手，泫然曰："君知妾，妾亦知君。"言次，自拔玉簪授庄湜曰："天不从人愿者，碎之可耳。"

余心良不忍听此女作不祥之语。余视表，此时刚十分钟矣，余乃劝女郎早归，俾庄湜安歇。女郎默默与余握手，遂凄然而别。

在小说的这段对话中，读者随着曼殊君一同目睹了庄湜与灵芳的第一次会面。通过他们之间的对话，读者想知道淡妆女郎与庄湜之间关系到底如何的渴望得到了实现。首先，庄湜对灵芳心生爱慕已久，两人相约于西湖，他理应是赴约的，可是他却爽约了，让曼殊君代他而去，导致灵芳第一次约会赴空。原因是庄湜接到叔父的书信，得知灵芳已经被许配林氏，弄得他精神恍惚，所以他此前屡次不愿见灵芳，实在是迫不得已。听到庄湜说自己已经被许配他人，灵芳很惊诧，她立即给予否定，甚至斩钉截铁地说"碧海青天，矢死不易吾初心也"，以证明她对庄湜的爱。相反，灵芳向庄湜进行一番追问后，话锋突然一转，她询问庄湜是否与她的同乡同塾莲佩见过面。她之所以这样问，是因为在她看来庄湜可能是去见了莲佩而假借其叔父来信说她已经结婚作为挡箭牌便顺理成章地爽约。庄湜承认，在青岛时，经过他的婶婶介绍，他与莲佩确实见过三次。然而，灵芳仍然觉得很纳闷：庄湜与曼殊君去游西湖的消息，明明是莲佩告诉她的，莲佩现在就在杭州，庄湜怎能不知道、怎能在西湖没见过莲佩呢？面对灵芳的发问，庄湜表示自己确实并不知道莲佩已经到杭州。这时，在一旁沉默的曼殊君跳出来给出答案，说他们游完西湖庄湜走后，确实有一个女子来访，她如同灵芳所描述的那样密发虚鬓、亭亭玉立。曼殊君一席话，让庄湜泪盈其睫，让灵芳蹶然就榻。庄湜与灵芳之间的误解消除。于是，灵芳自拔玉簪授予庄湜当作爱情的信物，她说："天不从人愿者，碎之可耳。"至于为什么叔父来信向庄湜编造谎言说灵芳已婚，这其中的信息一直被延缓是为读者设置的一个悬念，目的是增强小说的可读性。可见，曼殊君的叙述巧妙地延缓读者理解的进程，以确保它自身的继续存在，为了达到这个目的，曼殊君的叙述便要引进读者所不熟悉的成分，增加某种困难，或者只是推迟有关读者所期望的、感兴趣的项目的描述，从而更激发读者的兴趣、好奇心或悬念。使读者产生悬念的一种方式就是延缓，对此，在《似知未知：叙事里的信息延宕和压制的认识论效果》一文中，爱玛·卡法勒诺斯说："在事件被延宕的情况下，情节有两种断点：一是假如信息未被延宕，它就会显示出来；一是信息在后来显示。但是对应的故事里却没有断点，因为读者看到情节的结果并将最后显示的事件置入他按时间顺序组合的故事之后，以前遗失的东西最终是可以包括进来的。……其中插入情节中的说明性材料在读者身上产生的效果，于是从读者的角度谈论情节与故事的关系，同时也考虑到一组事件向读者逐渐展开时，暂时断点对阅读过程的影响。体验不断发展，阐释不断重复，贯穿于整个意识。"①

> 其叔怒曰："此人不听吾言，狂悖已甚。烦汝语彼，吾已碎其玉簪矣。此人年少任情，不知'炫女不贞，炫士不信'，古有明训耶？"

叔父为什么屡次阻止他与灵芳相见，庄湜不知其所以然。庄湜告诉曼殊君，之前他游学京城时因反对袁世凯复辟而被羁押，幸得灵芳的哥哥杜灵运的鼎力相助。同时，杜灵运将自己的妹妹杜灵芳许配给庄湜，问庄湜是否有意。其时，感激之下庄湜已将自己的心许给了灵芳，只是没有说出来。庄湜将这件事告诉叔婶，他们都不赞同，深层原因可能是婶婶有个外甥女莲佩，深得叔父一家人的垂爱，并有意促其与庄湜合婚。当这位 61 岁的叔父从外地回到杭州家里时，竟然发现庄湜用丝巾包好灵芳送他的玉簪珍藏在枕头下，这令他恼羞成怒，为断庄湜对灵芳的念想，他只好碎其玉簪。之前，庄湜坚持"灵运情义，余无时不深念之。顾虽未见其妹之面，而吾寸心注定，万劫不能移也"；现在，玉簪已碎，庄湜之心随之而碎。

在《碎簪记》中，小说主人公庄湜与权力（礼教、家长之命）之间的交际，形成了小说叙事的张力。虽然庄湜心中渴望追求自己的爱情梦想，但又不敢于为代表自己爱情梦想的灵芳挺身而出，而且他始终没有从情感深层次上发现灵芳这样的女人值得他这样去做。例如："余曰：'子既爱之，而不愿见之，是又何故？'庄湜曰：'始吾不敢有违叔父之命也。'"这段对话，让读者看到在家长之命的作用之下，庄湜的思想意识已然被罩上一层"希望和畏惧"的色彩。有关"希望和恐惧"的一个经典例子是来自托马斯·霍布斯的《利维坦》中的著名段落："一个人心中对某一事物的欲望、嫌恶、希望与畏惧如果交替出现，做或不做这桩事情的各种好坏结果在思想中接连

---

① 爱玛·卡法勒诺斯：《似知未知：叙事里的信息延宕和压制的认识论效果》，马海良译，见戴卫·赫尔曼《新叙事学》，北京大学出版社 2002 年版，第 6－7 页。

出现，以致有时想往这一事物，有时嫌恶这一事物；有时希望能做，有时又感到失望或害怕尝试；那么一直到这一事物完成或被认为不可能为止，这一过程中的一切欲望、嫌恶、希望和畏惧的总和，便是我们所谓的'斟酌'。"① 希望和畏惧这一对激烈的情感在庄湜身上格外突出，它们形成一股突如其来的洪流裹挟着庄湜和读者顺着看似无法抵抗的命运滚滚而下。接下来的小说叙述探讨了这一命运，庄湜的无助仍然是确定的，也没有任何途径可以改变这一命运。如果说庄湜在礼教、家长之命方面表现出妥协，那么，他在反对袁世凯复辟时表现的却是一种可嘉的勇气。"前者吾游京师，正袁氏欲帝之日。某要人者，吾故人也。一日，招我于其私宅，酒阑，出文书一纸，嘱余译以法文，余受而读之一，乃通告列国文件，盛载各省劝进文中之警句，以证天下归心袁氏。余以此类文句，译成国外之语，均虚妄怪诞、诙谀便辟之辞，非余之所能胜任也，于是敬谢不敏。某要人曰：'子不译之，可。今但恳子联名于此，愿耶？'余曰：'余非外交官，又非元老，何贵署区区不肖之名？'遂与某要人别。三日，有巡警提余至一处，余始知被羁押。"在这段小说叙述中，读者看到的是一个勇敢、正义凛然的庄湜，他有一种社会责任担当。但是，庄湜对于叔父干涉他与灵芳的爱情所施的权力时却不敢抗拒，正如庄湜说："吾叔恩重，所命靡不承顺，独此一事，难免有逆其情意之一日，故吾无日不耿耿于怀。迹吾叔心情，亦必知之而怜我；特以此属自由举动，吾叔故谓蛮夷之风，不可学也。"莲佩对庄湜说："汝观郊外木叶，半已零坠，飞鸟且绝迹，雪景行将陈于吾人睫畔。"接着，小说继续叙述："莲佩则偎身于庄湜之右，披发垂于庄湜肩次，哆其唇樱，睫间颇有泪痕，双手将丝巾叠折卷之，此丝巾已为泪珠湿透。二人各知余至，莲佩心中似谓：'吾今作是态者，虽上帝固应默许。吾钟吾爱，无不可示人者。'而庄湜此时心如冰雪。"这些小说叙述在我看来，非常符合新批评原理，无论我们分析其中哪一种形式元素，都可以证明它对小说主题的发展起到了重要作用，有助于作品完整性的形成。小说叙述的核心张力是礼教、粗俗的家长代理与抒情意象之间的张力——后者产生的那种凄美和情感力量使它成为小说《碎簪记》中最令人难忘和最富启迪性的内容——这种张力被用来描绘庄湜所处的时代正是中国历史转型期，这也是社会人格转折期与社会文化的蜕变期。《碎簪记》不仅仅是讲故事，更重要的是表达一种对人生的体验，它的

---

① ［美］托马斯·霍布斯：《利维坦》，黎思复、黎廷弼译，杨昌裕校，商务印书馆 2017 年版，第43 页。

价值既在于自身的艺术性，也在于它在历史转型期各种意识形态之间的动态张力中所进行的文学与人生的努力。在这样的历史情境中，无论我们怎样衡量某个人物的相对纯真，这种张力都构成了叙事框架，最后通过小说的主题得以解决。例如，小说叙述中的"木叶""零坠""飞鸟""绝迹""雪景"，这些意象把小说人物莲佩的命运与季节变化联系在一起，暗示莲佩与庄湜始终没有收获爱情果实的必然性。渴望无从实现的形象在《碎簪记》中经常呈现出静态、永恒的特征，这既强调了它的普遍性，又强调了它的必然性，它是庄湜、灵芳、莲佩、叔父生存状况的一部分，他们都无法逃避。

在《碎簪记》中，即使是渴望回到过去的简短意象，也都带有情感的力量。小说中有一个特别的意象："余同庄湜既登孤山，见'碧睛国'人数辈，在放鹤亭游览。忽一碧睛女子高歌曰：'Love is enough. Why should we ask for more?（有爱就够了，为什么我们还要更多的呢？）'女歌毕，即闻空谷作回音，亦曰：'Love is enough. Why should we ask for more?（有爱就够了，为什么我们还要更多的呢？）'时一青年继曰：'Oh you kid! Sorrow is the depth of love。（啊，你这姑娘，爱的深处便是烦忧。）'空谷作抗音如前。游人均大笑。余见庄湜亦笑，然而强笑不欢，益增吾悲耳。"这个意象挥之不去，闻之，令人痛心不已，因为它表现了一种心中渴望却无法得到满足的空虚感。歌词中流淌的怀旧渴望被泛化为行之四海的通则：我们每个人都渴望重新找回逝去的青春和失去的爱情，现在突出了它完全不可改变、令人心碎的结局。"余辞庄湜归，中途见一马车瞥然而过，车中人即佩莲也，其眼角颇红。余心叹此女实天生情种，亦横而不流者矣。方今时移俗易，长妇姹女，皆竞侈邪，心醉自由之风，其实假自由之名而行越货，亦犹男子借爱国主义而谋利禄。自由之女，爱国之士，曾游女、市侩之不若，诚不知彼辈性灵果安在也！盖余此次来沪，所见所闻，无一赏心之事。则旧友中不少怀乐观主义之人，余平心而论，彼负抑塞磊落之才，生于今日，言不救世，学不匡时，念天地之悠悠，惟有强颜欢笑，情郁于中，而外貌矫为乐观，迹彼心情，苟谓诸国老独能关心国计民生，则亦未也。"这段文字中的系列意象，让人想到的是一个一去不复返的世界，之所以说一去不复返，是因为它永远属于过去。正如曼殊君最终认识到的那样"方今时移俗易"，必然随着时代的变化而改变。渴望无从实现这个意象出现在场景再现当中，也正是在这里，它成为一条共同的主线，连接起不同的社会阶层：长妇姹女、自由之女、爱国之士、曾游女、市侩之士、报人等，读者通过这个场景看到曼殊君先前心中的美好渴望顿时被屏蔽了，渴望无从实现的氛围更多的是引起曼殊君浪漫遐想的环境营造出来的，然而，出现在这些环境之中的人物的实际经历和感受与曼殊君的寄托正好相反。

> 梦偕庄湜、灵芳、莲佩三子，从锦带桥泛棹里湖，见四围荷叶已残破不堪，犹自战风不已，时或泻其泪珠，一似哀诉造物。余怜而顾之。有一叶摇其首而对余曰："吾非乞怜于尔，尔何不思之甚也？"
>
> 将至西泠桥下，灵芳指水边语莲佩曰："此数片小花，作金鱼红色者，亦楚楚可人，先吾亲见之而开，今吾复亲见之而谢，此何花也？"
>
> 莲佩曰："吾未识之，非蘋花耶？"
>
> 庄湜转以问余。余曰："此与蘋同种而异类，俗名'鬼灯笼'，可为药料者也。"
>
> 言时，已过西泠桥。灵芳、莲佩忽同声歌曰："同携女伴踏青去，不上道旁苏小坟。"
>
> 俄而歌声已杳，余独卧胡床之上，窗外晨曦在树，晓风新梦，令人惘然。

小说中这段文字描写曼殊君梦境中衔接的是一个个自然意象，这些意象把庄湜、灵芳、莲佩的名字与西湖、残荷、鬼灯笼、苏小坟、晨曦、晓风、新梦等放在一起，使这段文字充满了神话和幻想的氛围，小说以"残破不堪、犹自战风、泻其泪珠、哀诉造物、亲见之而谢"的语句来强调，庄湜、灵芳、莲佩三者之间的爱情是否成功没有任何保证，或许它只是南柯一梦、一厢情愿的渴望。这与梦中的湖通常象征丰富的内心世界，意味着心灵充实，生活幸福美满形成了强烈的反差。在这里，庄湜、灵芳、莲佩三者之间虚无缥缈的爱情希望与令人伤感的美自然而然地融合为一体，渴望无从实现这个意象以梦的形式编织成一条共同的线索，将小说中的人物庄湜、灵芳、莲佩联结起来，尽管小说没有着重描写渴望无从实现这个意象。如果读者把上下文中的"楚楚可人""鬼灯笼""踏青去""苏小坟"连成一条线索，那么，就会出现一个极具隐喻的情境：灵芳与莲佩两位楚楚动人的女子，在鬼灯笼的引导下，两人携手搭伴踏青，虽然她们不上道旁的苏小小之坟，但是她们与庄湜的爱情确确实实地走上现实生活之坟。如同曼殊君所说的那样："顾梦境之事，似与真境无有差别。梦境之味，实长于真境滋多。"这也是后来曼殊君见证庄湜、灵芳、莲佩三者之间的爱情走上毁灭的真实写照。

在《碎簪记》中，灵芳是与哥哥杜灵运一起"游学罗马四年，兄妹俱有令名者也”的女子，反而称不上是“古典幽微”的东方女性。莲佩虽然没有留洋，但其“幼小刺绣，兼通经史”，而且“于英法文学，俱能道其精义，盖从苏格兰处士查理司习声韵之学五年有半”，俨然一个典型的东方女性却又显得洋气十足：“莲佩待余两人归原座，乃敛裾坐于炉次，盖服西装也，上衣为雪白毛绒所织，披其领角。束桃红领带，状若垂巾，其短裙以墨绿色丝绒制之。着黑长袜。履十八世纪流行之舄，乃元色天鹅绒所制，尖处结桃红 ribbon（缎带）。不冠，但虚髻其发。两耳饰钻石作光，正如乌云中有金星出焉。”接下来，莲佩低鬟应曰：“未也。吾意二三年后，当往欧洲一吊新战场。若美洲，吾不愿往，且无史迹可资凭睇，而其人民以 make money（赚钱）为要义，常曰：‘two dollars is always better than one dollar.’（‘两元钱总比一元强。’）视吾国人直如狗耳，吾又何颜往彼都哉？人谓美国物质文明，不知彼守财奴，正思利用物质文明，而使平民日趋于贫。故倡人道者有言曰：‘使大地空气而能买者，早为彼辈吸收尽矣。’此语一何沉痛耶！”“此人于英法文学，俱能道其精义，盖从苏格兰处士查理司习声韵之学五年有半，匪但容仪佳也。”“向晚，余等遂往博物院剧场。至则泰西仕女云集，盖是夕所演为名剧也。莲佩一一口译之，清朗无异台中人，余实惊叹斯人灵秀所钟。余等已观至两句钟之久，而莲佩犹滔滔不息。”这几段引文，可见曼殊君这个叙述者不惜笔墨为莲佩的活动提供广阔的舞台，她关于欧洲与美洲的社会政治经济的议论，无论其见解是否公允，都彰显她是一个极具先进思想的现代女性。特别是在博物院看歌剧时，莲佩对歌剧口若悬河地进行一一口译，清朗无异于台中人，令人惊叹其灵秀所钟。相形之下，描写灵芳才情的只是“游学罗马四年，兄妹俱有令名者也”一笔带过。但是，对莲佩之情感，庄湜坦言：“吾心爱灵芳，正如爱吾叔也。”曼殊君问庄湜：“子亦爱之如爱莲佩耶？”庄湜微叹而答：“吾亦爱之如吾婶也。”庄湜的回答是模棱两可、含糊其词的，他既爱灵芳又爱莲佩，这种含混的回答就像一个词语、意象或事件同时产生两种或者多种不同的意义一样给曼殊君、读者带来困惑，使人产生误解的线索。这种延缓手段使阅读过程成为一种猜测的游戏，就像猜谜语或解答难题一样，第一步是标出谜似的对象的特征，暗示有关对象存在的难题，然后接下去系统地予以阐释，至少暗示解答的可能性。随着“难题”这个概念的引入，曼殊君的叙述便确立了一种自相矛盾的作用：一方面它似乎趋向问题的解决；另一方面又竭力设置“难题”，以保证文本自身吸引力的存在。《断簪记》通过曼殊君关于叙述目的、效果这类题外话来达到延缓的目的，对于故事中的事件来说，延缓似乎是合理的，例如，掌握叔父书信中的信息的庄湜出于害怕、谨慎或其他原因，不愿意泄露他所掌握的秘密，等等。正因为这样，使《断簪记》文本更显丰富性、深刻性和复杂性，这些特性反过来又为小说文本增添了价值。

在《断簪记》中，作为延缓方法的空隙显得极其重要，这是因为《断簪记》为读者重构一个世界即一个故事，而提供的材料远远没达到饱和的程度。不管描述如何详尽，总可以进一步提出问题，也就是说，空隙依然存在。因此，伊瑟尔说："没有一个故事是讲得完完整整的，正因为不可避免地有遗漏，一个故事才获得动力。于是，不管叙述之流何时被打断，不管我们会被引到哪个意料不到的方向，我们都能找到机会，发挥自己的才能，去建立各种联系——填补文本留下的空隙。"[1] 在《断簪记》中，最典型的空隙是阐释性空隙。读者阅读过程中的阐释，在于发现《断簪记》多处存在暧昧不明的语言（空隙），探寻线索，形成种种假设，并努力在多种假设中进行选择，从而构建一个最后确定的假设。若不考虑空隙的重要性的话，它可以是暂时的，即《断簪记》某处出现的空隙，在别处得到填补；也可以是永久的，即直到《断簪记》结束时，空隙依然存在。什么是暂时的空隙，什么是永久的空隙，只有读完《断簪记》，回过头去看，才分辨得清楚。在阅读过程中，读者并不晓得《断簪记》中哪一个空隙是暂时的，哪一个是永久的，这种不确定性确实就是《断簪记》阅读动力学的基础。不管是哪一种类型的空隙，都起到提高读者的兴趣和好奇心，延长阅读过程的作用，并且促使读者能动地参与增进文本重要性的活动。

除了分析构成读者反应的阅读动力之外，我们通常还会搜集其他证据，进一步证明《断簪记》与阅读体验相关。例如，情感文体学的大部分实践者都引用其他读者的反应来证明他们针对某一文本阅读活动进行的分析，在所有读者看来都是有效的。我们甚至还会引用一种截然相反的批评观念去印证如下争议：《断簪记》提供了一种没有定论的、解构性质的或令人困惑的阅读体验。这并不意味着《断簪记》有缺陷，它只意味着让读者满怀疑虑、胸无定解可以证明如下事实：对《断簪记》的阐释，或许对周围世界的阐释，是一种问题丛生的行为，我们不能指望从中获取定论。

基于庄湜含混的态度，曼殊君得出结论："然则二美并爱之矣。"之前，曼殊君也曾经纳闷："前后访庄湜者两人，均丽绝人寰者也。今姑不问二人

---

[1] 施洛米丝·雷蒙-凯南：《叙事虚构作品：当代诗学》，赖干坚译，厦门大学出版社1991年版，第149页。

与庄湜何等缘分，然二人均以不遇庄湜忧形于色，则庄湜必为两者之意中人无疑矣，但不知庄湜心在阿谁边耳。"莲佩兼容现代西方女性开放与东方女性高雅、娴静、温柔的特征，灵芳兼备东方女性的温柔、含蓄与现代女性的执着、果敢、聪慧的特征，否则，读者无法解释小说开头她独自前往西湖会晤庄湜。正是莲佩与灵芳这种杂糅传统与现代性的特征，她们又同时深爱庄湜，这使庄湜在爱情的选择上深陷矛盾犹豫的困境，舍弃哪一方都觉得不合理。叙述者曼殊君以其大于人物视野的聚焦方式描述为人物忽略的情况，隐晦地表达不同于人物的选择立场，但他在这种倾向性的叙述中并未对另一方作出否定性的描述，这样两种不同的选择和他们在选择上的矛盾、犹豫也将读者带进了选择的困境，舍弃哪一方都觉得不合理。曼殊君虽然对两位女性都表示欣赏，但他时刻都不忘礼教，慨叹"天下女子，皆祸水也"。当曼殊君问庄湜到底先喜欢哪一个时，庄湜说心先属灵芳，但他又不敢有违叔父之命。接着，曼殊君便给庄湜出了这个主意："佳哉！为人子侄，固当如是。今吾思令叔之所以不欲子与灵芳相见者，亦以子天真诚笃，一经女子眼光所摄，万无获免。此正令叔慈爱之心所至，非猜薄灵芳明矣。吾今复有一言进子：以常理度之，令叔婶必为子安排妥当；子虽初心不转，而莲佩必终属子。子若能急反其所为，收其向灵芳之心，移向莲佩，则此情场易作归宿，而灵芳亦必有谅子之一日。不然者，异日或有无穷悲慨。子虽入山，悔将何及？"曼殊君这番修辞夸张的话，令庄湜惊慌失色，这虽让曼殊君觉得自己失言了，但依旧认为这一切都是为庄湜好。

灵芳对庄湜的爱："碧海青天，矢死不易吾初心也！"

庄湜对灵芳的爱："吾寸心注定，万劫不能移也！"

莲佩对庄湜的爱："上帝汝临，无二尔心。"

庄湜对莲佩的爱："吾亦爱之如吾婶也。"

正如之前小说叙述："嗟乎！此吾友庄湜与灵芳会晤之始，亦即会晤之终也。余既别庄湜、灵芳二人而归，辗转思维，终不得二子真相。庄湜接其叔书，谓灵芳将结缡他姓，则心神骤变，吾亲证之；是庄湜爱灵芳真也。余复思灵芳与庄湜晋接时，虽寥寥数语，然吾窥伺此女有无限情波，实在此寥寥数语之外。余又忽忆彼与余握别之际，其手心热度颇高：此证灵芳之爱庄湜亦真也。据二子答问之言推之，事或为其叔中梗耳。庄湜云与莲佩凡三遇，均其婶氏引见，则莲佩必为其叔婶所当意之人。灵芳问我'密发虚鬟、亭亭玉立'此八字者，舍湖上第二次探问庄湜之女郎而外，吾固不能遽作答辞也。然则所谓莲佩女士者，余亦省春风之面矣。第末审庄湜亦爱莲佩如爱灵芳否？莲佩亦爱庄湜如灵芳否？既而余愈思愈见无谓，须知此乃庄湜之情关玉扃，并非属我之事也；又奚可以我之理想，漫测他人情态哉？"在这里，曼殊君认为庄湜的叔父从中作梗，是灵芳与庄湜两人之间的爱情的最大障碍，随着庄湜叔父"碎簪事件"的介入，灵芳、莲佩、庄湜三人之间的爱情渴望毁于一旦而永远无法实现了。灵芳写给庄湜的信："蒙令叔出肺腑之言相劝。昔日遗簪，乃妾请于令叔碎之，用践前言者也。今兹玉簪既碎，而吾初心易矣。……嗟乎！但愿订姻缘于再世，尽燕婉于来生。自兹诀别，夫复何言！"庄湜见函，咽气不复成声，须臾气尽而亡。随着灵芳、莲佩、庄湜三人先后相继死亡，叔父企盼庄湜与莲佩合婚的渴望也瞬间化为泡影。

在《碎簪记》中，渴望无从实现这个意象至少起到两个重要作用：首先，这个意象把庄湜、灵芳、莲佩三人对爱情的梦想和自然的感应联系起来，与此相对应的是季节嬗变给他们带来的那种神秘的悬疑感，而与季节嬗变联系在一起的又是他们脚下通向未来的门槛，他们非常渴望跨越的门槛。换句话说，这个意象暗示人的渴望像季节一样是一种自然的和必然的东西。其次，这个意象还把他们渴望的超凡浩渺——他们对未来无法形容的憧憬，那时候他们的心灵可以自由驰骋，但是最终以毁灭画上句号。由此可见，即便人的渴望表现为具体而微的男女情欲，它也是人类无法掌控的超凡力量的化身。换言之，即便我们认为我们渴望的对象是某个人、某个事物，然而，能够满足我们渴望的还是我们个人力量无法企及的那些东西，隐藏在人性中的东西。的确，小说《碎簪记》中描写人物渴望无从实现的意象不一而足，在出现最频繁的意象当中，渴望模糊且不确定，毫无具体目标可言。例如，曼殊君在小说叙述中的渴望不够具体，读者知道的只是他想要的东西是新鲜的、绮丽的、激动人心的，例如："余见庄湜忧深而言婉，因慰之曰：'子勿戚戚弗宁，容日吾当代子陈情于令叔，或有转机，亦未可料。'"这是曼殊君之前把庄湜与灵芳之间的爱情是否成功，寄望于曼殊君与庄湜的叔父的谈判与沟通之上，从后来发生的悲剧看，谈判与沟通是失败的，转机也不复存在。在这种情况下，曼殊君又建议庄湜干脆移情莲佩，把莲佩当作爱情的归宿，灵芳总有一天会理解他的。曼殊君前后言行不一，看似自相矛盾但却真实再现了庄湜与灵芳、莲佩之间爱情的实际情况。可见，曼殊君想帮朋友处理好爱情这件事的渴望也是无从实现的。

在小说《碎簪记》中，读者可以看到以祥和、优雅和丰饶的意象去描写环境，甚至可以让场景产生渴望无法实现的感觉，这种渴望向往的是天堂似的美，然而，具有讽刺意味的是，它却与当下行为格格不入，一边是世俗礼教为上的人物，一边是预示着和谐、优雅和丰饶的环境，这种反差营造出渴望无法实现的感觉。然而，这种环境描写中总是带有一种浪漫气息："翌日，天气清朗。饭罢，庄湜之婶命余等同游。其别业旧有二车，此日二车均多添一马，成双马车。是日，莲佩易紫罗兰色西服。余等既出，途中行人，莫不举首惊望，以莲佩天生丽质，有以惹之也。甫至南京路，日已傍午，余等乃息于春申楼，进午餐焉。当余等凭阑俯视之际，余见灵芳于马路中乘车而过。灵芳亦见余等。但庄湜与莲佩并语，未之见。余亦不以告之。餐罢，即往惠罗、汇司诸肆购物；以莲佩所用之物，俱购自西肆者。是日，莲佩倍觉欣欢，乃益增其媚。庄湜即奉承婶氏慈祥颜色，亦不云不乐。余即类星轺随员，故无所增减于胸中。莲佩复自购泰西银管四枝，赠庄湜一双，赠余一双；观剧之双眼镜二，庄湜一，余一。"在小说中，读者是通过曼殊君的眼睛来看环境的。因此，读者有理由得出结论，在环境和行动不一致的那些场景中，它们让人想到的那种无法实现的渴望就是曼殊君本人无法实现的愿望，他向往一个充满田园美景的世界，就像过去他认识的那个世界，但是那个世界已一去不复返。

综上所述，小说《碎簪记》呈现出读者反应与新批评的悖论、反讽、含混和张力所产生的多层次、相互冲突的意义，然而，这四种语言手法彼此之间却相互协调和谐地融合在一起，共同深化小说主题。小说中频繁出现的意象告诉我们，渴望无从实现是一件普遍的和必然的事情。无论我们地位有多高，财富有多少，我们都不可能永远满足：我们必然会渴望其他东西。我们可能把这种渴望与某个物体联系起来，并且相信我们是在渴求某个东西，无论它存在于我们的过去，还是存在于未来。如果我们没有把这种渴望与某个物体联系起来，在这种情况下我们就会莫名其妙地坐卧不安，这种坐卧不安的感觉会把我们送去任何地方。但是，无从实现的渴望无论以什么形式出现，都是不可避免的。这种不可避免的意识，即渴望无法实现是人性使然的感觉，在小说《碎簪记》中一直被渴望无法得到满足这个意象的静态性所突出强调。我们分析过的每一个意象——实际上是小说《碎簪记》中的大多数意象——似乎都存在于永恒的当下，存在于一个静止的造型中，就像刻在诗人济慈诗中希腊古瓮上的恋人一样固定不变："鲁莽的恋人，你永远、永远吻不上，虽然够接近了——但不必心酸；她不会老，虽然你不能如愿以偿，你将永远爱下去，她也永远秀丽！"

第四章　苏曼殊小说地理学

全世界就是一个舞台，

所有的男男女女不过是一些演员。

他们都有下场的时候，也都有上场的时候。

一个人的一生中要扮演好多角色，

他的表演可以分为七个时期。

——《皆大欢喜》（第二幕第七场，朱生豪译）

这些脍炙人口的诗句引自威廉·莎士比亚的《皆大欢喜》，它们生动地展现了一些重要的关于空间和空间性的假设。其中，空间被视为是一个空的载体，其自身几乎没有重要性，也基本不受关注，它展现的是历史和人类情感的真实而具有戏剧性的故事。通过莎士比亚的诗句，我更喜欢把占主导地位的叙述模式当作一个空间压缩的舞台，仅仅关注在时间中发生的事件而不是聚焦历史个人具有意愿性的世界，这个有着能动的和空间选择的世界，在某种意义上，这种经验主义的历史和它关注的事实一样，是跟在事件之后的。

法国社会学理论家勒菲弗尔认为，任何由社会产生的历史空间都是由"空间实践""空间再现""再现空间"三者经过辩证地交错而成的矩阵所构成，其中每一个元素都具有特殊的认知模式，通过这个模式我们将它们再现给自己，它们分别是"感知""设想""生活"的领域。勒菲弗尔关于空间的三个层面中的第一个层面是属于社会生产、再产生、结合、构造的最抽象的过程，因此，与各种结构主义的关注点有着惊人的相似，后者的"知觉"设置反映了一种科学所具有的抽象的、概念的系统性。相反，第三个层面指的是具体化的个人文化体验，以及构成体验的标记、意象、形式和象征。现象学完整勾画的，正是空间的这个层面，现象学强调个人对空间的生活存在体验。中间层面，即空间再现或设想的领域，指的是我们更为习惯地认为是"空间"的那个部分，它是三个层面的中介，并将三者整合为一个一致的整体。对于组成空间的中间层面的社会和文化实践，勒菲弗尔是这样论述的："概念化的空间，科学家、设计者、城市规划专家、技术统治论的细分者，以及社会工程师的空间，即某一种具有科学倾向的艺术家所理解的空间，它们都用设想来表明所生活和所感知的一切。"① 为使读者理解一种文学批评是如何从空间批评的角度以新的阅读方式来诠释熟悉的文本，我选择苏曼殊有代表性的两部短篇小说《绛纱记》和《断鸿零雁记》进行解读。

昙鸾： 从经验出发的非英雄

我简要介绍一下被许多人评为苏曼殊流传甚广、内涵最为丰厚、至今读者不衰的一部优秀小说《绛纱记》。故事叙述的核心是昙鸾与五姑、梦珠和秋云两对青年男女的爱情故事。小说先是昙鸾作为梦珠挚友简略追述梦珠与秋云相见、秋云赠玉、梦珠卖玉出家、见裹玉绛纱"颇涉冥想"、访秋云不得而流落他方，然后笔锋一转写昙鸾自己接到舅父的书信去星嘉坡，昙鸾在星嘉坡的舅父家结识了麦翁的女儿五姑，双方长辈为他们订下婚约，后其舅父破产，麦翁私自毁约，两个情人便出海私奔，在途中遇到一女子，方知是逃难三年寻访梦珠的秋云，这样两条线索就合二为一。然而，小说故事一波三折：航船失事，昙鸾与五姑、秋云皆失散，不知生死，昙鸾被渔民搭救，数日后在无名海岛的海滩上散步时见到秋云。《绛纱记》绘制了一个正在涌现的全球现实，其亮点就在于它从文学的内容和形式两个层面上完成了这一任务。

  ——未几，天下扰乱，于是巡锡印度、缅甸、暹罗、耶婆堤、黑齿诸国。

  ——戊戌之冬，余接舅父书，言星洲糖价利市三倍，当另辟糖厂，促余往，以资臂助。先是舅父渡孟买，贩苧为业。旋弃其业，之星嘉坡，设西洋酒肆，兼为糖商，历有年所。舅氏姓赵，素亮直，卒以糖祸而遭厄艰。余部署既讫，淹迟三日，余挂帆去国矣。余抵星嘉坡，即居

---

① ［英］朱利安·沃尔弗雷斯：《21 世纪批评述介》，张琼、张冲译，南京大学出版社 2009 年版，第 246 页。

舅氏别庐。别庐在植园之西，嘉树列植，景颇幽胜。舅氏知余性疏懒，一切无詧省，仅以家常琐事付余，故余甚觉萧闲自适也。

——即已，舅父同一估客至，言估客远来，欲观糖厂。五姑与余，亦欲往观。估客舅父同乘马车，余及五姑策好马，行骄阳之下，过小村落甚多，土人结茅而居，夹道皆植酸果树，栖鸦流水，盖官道也。时见吉灵人焚迦算香拜天，长幼以酒牲山神。五姑语余，此日为三月十八日。相传山神下降，祭之终年可免瘴病。旁午始达糖厂。厂依山面海，山峻，培植佳，嘉果累累，巴拉橡树甚盛，欧人故多设橡皮公司于此，即吾国人亦多以橡皮股票为奇货。山下披拖弥望，尽是蔗田。舅父谓余曰："此片蔗田，在前年，已值二十万两有奇；在今日或能倍之；半属麦翁，半余有也。"余见厂中重要之任，俱属英人；佣工于厂中者，华人与盂加拉人参半。余默思厂中主要之权，悉操诸外人之手，甚至一司簿记之职，亦非华人，然则舅氏此项营业，殊如累卵。余等浏览一周，午膳毕，遂归。

从《绛纱记》中引出这三段叙述，我们发现这部小说拥有一个旅行书写的主题结构，主人公昙鸾的叙述让读者看到小说人物始终迁徙于不断变换的地理位置：从岭南到锡印度、缅甸、暹罗、耶婆堤、黑齿诸国、星嘉坡，再到无名海岛、香港、吴淞、苏州……昙鸾不断地探索着新的可能的目的地，但他并没有详细记载关于地理发现、观察或采集的叙事，尽管他本来可以这样做；他详细记载的是有关他个人经验和历险的叙事（述余遭遇以眇躬为书中关键）。他不是以科学人，而是以多愁善感的男主人公的身份进行叙述，并书写自己。他将自己变成其叙述主角和核心人物，采取一种史诗般的系列形式，讲述考验、挑战、与不可预知事物的遭遇。与旅行的空间/时间相对应的文本空间/时间，充满了产生于人类活动、旅行者之间或者他们与所遇之人的互动。

新加坡，旧称新嘉坡、星洲或星岛，别称为狮城，是东南亚的一个岛国，19世纪初沦为英国殖民地，到19世纪末，新加坡获得了前所未有的繁荣，当时的贸易增长了八倍。在上述小说地表图绘叙述中，昙鸾的舅父不断扩大寻找商业上可以利用的资源、市场、工厂和拓展殖民的土地，这宛如航海图绘与寻找贸易通道之间存在的关联。沿途村落将宗教和地理事业联系在一起。这里可以发现资产阶级主体的一种乌托邦意象，它既天真无辜又是帝国性质的，它显示出一种没有恶意的霸权想象，但是没有装配任何控制机器。昙鸾充其量被视为舅父扩张性商业抱负所雇用的职员。实际上，昙鸾为后来搭从新加坡开往香港的免费的船，他与舅父进行交换。巴拉橡胶种植园显然成为工业革命和生产机械化的一个重要背景。在文化领域，新加坡殖民地这个时期被实践的许多收藏形式，部分是作为那种积累的意象、作为其合法化形成的。昙鸾对新加坡殖民地的描述从新加坡土人的村落、茅屋、道路、宗教祭祀、橡胶种植园、欧洲人的橡皮公司开始，以舅父的蔗田和糖厂收场。扩展农业力量，使之商业利益和当地土著民族存在着一种潜在的激烈的地方冲突。华人、欧洲人、孟加拉人种族集聚一个空间。昙鸾的叙事绝大部分由风景和自然描述构成，上述引文都是这样一种奇妙、高度稀释的叙述，它似乎竭尽一切努力将人类的存在最小化。叙述的内容基本上是一连串的场景或背景。视觉细节点缀着技术性、分类性的信息。昙鸾的叙述倾向于提供一种全景式的空间视野，间或使用少量审美修辞，为原本千篇一律、冷漠的词汇平添些许生气。在这里，文本隔离将风景与人，将有关居民的记述与有关他们栖息地的记述区分开来，实现文本隔离的逻辑。糖厂、橡胶种植园、欧洲人的橡皮公司、橡皮股票宛如空洞风景般的生存栖息地，它们只有在资本主义未来以其生产市场剩余之可能性的意义上才具有意义。当然，从其居民的角度看，这些空间是作为强烈人性化、充满地方志和意义的空间被体验的；在这些空间的土著知识构成中，植物、商品、地理形态均拥有其名称、用途、符号功能、历史、地位。不只是栖息地必须造就成空洞的和未加改良的，居民也必须被造就成这样。昙鸾主要是作为记录场景/场所的一种集体移动之眼在场，作为中介，其在场已经十分弱化。昙鸾构建其活动的地理空间的原动力机制是他对不同文化空间的认知，他通过话语陈述来完成这些地理空间的句法系统。在昙鸾的叙述中，跨国跨地域的地理空间与新加坡殖民地的多元文化空间共同构建了一个文学文本空间。

舅父先是到孟买经销茶叶，旋即又放弃茶业，到新加坡开设西洋酒肆，兼为糖商。舅父这种迁徙"受到了在更自由和更宽敞的环境中寻找机会的刺激。为了乡村的人，尤其是乡村的年轻人，会离开他们小小的故乡，去往大城市的中心？一个原因在于故乡缺乏空间。在年轻人看来，因为无法提供足够的工作，所以故乡在经济意义上是拥挤的，又因为对行为施加了太多的约束，所以故乡在心理意义上也是拥挤的。经济领域的机会匮乏和社会领域的自由匮乏使孤立的乡村世界显得狭窄有限。年轻人为了工作、自由和城市的开放空间而放弃了它。年轻人相信，他们在城市里可以不断前进，过上更好的生活"。① 当听说星洲糖价利市三倍，他又开办起糖厂。在通往糖厂的路上，舅父告诉昙鸾：山下那一片一望无际的蔗田，有一半是他的，另一半是麦翁的，在前年已值二十万余两，其价在今天可能翻倍了。市井阶层出身的舅父通过他的商业获取了巨大财富，现在需要将自己在更高阶层内的地位合法化，便购置了巨大的乡村蔗田，这为他的糖厂提供直接的生产原料。舅父脉络清晰地倾向于欲望现象本身，以此反映一个新的商品客体世界的出现。在这个世界里，欲望的客体必然被它们组织起来的渴求的真实性本身提出质疑。对此，当代美国著名的西方马克思主义理论家、批评家弗雷德里克·詹姆逊说："从阐释的角度看，这就意味着，欲望总是在时间之外，在叙事之上；它没有内容，它在其循环出现的时刻总是相同的，而所论的事件只有在它爆发的语境、那个特定历史抑制的性质有了详细规范之时才能具有历史性。"② 从昙鸾的叙述上下关系看，其目的似乎是强化人们对现时资本主义文化与过去遥远的部落社会神话之间的近似感，从而在人们的精神生活与新加坡殖民地土著人的精神生活之间唤起一种连续感。在这种意义上，它倾向于滤去生产方式与文化表现的历史差异和基本的不连续性。因此，与之相反，否定的阐释希望用神话和历史文学共有的叙事素材来加强人们对历史差异的感觉，比如当情节属于历史范畴并进入现代社会的力量领域时，激起一种对所发生的事件不断强化的生动的理解。

《绛纱记》给人一种浪漫的气息，浪漫史的目的是通过强调"世界的世界性"，强调地理和读者久已居住的环境的特殊构筑性，来唤起读者对世界生存意义的新的觉醒。因此，如果《绛纱记》关注的是人物，是让我们领悟，甚至促成了现代核心主体性的发展，那么浪漫史就表达出了场景、世界或是空间的体验。人物在浪漫史中和在小说中的作用是不同的，在古老的形式中，人物是一种正式的记录装置，而昙鸾在叙述过程中的运动轨迹则产生出一个旅行者的路线，是叙述自身创造的空间的局部强度和地平线的路线。《绛纱记》回避了文学经典形式的愉悦和要求，即那些对"现实的"人物的复杂的心理描述以及"结构精湛的情节"，因此就把自己释放出来，从而进行空间想象，那些冒险于是就更多的是属于一个行星、一种气候、一种天气、一个风景系统，简而言之，就是属于一张地图，而不是属于一类人物

---

① ［美］段义孚：《空间与地方》，王志标译，中国人民大学出版社 2017 年版，第 49 页。
② ［美］弗雷德里克·詹姆逊：《政治无意识》，王逢振、陈永国译，中国人民大学出版社 2018 年版，第 47 页。

的了。

上述引文的第三段叙述手法非常独特，它是以语言的某些特点为基础的：对人和物之间的联系的感知。但在苏曼殊这里却非常关键。这是一种有意识的观看和展示的方法。小村落与糖厂同时展示为一种社会现实和一种人文景观。在其中被戏剧化展示出来的是一种非常复杂的情感结构。因此，昙鸾能够对商业作出强烈的反应。这个村落被以非常独特的方式进行了观察，这是一个很平常的地方，本身并不可怕，但综合效果却使它具有了空旷荒凉的感觉。这个地方同昙鸾的舅父的别庐一样很难与之产生联系。但是，另一个意识被表达了出来，即一种物质效果（也是一种社会现实）被观察到了："巴拉橡树甚盛，欧人故多设橡皮公司于此，即吾国人亦多以橡皮股票为奇货。……厂中重要之任，俱属英人……余默思厂中主要之权，悉操诸外人之手，甚至一司簿记之职，亦非华人，然则舅氏此项营业，殊如累卵。"在意识方面，昙鸾的思考是一种进步，它作为虚构创作方式的一个变化直接产生了。因为我们不能把这一观点只同描写——充满活力的描写——联系起来，还要同物质名词戏剧化表现一个社会的和道德的世界的能力联系起来。白人离开欧洲来到新加坡寻找财富。他们在以下这些主题后面现出了身影：认识物质条件的恶劣，认识财富的不平等，认识殖民状况与金钱掠夺之间存在的关系。于是，通过小说，出现了面对殖民的最初的觉醒，出现了对于殖民体制经济和政治分析的最初的表现形式，因为毫无疑问，鉴于厂中主要之权掌握在那些英国人手中，甚至簿记之职也由英国人担任。华人与孟加拉人毫无职权。除去这种历史经验的真实之外，小说在以某种方式建造这种真实的同时，表现为一种语言方面的实验，即对于最基本的权力和统治工具的实验。应该强调的仅仅是小说的这种应境功能的不断强化的实验，旨在从中找出殖民制度堕落的时代性因素。在同我们直接相关的历史现实之中，可以肯定，昙鸾此时具有革命觉醒的意识。"尔日有纲纪自酒肆来，带英人及巡捕，入屋将家具细软，一一记以数号，又一一注于簿籍，谓于来复三，十点钟付拍卖，即余寝室之床，亦有小纸标贴。吾始知舅父已破产，然平日一无所知，而麦翁又似不被影响者，何也？"这正是昙鸾之前所担忧的那样，舅父糖厂的重要领导职位都是由英国人担任，存在着潜在的商业风险，最后舅父的糖厂、家产以及其他财产都被英国人与巡捕一一查封。在这段叙述里，读者看到了物质世界和人的关系是如此之密切，如此之复杂。

昙鸾离开新加坡时，他乘坐英国公司威尔司号船回香港，不料船在航海途中遭遇暴风雨时发生倾覆。当威尔司号船所载的乘客将要沉没时，海上救援按例先女后男，昙鸾不像意大利人那样争先恐后地挤搡着下艇，视华人生命无足轻重，并推昙鸾入水中，而昙鸾像堂吉诃德似的为自己树立了一个富有责任心、像书中的英雄那样毫不畏惧的形象。然而，在经受考验时，昙鸾的自我形象崩溃了，当前艇灯光已经飘摇于海面继而看不见时，他顿感万念俱灰。在小说后面的场景里，昙鸾似乎赎回了自己，因为他那时很愿意接受死亡（"余此际不望生，但望死，忽觉神魂已脱躯壳"），以此作为自己之前判断失误的后果。无论何人在这些极度紧张的时刻怀疑昙鸾风格的乌托邦使命，只需要读一下《绛纱记》中描写英国公司威尔司号船遇到暴风雨倾覆这一段落：

> 女言至此，黑风暴雨猝发。至夜，风少定。忽而船内人声大哗，或言铁穿，或言船沉。余惊起，亟抱五姑出舱面。时天沉如墨，舟子方下空艇救客，例先女后男。估客与女亦至。吾告五姑莫哭，且扶女子先行。余即谨握估客之手。估客垂泪曰："冀彼苍加庇二女！"
>
> 此时船面水已没足。余微睨女客所乘艇，仅辨其灯影飘摇海面。水过吾膝，吾亦弗觉，但祝前艇灯光不灭，五姑与女得庆生还，则吾虽死船上，可以无憾。余仍鹄立，有意大利人争先下艇，睹吾为华人，无足轻重，推吾入水中；幸估客有力，一手急揽余腰，一手扶索下艇。余张目已不见前面灯光，心念五姑与女，必所不免。余此际不望生，但望死，忽觉神魂已脱躯壳。
>
> 及余醒，则为遭难第二日下半日矣。四瞩，竹篱茅舍，知是渔家。

　　《绛纱记》这段描述是隐喻和戏剧再现。正如戏剧视角的发展所示，观众观点在结构上的必然结果是戏剧空间和戏剧场景的组织统一。因此，这段描述的场面、场景的偏执就叙事内容而言，把戏剧观众的位置强加给了读者。也就是说，这段描述通过把戏剧隐喻改造成感觉认知，改造成名副其实的电影经验而取代戏剧隐喻。读者可以将一方面的视觉的自治化、意象的新意识形态，与另一方面的外部世界或知觉的客体的客观破碎区别开来。但是，这两种现象却是严格地同一的：为了被读作或看作意象，被解作意象生产的一种象征性行为，或者按照萨特的说法，是去现实化，把世界改造成意象的这些做法必须总是作为原本混乱的或破碎的数据的再联合的标志。

　　这就是我把《绛纱记》的风格生产描述成审美化策略的原因。读者已经在"航船失事"这个关键的地方目睹了这个过程的进行，即在表达船与文本的基础结构的句子中——在听觉的语言中，弄清了基础结构的名称，将其融入意象领域后改变成一种艺术商品，读者根据它自身的动力，即通过将其作为意象和感觉数据来感知它而消费这种艺术商品。其最强烈的地方，就是昙鸾的感觉系统的东西在再造它的客体，通过单一感觉的，以及那种感觉的单一亮度或色度的总体化媒介将这些客体折射出来。这种感觉抽象的可能性当然首先是给予客体的——大海的超凡脱俗——但而后便回归到那个客体之上将其再造成在天上或地下都未曾梦想过的新事物。

等到昙鸾醒来，已经是他遭难的第二天了，也就是说昙鸾走进了一种不同的空间。他环顾四周都是竹篱茅舍，便知这是渔家。英国威尔司号船失事时，到海上救客者就是附近海岛的渔民。能够在天沉如墨的海上救人，足见海岛渔民天生就具有一种航海的空间能力。如果说依靠磁罗盘和海图跨越大洋是中国文明的一项高科技成就，那么，海岛渔民的航海技能和地理知识在某种程度上同样令人印象深刻。海岛渔民的地理知识可能意味着对当地环境的概念性的熟悉，这也意味着海岛渔民对自己过去很少去过的地方的空间关系有一种意识上的和理论上的把握。海岛渔民在这种较为抽象的地理领悟方面非常擅长。事实上，这并不符合束缚于某个岛屿的原住渔民的形象，原住渔民因困守于某个岛屿而可能使自己的地理知识快速地退化为脱离其海洋背景的神话。既然在任何海岛所获得的食物都是不够的，那么海岛渔民为了生存必须熟知大片土地和水域。岛民也需要探索比他们微小的海岛大得多的世界，但是他们之所以如此不一定是因为在岛上和邻近海域中的食物不够。进行远洋捕捞的原因是比较微妙的，所以岛民自身并没有完全注意到它们，拜访远方的岛屿可以扩大食品供给基地，也可以使人们巩固老关系与建立新关系，并交流思想。这里的岛民将自然界视为展示他们的美德和技能的舞台，他们掌握了在未明海域航行的艺术，在海上航行的安全和成功依赖于个人的技能和知识。在天气和洋流的变化对船只有直接影响的海域，岛民的直觉对于生存是较为重要的。我曾经游历珠海的担杆列岛、佳蓬列岛，从岛民那里得知，在易受影响的年龄，年轻的岛民就吸收了航海知识，并得到鼓励去满足他们的好奇心，全身心地体验了大海和天空，他们知道一条小船如何乘风破浪，如何随着洋流和天气的变化改变航向，他们能从海水的颜色的微小变化中发现暗礁，能够通过观察天空确定海上的方位，这些海上航行经历将他们的个人认知方式与理性知识结合在一起，他们了解到的许多海洋和航行知识都是在无意中获得的。在海岛社会中并非任何人都可以成为一名受人认可的航海高手，但是几乎每个人都曾经有过漂洋过海的经历。一位受人认可的航海岛民的知识比普通岛民的知识更为复杂，而且是在更用心的情况下学到的。然而，在远洋航行的过程中，整体的经验而非谨慎的计算会告知他必须作出的许多决策，他需要敏锐的眼睛，但是他必须将其他感官也训练到具有同样的敏锐度。海洋是一个连接无数个岛屿的海上航道网络，而非一个由不明水体构成的令人敬畏的广阔区域。岛民的办法就是把海洋空间变成一个由路线和地方组成的熟悉的世界，把难以名状的海洋空间变成清晰的地理。昙鸾寄宿的这座无名海岛的岛民有理由在地理活动范围的宽广性方面为自己感到自豪。

昙鸾获救登上海岛过了一天，惊奇地发现该岛居民过着不用操心明天、没有任何征服、超越文明生活世事变迁的生活。正如小说叙述所暗示的那样，昙鸾对海岛上生活的叙述，保留了英国作家笛福在《鲁滨孙漂流记》中的某些乌托邦精神。他刻画一个天堂，这个天堂实际上保留有农渔业乌托邦的许多特征。在这座无名岛上，没有谁是被奴役的，唯一明显的等级制度是代际的，而且一种绅士般的精神气质在海岛上盛行。如同那位老人说的，他的先人因避乱率领村人来到海边，至于这个地方叫什么他也不知道，甚至他自己连姓名也没有，海岛居民日出而作、日落而息，每天他们弄艇投竿到海边进行渔猎而怡然自得。读者从老人家说的"先世避乱，率村人来此海边"得知，时世动乱或者战乱给村人曾带来过心理创伤，迫使他们背井离乡来到远离陆地的这座无名小岛，或许这里是他们治疗心理创伤的最佳场所。然而，随着小说叙述的继续，昙鸾逐渐解密了这种乌托邦范式。如同《鲁滨孙漂流记》一样，昙鸾的海岛片段经历适宜于一种寓言式解读，这暗示着昙鸾自己与这座无名岛文化的复杂关系。在昙鸾非常重要的文化尺度上，海岛居民比他自己偏远，但是并不比附近陆地的某些居民更偏远。在寓言意义上，海岛片段的经历使得昙鸾能够根据影响他的多元文化指示物给自己定位。就陆地而言，他稍微有些地处偏远，可同时他的边缘性又具有一种积极的维度。面对这座无名海岛，昙鸾的经历倒是让读者看到了一个来自边界的信息：《鲁滨孙漂流记》中虚构的荒岛便是昙鸾眼前的现实海岛，海岛的过去是他的现在，一个具有异国情调的在时钟时间之外的无名海岛是昙鸾在新加坡殖民地的寻常所见。只有在这样给自己定位之后，昙鸾才能真正承担起作为文化中介者的旅行者角色。可以说，昙鸾在这座无名小岛上的凝视记录下的是一幅超级历史化而非去历史化的海岛原风景：

　　明日，天朗无云，余出庐独行，疏柳微汀，俨然倪迂画本也，茅屋杂处其间。男女自云：不读书，不识字，但知敬老怀幼，孝悌力田而已；贸易则以有易无，并无货币；未尝闻评议是非之声；路不拾遗，夜不闭户。复前行，见一山，登其上一望，周环皆水，海鸟明灭，知是小岛，疑或近崖州西南。自念居此一月，仍不得五姑消息者，吾亦作波臣耳，吾安用生为？及归，见老人妻子，词气婉顺，固是盛德人也。

小说《绛纱记》的这段叙述可视为一种民族志的乌托邦：位于海南省三亚市西部崖州西南方向的这座小岛，是一个传统的社会，它在做它传统的事，对外来观察者或者闯入者昙鸾的存在毫不理会。小岛天朗无云，水边沿线平地上是一片疏密得当、自然排列、错落有致的柳树。许多茅屋嵌入这样美妙的自然环境里，整个空间就像元末明初画家、诗人倪瓒的有意无意、若淡若疏的山水画。海岛居民虽然不读书、不识字，但他们懂得尊老爱幼、孝顺父母，尊敬兄长，努力务农，居民与居民之间从未对他人评议是非，社会治安环境达到"路不拾遗，夜不闭户"的文明程度。从昙鸾抒情的字里行间可以看出，这座周环皆水、海鸟明灭的小岛给他一种亲切感。海岛拥有秀美的风景，拥有无拘无束且心胸开阔的人民，昙鸾在这个美丽绝伦的世界感受到了自由。此刻，小岛对昙鸾来说是一座不是家又是家的岛屿。昙鸾原本是乘坐英国公司威尔司号船从新加坡回香港的，不幸的是船在海上的暴风雨中倾覆，昙鸾得到渔民及时的搭救才有幸登上这座小岛，他的这段经历颇似鲁宾孙，但与鲁宾孙漂流至那座荒岛不同的是这座小岛上有热情的居民。劫后余生的昙鸾被其他在这海岛上生根、开花散叶的人接纳了，才有了在自家的感觉，但这不是昙鸾的家。也许因为昙鸾没有自己的家，或者更确切地说，因为昙鸾不在自己家时却最有在自家的感觉，哪里都像"我"的家。我国学者赵静蓉说："家，是空间的一种特殊形式，象征了历史上不太复杂的时刻和个体经验的居所。一个个体只有在一定程度上与家保持一定距离时，才可能最贴切地感受到对家的探索欲望和居家的舒适与安宁，才有对还乡的真正渴望。"① 这座小岛上的茅屋和院落愈是长久存在，愈是显得与土地长为一体，昙鸾这种感觉就必然越发强烈。海岛上的土地业经开垦，其本身包含着先人付出的生命的力量，就像包括先人的血和汗一样，它本身要求享受者们对逝者怀着虔诚的感激。实实在在的岛屿就在这里。一座以十分精确的方式真实存在的岛屿。昙鸾登上岛上一座山，从山上看到岛屿的边缘。从岛屿看

① 赵静蓉：《现代人的认同危机与怀旧情结》，载《暨南学报（哲学社会科学版）》2006 年第 5 期。

去，海际的地平线弯弯的，夕阳西下的傍晚，大地圆圆的。昙鸾知道，在水中间有一道海岸线，在内地和广阔的外部区域之间形成界限，那是岛屿的终极。它在宇宙、宇宙空间和宇宙秩序中，伴随着人类头顶的星空，一望无际的前景，敏锐的视觉，显现在那里。这座岛屿绝妙地形成一个实体，一个身份，某个事物，有轮廓，犹如露出水面的思想。这座岛屿以其有限性，形成对世界的看法："不读书，不识字，但知敬老怀幼，孝悌力田而已；贸易则以有易无，并无货币；未尝闻评议是非之声；路不拾遗，夜不闭户。"从本质上讲，这座小岛维护本土文化也就是对文化个性和文化特性的坚守，把这一坚守的举动放到整个现代性的大背景下来看，可以发现，对个性的急切追求是现代文化的标志性特征。我国学者赵静蓉说："本土文化象征着血缘、地缘和精神的紧密统一，它是一种社团文化的体现。"[1] 德国现代社会学大师斐迪南·滕尼斯说："血缘共同体作为行为的统一体发展为和分离为地缘共同体，地缘共同体直接表现为居住在一起，而地缘共同体又发展为精神共同体，作为在相同的方向上和相同的意向上的纯粹的相互作用和支配。"[2] 这座小岛形成一个独特的共同体，它的关系在结构上或者按其本质的核心是一种更高的和更普遍的自我，犹如各个单一的自我及其自由赖以引申的方式或理念一样。据此，小岛本身被设为一个能发挥影响的整体。总之，这段描述让我们似乎体验到一个没有中介的自然：对树木、海鸟、土地的运动形状直接而有形的感受，小岛经济社会中没有傲慢、贪婪和算计。《绛纱记》的新颖之处，或者说至少在小说主人公昙鸾持续不变的叙述热情中感觉很新的东西，就从此发展而来；一种独特的、投入的观察，似乎海岛生活唯一的关系就是同其自然事实之间的关系。这是一种新的记录，不仅是对事实的新的记录，而且是对一种新的观测事实的方式的记录：一种称作人类学的科学观察的方式。如果说这一情节是昙鸾为读者提供一幅理想的社会模式图景，一幅怡然自得的田园生活图，但矛盾的是昙鸾对这座小岛没有任何留恋之处，个中原因可能是这样：

> 老人瞥见余怀中有时表，问是何物。余答以示时刻者，因语以一日二十四时，每时六十分，每分六十秒。老人正色曰："将恶许用之，客

---

[1] 赵静蓉：《现代人的认同危机与怀旧情结》，载《暨南学报（哲学社会科学版）》2006 年第 5 期。
[2] ［德］斐迪南·滕尼斯：《共同体与社会：纯粹社会学的基本概念》，林荣远译，北京大学出版社2010 年版，第 53 页。

速投于海中，不然者，争端起矣。"

这一颇具反讽意味的场景昭示：以怀表这样精确计量为象征的现代商品尚未侵入这座岛屿，岛民好像是可以根据太阳、月亮和星辰测度反复出现的时间。怀表的出现，无疑与小岛亘古不变的传统文明产生冲突，会引起争端。于是，老人出于好心，劝昙鸾将怀表投进海里。在昙鸾看来，在这样一座无名小岛，不仅各种生活必需品，而且几乎每一件生活奢侈品，也许都需要从工业那里获取，可是他置身于此却享受不到任何一种东西。在很大程度上，海岛世界被自然化了。海岛社会的文本产生，既不明确固定在观察自我之中，也不明确固定在这种观察发生的特殊接触处境之中。它是一种自成一格的结构，常常只是一系列特征，处在与认知和说话主体不同的一种时间秩序中。如果没有更大的世界的支持，那么像昙鸾落脚的这座海岛就无法实现它当前的文化水平。从接下来的情节发展读者可以看出，这座岛屿只是昙鸾暂时避难的安全岛，而非久留之地，小岛就像地球上的一个被丢失的、被遗忘的、求知的地理空间，处于人类活动范围之外，不具备通信和交通网络，而它则联系着昙鸾遭遇挫折时和随后漂泊到的各个空间。

风重又刮起，昙鸾离别无名小岛继续航行。

> 余三人居岛中，共数晨夕，而五姑久无迹兆，心常动念。凡百余日，忽见海面有烟纹一缕，知有汽船经过。须臾，船果泊岸，余三人遂别岛中人登船。船中储枪炮甚富。估客颤声耳语余曰："此曹实为海贼，将奈之何？"
>
> 余曰："天心自有安排。贼亦人耳，况吾辈身无长物，又何所顾虑？"
>
> 时有贼人数辈，以绳缚秋云于桅柱，既竟，指余二人曰："速以钱交我辈，如无者，投彼于海。"
>
> 忽一短人自舱中出，备问余辈行踪，命解秋云。已而曰："吾姓区，名辛，少有不臣之志，有所结纳，是故显名。船即我有，我能送诸君到香港，诸君屏除万虑可也。"
>
> 五日，船至一滩头，短人领余三人登岸，言此处距九龙颇近。瞬息，驶船他去。

在无名小岛与陆地之间有一个特殊的空间——大海。船，是海岛、大海、陆地三者之间链接的中介。在新加坡开往香港的英国公司威尔司号船上，昙鸾看到在这个漂浮的空间里包括他自己在内的只有四个旅客是华人，其他都是来自英国、意大利、西班牙等外国人。然而，英国公司威尔司号船在海上遇到暴风雨时发生倾覆，几乎把所有人沉入大海里，昙鸾等掉落海里的人幸好得到渔民用渔船营救。正如当代美国著名的西方马克思主义理论家、批评家弗雷德里克·詹姆逊所说的那样："船象征着走向死亡的文明世界，这个意识形态寓言遭到陌生的感觉系统的破坏，它就像夜空里的一颗新星，向我们暗示力必多满足的感觉和形式就像拥有额外的感觉，或者像波谱仪上超自然颜色的显现一样难以想象。"① 同样，昙鸾三人离开小岛时，误登上海盗船，秋云被绳子绑在桅杆柱子上，昙鸾与另一位同行被勒索交钱，否则，就会被投入海里。海盗船的"绑票"与英国公司威尔司号的"翻船"在本质上是一样的：生命风险。幸好海盗船长区辛站出来，毫无征兆地命手下给秋云解绳，并承诺将昙鸾三人安全送到香港。前后有关于"船"的两个段落实际上从纯粹色彩中塑造了新的空间和新的视角，新的深度感，这也许不像西方的印象主义，但由于叙事与意识形态之间传统关系的被颠倒而变成非意识形态的了。在这种比较洁净的描写中，文学再现的功能不是强调和维持意识形态体系，相反，后者被引用以准许和加强新的再现空间。然后，这种颠倒把意识形态像手套一样翻个里朝外，唤醒超越它的一个陌生空间，在其反卷的衬里上建立一个新的和陌生的天地。可见，船不仅仅是海上的交通工具，也是文学想象的丰富资源。我国学者唐珂说："在苏曼殊小说中，船是灾难中的一线生机，又是开启新天地的钥匙，它分开和链接不同的地方，摧毁地方的自治性，使人们脱离封闭的生活；它象征着空间的不稳定性和疆界的可跨越性，又与行动者在旅途中的探索主题相契合。"②

"船中储枪炮甚富""时有贼人数辈"这两句话表明，大海是一个传奇、叙事商品的空间。然而，这是故事含混性的一极，读者应公正对待这种含混性的客观张力：无名海岛与大海之间的关系。无名海岛是一个"路不拾遗，夜不闭户"的空间，足见其没有受到海盗等任何外界力量的侵扰。然而，海岛附近的海域是各种船舶来往穿梭的空间，其中不乏像区辛这样的海盗，他们既拦截劫掠过往的一些商船，又在海上进行枪炮交易。由此可见，大海不

---

①　[美] 弗雷德里克·詹姆逊：《政治无意识》，王逢振、陈永国译，中国人民大学出版社 2018 年版，第 227 页。

②　唐珂：《论苏曼殊小说的空间表意实践》，载《齐鲁学刊》2014 年第 5 期。

仅是商业交易的场所，也是渔民捕捞劳动的场所。

与无名海岛、大海不同的另一个空间是，昙鸾经过一段漫长、曲折的旅程后又回到了一个陆上乱世空间：

> 估客携其侄女归坚道旧宅，停数日，女为余整资装，余即往吴淞。维时海内鼎沸，有维新党、东学党、保皇党、短发党，名目新奇且多，大江南北，鸡犬不宁。余流转乞食，两阅月，至苏州城。

昙鸾从香港九龙来到吴淞时，维新党、东学党、保皇党、短发党等这些名目繁多的新奇党派让他眼花缭乱，当时的上海给他切肤之感的就是大江南北鸡犬不宁。这个"海内鼎沸"的空间暗涌着各种社会风暴，如同美国著名地理学家段义孚所说的："空间的意义经常与地方的意义交融在一起，空间比地方更为抽象。最初无差异的空间会变成我们逐渐熟悉且赋予其价值的地方。空间和地方的思想要求它们相互定义。从地方的安全性和稳定性来看，我们注意到了空间的开放、自由和威胁，反之亦然。而且，如果我们认为空间是允许运动的，那么地方就是暂停的。在运动中的每一个暂停都使区位可能被转换为地方。"① 从吴淞到苏州，再从苏州到上海，昙鸾的旅途轨迹一直在运动中，他所置身的区位也在不停地转换。在上海遇见旧友、番禺人罗霏玉时，昙鸾暂时性地停下脚步，暂且住在霏玉家。霏玉的祖母 83 岁，和蔼可亲近人；他的妹妹小玉 15 岁，幽娴端美，笃学有辞采，通拉丁文。与当时"海内鼎沸"相比，在这个家里一切祥和安静，给人温馨与舒适。寄宿霏玉家期间，昙鸾见到了西班牙女郎碧伽并得知五姑遭难消息的当天傍晚，霏玉因自身病痛以及卢氏姑娘与绸缎庄主结婚对她造成的精神打击而自杀于卧室内。寄宿之所又成为昙鸾悲伤之地。此时，霏玉的祖母及妹妹，议将霏玉灵柩运返家乡广东番禺，昙鸾与她们同行，然后再去香港。船行两天后，在距离番禺还有八十四五里、挨近广州一带，昙鸾一行遭到一队荷枪的警察喝令而停止前行。昙鸾一走出轿，一个警察拉住他的衣襟，一个警察挥刀指他的鼻子："尔胆大极矣！"言毕，重重地捆绑他。昙鸾说："余送亡友罗明经灵柩归里，未尝犯法，尔曹如此无礼，意何在也？"他看到轿夫、船夫都弃棺而逃，唯有霏玉的祖母及妹妹相拥大哭。过一会儿，一个警察命令开棺，刀斧锵然有声。瞬间，霏玉的祖母及妹妹相抱触石而死，警察见之不救，令

---

① ［美］段义孚：《空间与地方》，王志标译，中国人民大学出版社 2017 年版，第 4 页。

昙鸾心碎。棺盖已打开，昙鸾看到棺内一片黑色，掀起黑色遮挡物后，才发现里面全是手枪、子弹、药包，根本没有霏玉的尸体，他顿时晕厥倒地。醒来时，昙鸾已经被关在监狱中。昙鸾被疑为革命党，欲以炸药焚总督衙门。昙鸾无辜被捕入狱，浙江巡抚张公闻讯后电询广州，叮嘱释放昙鸾。无论是在海盗船上，还是在上海、广州，身处这三个空间或场所都让昙鸾感到不安全和不稳定，虽然这些空间和地方是昙鸾旅行生活世界的基本组成部分，但他审视它们的时候，它们可能具有不同寻常的意义，并且产生他从未想过要问的问题。

三郎：　寻家之路

在苏曼殊小说《断鸿零雁记》中，主人公三郎在书写回忆、希望、梦境、感应和对旅途的想象中，糅入了地理线路、地标、场所、距离、行速等方面的知识，来表达他盼望与长期分离的母亲重逢的愿景。

三郎从小被父母遗弃，没有什么比受到失去家庭的刺激会更让人忧伤，因为家是一个如此重要的参照点。失去了家，三郎陷入无穷无尽的烦恼与困惑，直到他找到一个新的庇护所：寺院。寺院，对于三郎来说是一个临时的家。但是，寺院有时会让三郎产生一种不对劲的感觉，这种感觉很模糊，但却又挥之不去，这种感觉与知道要去一个陌生之地，但明天就能回来的感觉颇为不同。出家意味着要熟悉新环境，形成新的习惯，这就意味着三郎与过去的自己有所不同。寺院与有母亲居住的那种真正普通人的家只是引起三郎这种情绪的一部分原因。

> 百越有金瓯山者，滨海之南，巍然矗立。每值天朗无云，山麓葱翠间，红瓦粼粼，隐约可辨，盖海云古刹在焉。相传宋亡之际，陆秀夫既抱幼帝殉国崖山，有遗老遁迹于斯，祝发为僧，昼夜向天呼号，冀招大行皇帝之灵。故至今日，遥望山岭，云气葱郁；或时闻潮水悲嘶，尤使人歔欷凭吊，不堪回首。今吾述刹中宝盖金幢，俱为古物。池流清净，松柏蔚然。住僧数十，威仪齐肃，器钵无声。岁岁经冬传戒，顾入山求戒者寥寥，以是山羊肠峻险，登之殊艰故也。
>
> 一日凌晨，钟声徐发，余倚刹角危楼，看天际沙鸥明灭。是时已入

冬令，海风逼人于千里之外。读吾书者识之，此日为余三戒俱足之日。计余居此，忽忽三旬，今日可下山面吾师。后此扫叶焚香，送我流年，亦复何憾！如是思维，不觉坠泪，叹曰："人皆谓我无母，我岂真无母耶？否，否。余自养父见背，虽茕茕一身，然常于风动树梢，零雨连绵，百静之中，隐约微闻慈母唤我之声。顾声从何来，余心且不自明，恒结轖凝想耳。"继又叹曰："吾母生我，胡弗使我一见？亦知儿身世飘零，至于斯极耶？"

这是《断鸿零雁记》的开头部分，三郎的叙述构成了一个特别的地理空间，为了理解三郎与这个空间的关系，首先要弄清楚三郎是如何感知这个空间的。"滨海之南"意味着"在……南边"这个地点指示语言，"在"是表示金瓯山与滨海二者之间关系的介词。它们的相互关系可以通过空间介词或包含空间关系的动词，用简单的形式表达。"巍然矗立、天朗无云、山麓葱翠、红瓦粼粼、海云古刹、山岭、云气葱郁、池流清净、松柏蔚然、天际沙鸥"这些词语对于三郎的视觉感知来说是明显的，这涉及他的眼睛与大脑非常复杂的相互反应。虽说人的感知绝大部分由人的视觉来支配，但空间实际上还可由听觉、味觉甚至触觉来感知。"呼号、潮水悲嘶、钟声徐发、海风逼人、风动树梢、零雨连绵"这些词语对于三郎的听觉感知来说是明显的，特别是"百静之中，隐约微闻慈母唤我之声。顾声从何来，余心且不自明，恒结轖凝想耳"这个句子描述了产生于内心深处的声音，声音"从……而来"确实难以定位，这给三郎的听觉带来一种魔幻的感觉，在这种情况下三郎确实能够"看到"声音。当然三郎并不能真正地用眼睛去感觉声音，但是他内部大脑的感觉结果使他混淆了他实际看到的。虽然这很难完全理解，但这种现象清楚地表明了在神经器官之间与感觉体验之间交叉交流的可能性。从三郎那些叙述语言来看，感知绝不仅仅是感觉，而且也是人感觉周围环境的一个积极的过程。在这个地理空间里，三郎把南宋民族英雄陆秀夫抱幼帝殉国崖山投海这一历史记忆嵌入其中，并以"遗老遁迹于斯""刹中宝盖金幢"这样特别的方式相联系着，标志着时间并且表达着三郎所描述的场所有特别的感染力，甚至具有宗教的意义。海云古刹以及刹中宝盖金幢这些空间作为时光流逝的记载，就像日月的运行标志时间流动一样。三郎对陆秀夫抱幼帝殉国崖山投海这一历史记忆感知具有即时性，他把这段历史记忆与眼前他急迫寻母的情感直接联系起来，于是，在这种特定空间背景下，三郎认知中的感觉、感知、意象、记忆与回忆、推理与解决问题以及进行判断与评价

（即决策和选择），将现在与过去相关联并投射到未来。

空间形成人们所谓的行为环境的重要组成部分。环境，不管是不是特殊地域的一部分，以其产生的安全感对人来说很重要。师傅命三郎下乡化米一事对三郎而言是一项新的工作，于是他就进入一个新环境中，这个环境与当地社会安定是有密切联系的，特别是他遭遇劫匪后陷入一个不安的、棘手的境地，后来在一个乡村少年潮儿的帮助下，三郎才逃离与摆脱了这个风险环境。

> 一日，余以师命下乡化米，量之可十余斤，负之行，思觅投宿之所，忽有强者自远而来，将余米囊夺去，余付之一叹。尔时天已薄暮，彳亍独行，至海边，已不辨道路。……余踌躇间，遥见海面火光如豆，知有渔舟经此，遂疾声呼曰："请渔翁来，余欲渡耳。"……已而，火光渐大，知舟已迎面至，余心殊慰。未几，舟果傍岸，渔人询余何往。曰："余为波罗村寺僧，今失道至此，幸翁助我。"渔人摇手曰："乌，是何言！余舟将以捕鱼易利，安能载尔贫僧？"言毕，登舟驶去。……童子慨然曰："师苦矣。寒舍尚有空阓，去此不远，请从我归。否则村人固凶恣，诬师为贼，且不堪也。"余感此童诚实，诺之，遂行。俄入村，至一宅。童子辟扉，复自阖之，导余曲折度回廊。苑内百花，暗香沁鼻。既忽微闻老人语曰："潮儿今日归何晚？"余谛听之，奇哉，奇哉！此人声音也。乃至厅事，则赫然余乳媪在焉。……翌晨，阳光灿烂，余思往事，历历犹在心头。读者试思，余昨宵乌能成寐？斯时郁悒无极，即起披衣，出庐四瞩，柳瘦于骨，山容萧然矣。继今以后，余居乳媪家，日与潮儿弄艇投竿于荒江烟雨之中，或骑牛村外。幽恨万千，不自知其消散于晚风长笛间也。……一日薄暮，荒村风雪，萧萧彻骨。余与潮儿方自后山负薪以归。甫入门，见吾乳媪背炉兀坐，手缝旧衲，闻吾等声气，即仰首视余曰："劳哉，小子！吾见尔殊慰。尔两人且歌，待我燃烛出鲜鱼热饭，偕尔晚膳。吾家去湖不远，鱼甚鲜美，价亦不昂，村居胜城市多矣。"余与潮儿即将蓑笠除下，与媪共饭，为况乐甚。

小说《断鸿零雁记》这一场景描述简明地指出三郎离开寺院后进入一个新的环境的确是由空间、它的周围环境、意义、人以及他们的活动组成。三郎化米10余斤，背着米袋去寻找寄宿，却被一个劫匪掠夺。天色渐晚，三郎独行至海边，不知走向何处。此时，看到有渔船驶向岸边，三郎心里感到有些慰藉，他本希望渔翁能助其一臂之力，孰料渔翁因不得利而拒载，三郎的愿望落空了。这个场所对劫匪掠夺米袋和渔翁拒载这两件事的有效记录，为三郎在这个区域性的空间里提供不安全感和不稳定性。三郎在走投无路时，意外地得到乡村少年潮儿的慷慨帮助，请三郎到他家去住，否则三郎会被村人当作盗贼。由于潮儿的介入，三郎才得以逃离与摆脱不安的困境。巧合的是，潮儿的母亲正是三郎的乳母。与三郎之前遭遇恐惧经历的空间环境相比，乳母家是一个安全的给予人以庇护的空间。"曲折回廊，苑内百花，暗香沁鼻"这样居住的空间环境令人感到安详、舒心，不存在任何不安的因素。居住在乳母家的日子，三郎与潮儿每每从外面回来，乳母叫他们两人先歇着，待她把饭热好，煮好鲜鱼，一起共用晚膳。乳母家去湖边不远，那里卖的鱼很鲜美，价格也不贵，吃鱼的优势胜过城市。"余与潮儿即将蓑笠除下，与媪共饭，为况乐甚"这句话诠释了三郎的快乐。在三郎最落魄的时候，乳母家就是他的庇护所，因此他在乳母家里会感到很安全，他对家的感情惊人的强烈，甚至与乳母居家相关联的其他事物都让三郎有相同的感受，它们也能让三郎有一种"在家里"的感觉，虽然这种感情或许并没有及时被他察觉。对于三郎来说，家最重要的一点就是他目前尚未真正地了解它，在出家居住寺院的那些日子里他不会去想这一点，只是在乳母家里他受到乳母母子俩如此关爱的时候才注意到。乳母家庭这个地域里一个重要的特征就是很容易以其安详方式与其他地域区分开来，它独立的位置自然使其具有独特性，它的形状和总体的外观使得它很容易体现为可识别的实体，从而成为在那里生活的家庭的个性化的财产，正如潮儿说："吾家固有花圃，吾日间挑花以售富人，富人倍吝，故所入殊微，不足以养吾慈母。慈母老矣，试思吾为人子，安可勿尽心以娱其晚景？此吾所以不避艰辛，而兼业此。虽然，吾母尚不知之，否则亦必尼吾如是。吾前日见庙侧有蟋蟀跨蜈蚣者，候此已两夜，尚未得也。天乎！使此微虫早落吾手，待邻村圩期，必得善价，当为慈母市羊裘一领，使老母虽于冬深之日，犹在春温。小子之心，如是慰矣。吾岂荒伧市侩，尽日孜孜爱钱而不爱命者耶？"这看来是再明显不过的事，由于经济的压力的结果，乳母家在外人眼里是被忽略了。当然人性化一个住宅远不只是这些，它还向外部世界表示了居住其中的人的价值观和选择：比起三郎遇到的强盗、自私自利的渔翁，乳母仁爱、潮儿慷慨助人。这座小住宅充分说明了一座建筑可以以不同的方式展现其意义：对于在这座房子中长大的潮儿来说，它虽然不同寻常，但这里是家，是他从外面可以回去的舒适、安稳的地方；对于寡居的乳母来说，这是她重新开始的地方，是在丈夫去世之后新生活的开始；对于三郎来说，这是一个机会，让他在一个前所未有的尺度上实现他与他心中的"家"的愿望。三郎体验过乳母家庭的温馨与安详后，他的情感深受刺激，因为他从小被父母遗弃而失去了家庭的护爱，所以当他身处乳母家庭给他营造这样一个温暖的空间里时反而内心深处生出万千的幽恨，这一情形并不难理解。

就在三郎寄居乳母家的那段日子，他去集市卖花时，经过他的未婚妻雪梅家时并与之相逢。三郎用来描述他所处雪梅家的地点的语言显出几何特性：

> 一日，余方独行前村，天忽阴晦，小雨溟濛，沾余衣袂。……余纡道徐行，至一屋角细柳之下枯立小憩，忽睹前垣碧纱窗内，有女郎新装临眺，容华绝代，而玉颜带肃，涌现殷忧之兆。迨余旁睐，瞬然已杳。俄而雨止，天朗气清，新绿照眼。……余出门去矣，此时正为余惨戚之发轫也。江村寒食，风雨飘忽，余举目四顾，心怦然动。……且余昨日乍睹芳容，静柔简淡，不同凡艳，又乌可与佻达下流同日而语？余且行且思，不觉已重至碧纱窗下，呆立良久，都无动定。……风雨稍止，僮娃果启扉出，不言亦不笑，行至吾前，第以双手出一纸函见授。余趣接之，觉物压余手颇重。余方欲发问，而僮娃旋踵已去。余巫掔函视之，累累者，金也。余心滋惑，于是细察函中，更有银管乌丝，盖贻余书也。……雪梅者，余未婚妻也。……古德幽光，奇女子也。

这段叙述语言透露出三郎所处地点的环境信息。天气阴晦，下着蒙蒙细雨。雨停时，天朗气清，新绿照眼。"屋角细柳之下"显出"在……下"的句子结构，这是系地标或方向指示语言。与"屋角细柳之下"对应的是"前垣碧纱窗内"，显出"在……内"的句子结构，相对于参照物"屋角"，位于内部区域。通过三郎的"忽睹"与雪梅的"临眺"，"窗户"与"屋角"之间构成了一个"上"与"下"的空间，三郎是仰望的，雪梅是俯视的。三郎与雪梅的视觉感知为读者提供了一种感觉和解释他们所处的空间及场所的方法，进而认识到语言是一种不同的形式，包含潜在的几何意义，经常被作为空间感知的代理而使用。语言是比感知高一层次的能力。意象是语言和视觉感知之间的联结。因此，语言反映对世界的普遍接受。当物体形状所包含的信息与被选择介词的含义相关时，一些空间介词出现更加复杂的使用状况。"临眺"这个词就是很好的例子，它暗示着一物体有着明显的延伸性。

在……下、在……内、纤道、临眺、旁睇等一系列表达方位的空间介词产生了复杂的情境。在这个空间里，"女郎新装临眺，容华绝代，而玉颜带肃，涌现殷忧之兆"这些视觉感知的语言是三郎第一次见到雪梅时由衷的情感流露。雪梅得知父母反对她与三郎成婚而爽约后，她毅然决然鼎力支持三郎东渡日本去寻找母亲，于是她送金子给三郎作盘缠，送饰银的毛笔给三郎作纪念。目睹手中美物，三郎对雪梅的真诚为人与情感不由得发出"古德幽光，奇女子也"的赞叹。可见，事实上视觉场景只有转换为意象之后才能被读者理解。

三郎离开乳母家后先到广州，再去香港，分别与他的师傅以及罗弼牧师一家辞别。

> 二日已至广州，余登岸步行，思诣吾师面别。不意常秀寺已被新学暴徒毁为圩市，法器无存。想吾师此时已归静室，乃即日午后易舟赴香江。翌晨，余理装登岸，即向罗弼牧师之家而去。牧师隶西班牙国，先是数年，携伉俪及女公子至此，构庐于太平山。家居不恒外出，第以收罗粤中古器及奇花异草为事。余特慕其人清幽绝俗，实景教中铮铮之士，非包藏祸心、思墟人国者，遂从之治欧文二载，故与余雅有情怀也。……后此四日，牧师夫妇为余置西服及部署各事既竟，乃就余握别，曰："舟于正午启舷，孺子珍重，上帝必宠锡尔福慧兼修。尔此去，可时以笺寄我。"语毕，其女公子曳蔚蓝文裙以出，颇有愁容；至余前，殷殷握余手，亲持紫罗兰花及含羞草一束、英文书籍数种见贻。余拜谢受之。俄而，海天在眼，余东行矣。船行可五昼夜，经太平洋。斯时风日晴美，余徘徊于舵楼之上，茫茫天海，渺渺余怀。即检罗弼大家所贻书籍，中有莎士比亚、拜伦及雪莱全集。余尝谓拜伦犹中土李白，天才也；莎士比亚犹中土杜甫，仙才也；雪莱犹中土李贺，鬼才也。乃先展拜伦诗，诵《哈咯尔游草》，至末篇，有《大海》六章，遂叹曰："雄浑奇伟，今古诗人，无其匹矣。"濡笔译为汉文如下……余既译拜伦诗竟，循环朗诵。时新月在天，渔灯三五，清风徐来，旷哉观也。

在广州，三郎目睹常秀寺已被"新学暴徒"毁为一片废墟，法器无存，这情景与三郎下乡化米被强盗夺去米囊是一致的。不同空间里或场所的不确定性的风险都令三郎感到不安，一个"想"字体现出三郎对师傅处境的担忧，所以他希望自己的师傅此时已归静室，是安全的。于是，当天午后三郎换乘开往香港的客船。与三郎师傅住广州常秀寺这一骚乱动荡不安的空间相比，西班牙人罗弼牧师家住在香港太平山这一空间可谓世外桃源，太平山顶在芬梨道有一个狮子亭，可以观看香港岛与九龙半岛的景色，在背面可以看到一望无际的中国南海。罗弼牧师外出时间是不固定的，他最喜欢做的事就是到处收罗粤中古器及奇花异草，他清幽绝俗、铮铮之士的气度令三郎特别羡慕。三郎跟随罗弼牧师学习两年洋文，彼此之间雅有情怀。三郎在罗弼牧师家学习时所产生的"故与余雅有情怀也"的情感与他后来短暂寄居乳母家时所产生的"与媪共饭，为况乐甚"的情感，它们实质性是一致的，这是三郎体验到"家"这个空间所带来的温馨与祥和。离开香港前往日本时，海上航行对于三郎来说无疑是一段最快乐的时光。比起《绛纱记》主人公昙鸾来说，三郎可以自由地在船上来回踱步，饱览风和日丽下海天一色的美景，而昙鸾坐英国船从新加坡返回香港的海上途中却遭遇暴风雨沉船，幸好得到渔民搭救寄居无名小岛，离开无名小岛继续前往香港时却上了海盗船，其人身处境风险迭起。与之相比，三郎在太平洋上航行可谓风平浪静，他悠闲地翻阅罗弼大家所赠的莎士比亚、拜伦及雪莱全集。他把拜伦比作李白，把莎士比亚比作杜甫，把雪莱比作李贺。他首先展读拜伦诗《哈咯尔游草》至末篇，继而读《大海》六章并翻译成中文，如此旅途何等浪漫。三郎翻译拜伦的《大海》结束时，正值"新月在天，渔灯三五，清风徐来，旷哉观也"，新月下的大海空而宽阔的景象、人、活动和文化给三郎带来的刺激与满足感安全感是无可置疑的。很明显，空间对于三郎来说它的一个功能就是创造一种环境，一种有利于三郎按照他日常生活中身份的范围来行事的环境。很大程度上这并不是由他人来完成的，而是由行为者三郎自己完成的，毕竟，空间实际上是其自身行为举止的外在延伸。在航行于太平洋的这艘船上，三郎对于归属和识别自己专有的场所或者至少是与自己有关的场所的需求，是通过将场所个性化的行为来表现的：三郎通过"译拜伦诗，循环朗诵"来个性化他自己而存在，以此他找到了表达自身新方式的能力。

> 翌晨，舟抵横滨……余行装甫卸，即出吾乳媪所授地址，以询逆旅主人。逆旅主人曰：是地甚迩，境绝严静，汽车去此可五站。客且歇一点钟，吾当为客购车票。……午餐后，逆旅主人伴余赴车场，余甚感其殷渥。车既驶行，经二站，至一驿，名"大船"。掌车者向余言曰："由此换车，第一站为镰仓，第二站是已。"余既换车，危坐车中，此时心绪深形忐忑。自念于此顷刻间，即余骨肉重逢，母氏慈怀大慰，宁非

余有生以来第一快事？忽又转念，自幼不省音耗，矧世事多变如此，安知母氏不移居他方？苟今日不获面吾生母，则漂泊人胡堪设想？余心正忡忡不已，而车已停。余向车窗外望，见牌上书"逗子驿"三字，遂下车。余既出驿场，四瞩无有行人，地至萧旷，即雇手车向田亩间辚辚而去。时正寒凝，积冰弥望。如是数里，从山脚左转，即濒海边而行。但见渔家数处，群儿往来垂钓，殊为幽悄不嚣。车夫忽止步告余曰："是处即樱山，客将安往？"余曰："樱山即此耶？"遂下车携箧步行。久之，至一处，松青沙白。方跂望间，忽遥见松阴夹道中，有小桥通一板屋，隐然背山面海，桥下流水触石，汩汩作声。余趣前就之，仰首见柴扉之侧，有标识曰"相州逗子樱山村八番"。余大悦怪，盖此九字，即余乳媪所授地址。

第二天早晨，船抵日本横滨，三郎到达了寻家的目的地。从中国到日本，三郎身处一种完全陌生的文化环境之中，旅途总会有些瞬间令他感到新奇，这些瞬间往往给他留下难以磨灭的印象，但是它们同时也提醒他，他正身处一个远离故国的陌生之地，周围的一切都不熟悉。他拿出乳母给他的地址询问旅店老板，得知母亲家距离车站只有五个站，所在环境非常清静。旅店老板帮三郎买车票并送他去车站。在这里，除了空间的纯物质的特性以及定义空间的围合物外，还有比这些重要的东西就是人与人的关系。旅店老板主动帮助初来乍到的三郎，那种纯粹的热心让三郎感觉到旅店老板情意甚殷。汽车经过两个站后来到"大船"站，三郎由此换车，第一站是"镰仓"，第二站便到母亲家所在地附近了。从"大船"站到"逗子驿"的途中，三郎想到母子骨肉重逢时，母亲见到自己一定感到很宽慰，更是自己有生以来第一大快乐。然而，快和母亲相见了，他心里反而忐忑不安起来。三郎与母亲分离多年，彼此不通音信，一旦返回，离家越近，心情越不平静，况且世事多变，唯恐母亲已移居他方，可见三郎归家时的复杂心情。即将见到母亲所产生的狂喜与母亲是否移居他方所生的焦虑，三郎身上这两种相互渗透交织的情感是在"大船"站与"逗子驿"这一段路程所构成的空间中生成。也就是说，通往母亲家方向的路线的变化与三郎心理的变化不仅相互平行，还彼此相关。站点和时刻表的各种指示、车子的换乘，均间接地揭示了三郎内在的变化和内在迷惘的增长。对此，美国地理学家段义孚说："在成年人中，涉及空间和地方的感受和思想是极其复杂的。他们在成长中积累了对于生活的经验。然而，每个人都是从婴儿开始成长的。因此婴儿所感受到的微小且令人困惑的世界有时会出现在成年人的世界观中，成年人潜意识中也会感到困惑，但是成年人的世界观得到了经验结构和概念知识的支持。尽管人类一出生就会受到文化的影响，但成长过程中会产生上升的学习曲线和理解曲线，这些曲线都是相似的，据说能够超越文化的影响。"① 从"逗子驿"到"樱山"这一段路程所构成的地理空间，从头至尾一片空旷，看不到任何行人，此时正值寒冬，满眼是数里的积冰。车从山脚左转后沿着海边而行，但见渔家数处，一群孩子往来垂钓，整个海边渔村没有任何喧嚣，特别幽静，给人一种非常私密的感觉。英国建筑师布莱恩·劳森说："当人们的活动与社会、物质形态相一致时，场所具有相同形态。这里有多个主要因素共同作用，或许其中最重要的就是人的私密与社区。正是空间恰当地使这两者成为可能的方式构成了空间语言的许多基本成分，这两者以这种或那种形式出现在我们居住的每一幢这种或那种形式的建筑和空间之中。"② 在樱山下车后，三郎提着箱子步行。此时，三郎可以用他的直觉来找到它，直觉会起作用。不久，他来到一处，这个地方松青沙白。他抬起脚后跟站着看去，远远望见一片松阴夹道，一座小桥通向背山面海的一幢隐隐约约的木板屋，桥下流水触石，汨汨作响。三郎被眼前景色带来愉悦快乐的感觉支配，于是他急促地走到木板屋前，抬头看见柴门的一侧有"相州逗子樱山村八番"的标识，这九个字与乳母给他的地址吻合无误，于是他的心情非常愉快。从这一大段视觉语言的描述中，三郎作为地点与地点之间或是场所与场所之间关联的代码，他行动的线程构成了呈现出中国画空间层次的一个地理空间，给人留下一份特别的宁静与安详。

　　甫推屏，即见吾母斑发垂垂，据榻而坐，以面迎余微笑。余心知慈母此笑，较之恸哭尤为酸辛万倍。余即趋前俯伏吾母膝下，口不能言，唯泪如潮涌，遽湿棉墩。此时但闻慈母咽声言曰："吾儿无恙，谢上苍垂悯。三郎，尔且拭泪面余。余此病几殆，年迈人固如风前之烛，今得见吾儿，吾病已觉霍然脱体，尔勿悲切。"言已，收泪扶余起，徐回顾少女言曰："此尔兄也，自幼适异国，故未相见。"旋复面余曰："此为吾养女，今年十一，少尔五岁，即尔女弟也，侍我殊谨，吾至爱之。尔阿姊明日闻尔归，必来面尔。尔姊嫁已两载，家事如毛，故不恒至。吾

① ［美］段义孚：《空间与地方》，王志标译，中国人民大学出版社 2017 年版，第 15 页。
② ［美］段义孚：《空间与地方》，王志标译，中国人民大学出版社 2017 年版，第 13 页。

后此但得尔兄妹二人在侧，为况慰矣。吾感谢上苍，不任吾骨肉分飞，至有恩意也。"……少选，慈母复抚余等曰："尔勿伤心，吾明日病瘳，后日可携尔赴谒王父及尔父墓所，祝呵护尔。吾家亲戚故旧正多，后此当带尔兄妹各处游玩。吾卧病已久，正思远行，一觇他乡风物。"……"三郎，尔今在家中，诸事尽可遣阿竹理之。阿竹佣吾家十余载，为人诚笃，吾甚德之。"……遂随吾女弟步至楼前。时正崦嵫落日，渔父归舟，海光山色，果然清丽。忽闻山后钟声，徐徐与海鸥逐浪而去。女弟告余曰："此神武古寺晚钟也。"

这是三郎成年后第一次见到自己的母亲。当他一推开屏风，看见头发渐渐斑白的患病的母亲据床坐着以慈母的微笑迎接自己，三郎感觉这一微笑比恸哭更令人心酸万倍。他即刻上前伏在母亲的膝下，16 年的恋母、思母、寻母的强烈情感在"口不能言，唯泪如潮涌，遽湿棉墩"的叙述中可见一斑。同样，在有生之年还能够见到流散 16 年的儿子，母亲经年累月盼子所产生的有望与无望混合的情感体现在"咽声"之中。见到儿子就站在自己跟前时，虽然身患重病，但是母亲那种无以言表的兴奋与快乐的情感在"今得见吾儿，吾病已觉霍然脱体，尔勿悲切"的语境中表现得淋漓尽致。母亲对三郎有话要说，三郎的姐姐已经出嫁，其家庭事务繁多，她已经很久没有回来了。现在，家里还有三郎的一个 11 岁的妹妹蕙子，以及用人阿竹。母亲希望病愈后，带三郎去给他的祖父以及他的父亲扫墓，愿他们在天之灵庇护他。尔后，再带三郎兄妹各处游玩，而这一远行也是母亲卧病多日后所想的，她也想看一看他乡风物。见到三郎后，母亲由衷的各种所思所想，足见在她和眼前这个场所之间产生很强的心理和情感联系，这些联系是由她在与儿子重逢这样一个场所中的体验来决定的。三郎跟随妹妹来到楼前，映入眼帘的正是远山落日，捕鱼的老人行船归来，眼前海光山色一片清丽。忽闻山后神武古寺晚钟的钟声，徐徐与海鸥逐浪而去。这一呈现出恬静景色的自然空间，不也正是三郎与母亲重逢时的心境写照吗？当三郎穿越重重障碍得以见到母亲时，他就倍感欢欣，他所看到的眼前自然景色就是不断延伸的自我，以视觉之美表达其内心的甜蜜："浴罢，登楼，见芙蓉峰涌现于金波之上，胸次为之澄澈。"

余归家之第三日，天甫迟明，余母携余及弱妹趁急行车，赴小田原扫墓。是日阴寒，车行而密雪翻飞，途中景物，至为萧瑟。迨车抵小田原驿，雪封径途矣。荒村风雪中，固无牵车者，余母遂雇一村妇负余妹。又至驿旁，购鲜花一束。既已，余即扶将母氏步行可三里，至一山脚。余仰睇山顶积雪中，露红墙一角，余母以指示余曰："是即龙山寺，尔祖及父之墓即在此。"余等遂徐徐踏石蹬而上。既近山门，有联曰："蒲团坐耐江头冷，香火重生劫后灰。"余心谓是联颇工整。方至殿中，一老尼龙钟出，与余母问讯。叙寒暄毕，尼即往燃香，并携清水一壶，授余母。余与弱妹随阿母步至浮屠之后，见王父及先君两墓并立，四围绕以铁栅，栅外复立木柱。柱之四面，作悉昙文，书"地，水，火，风，空"五字，盖密宗以表大日如来之德者也。余与弱妹拾取松枝，将坟上积雪推去。余母以手提壶灌水，由墓顶而下。少选，汛洒严净，香花既陈，余母复摘长青叶一片，端置石案之中，命余等展拜。余拜已，掩面而哭。余母曰："三郎，雪弥剧，余等遄归。"

三郎归家的第三天，母亲便抱病带着他们兄妹俩冒着风雪去小田原扫墓，让离散数十年的儿子认祖归宗，并期望通过祭拜祷告得到先人的保佑。阴寒、密雪翻飞、景物萧瑟、小田原驿、雪封径途、荒村风雪、无牵车者、雇村妇负妹、购鲜花、扶将、步行三里、山脚、仰睇山顶、露红墙一角、龙山寺、墓、踏石蹬上、老尼龙钟、寒暄、燃香、携清水一壶、铁栅、栅外、木柱、昙文、余与弱妹拾取松枝将坟上积雪推去、余母提壶灌水由墓顶而下、汛洒严净、香花既陈、余母复摘长青叶一片端置石案之中、命余等展拜……这些描述性的名词、形容词、动词以及短语汇成一股语言之流，建立起一个特定的空间，三郎、妹妹、母亲、老尼的行动、对话都在这个空间里发生。母亲指着山顶上的龙山寺对三郎说，那是他的祖父及父亲的墓地之所在，这句话自身并无十分重大的意义，但是说话发生时所处的这个背景使其具有了相应的意义。此时此刻，三郎母亲身上那种母爱的表达往往超越关爱的实用目的且无明确的理由。她的这种爱发自内心并在对先人尊重和言语中体现出来。上述表明母亲这些行为乃人之本性，她始终竭尽全力将自身情感融入外部世界。即使自身不完整，母亲也要以带着三郎兄妹俩冒着漫天风雪前来扫墓的方式将她内在的始终秉承慎终追远的传统的真实情感转化为现实世界的真实情感，这样，她才觉得自己尽到了作为一个母亲的责任，对家庭的责任，心里才能得到慰藉。对母亲而言，若不带着子女前来谒拜祖先，她就是对逝去的先人不够虔诚，无论是否有益，祭拜的行为会将她内心的虔诚融入世界，唯有在此世界中，她的心灵才能找到一方无忧的栖息乐土。因此，在表达自我时，母亲往往不计较得失。她唯有在向她的孩子们展示其母爱、积极向上的一面时，她才会倍感惬意。

> 翌晨，雪不可止。余母及姨氏举屋之人，咸怏怏不可状，谓余此病匪细。顾余虽呻吟床褥，然以新归，初履家庭乐境，但觉有生以来，无若斯时欢欣也。……时为三月三日，天气清新，余就窗次卷帘外盼，山光照眼，花鸟怡魂，心乃滋适。忽念一事，盖余连日晨醒，即觉清芬通余鼻观，以榻畔紫檀几上，必易鲜花一束，插胆瓶中，奕奕有光，花心犹带露滴。今晨忽见一翡翠襟针，遗于几下，方悉其为彼姝之物，花固美人之贻也。余又顿忆前日似与玉人曾相识者，因余先在罗弼女士斋中，所见德意志画伯阿陀辅手绘《沙浮遗影》，与彼姝无少差别耳。方凝伫间，忽注目纱帘之下，陈设甚雅：有云石案作鹅卵形，上置鉴屏、银盒、笔砚、绛罗，一尘不着。旁有柚木书椟，状若鸽笼，藏书颇富。余检之，均汉土古籍也。迨余回视左壁，复有小几，上置雁柱鸣筝，似尚有余音绕诸弦上。此时，余始惊审此楼为彼姝妆阁，又心仪彼姝学邃，且翛然出尘，如藐姑仙子。……余兄妹随阿娘羁旅姨氏家中，不啻置身天苑。姨氏固最怜余，余唯凡百恭谨，以奉阿姨、阿母欢颜，自觉娱悦匪极。苟心有怅触，即倚树临流，或以书自遣。顾椟中所藏多宋人理学之书，外有梵章及驴文数种，已为虫蚀，不可辨析，俱唐本也。复次有汉译《婆罗多》及《罗摩延》二书，乃长篇叙事诗。二书汉土已失传矣，唯于《华严经》中偶述其名称，谓出自马鸣菩萨，今印度学人哆氏之英译《摩诃婆罗多族大战篇》，即其一也。一时雁影横空，蝉声四彻。余垂首环行于姨氏庭苑鱼塘堤畔，盈眸廓落，沧漪泠然。余默念晨间，余母言明朝将余兄妹遄归，则此地白云红树，不无恋恋于怀。

次日早晨，雪仍然下个不停。母亲带着三郎兄妹俩来到姨母家，但三郎因途中受寒病得不轻，所有人都高兴不起来。可是，对于三郎来说，得到母亲与姨母一家人的关爱，"初履家庭乐境"便是他"但觉有生以来，无若斯时欢欣也"的深切情感体验的写照。在日本"初履家庭乐境"与在中国"与媪共饭，为况乐甚"，不管时空如何转换，母亲、姨母、乳母所维持着的"家"对于三郎而言是同等重要的。这些住所是三郎"家庭的港湾"，是一个提供给他温情关系的社会，在这里，三郎体验到了家人之间拥有的共同情感和亲属关系。在姨母居家环境中，物体被表现在与人之间充满温馨的亲密关系之中，它们成了人的一部分，它们与人对话。从人与外在世界的这种现象学的关系中产生了作品所关注的物质和精神方面的改变。首先，三郎直接体验到的是姨母居家环境空气清新，当他掀起窗帘往外看，山光照眼，花鸟怡魂，人的整个身心无不滋润舒适。雁影横空，白云红树，蝉声四彻。三郎低头环行于姨母居家的庭苑、鱼塘堤畔之际，他感觉到满眼空阔寂静，水生清澈微波。这样的一个居住环境让人流连忘返。其次，在室内，三郎感觉到连床边的紫檀木小桌子上，每天都换上一束新鲜的鲜花插在花瓶中，花色奕奕有光，花心犹带露滴。从室外到室内的空间，一切都是那样宜人。特别有意味的是，三郎并不知道他所睡觉的卧室就是静子的房间，当他无意中从紫檀木小桌子下捡起遗落的一枚翡翠襟针时，他只能判定这是一个美丽的女子的饰物，花瓶中的鲜花固然也是女子插进去的。三郎通过对室内陈设的一番观察，觉得一切布置得非常典雅：在一张鹅卵形的云石桌上，放置着鉴屏、银盒、笔砚、绛罗，一尘不染。旁边有一个状若鸽笼的柚木书柜，藏书颇丰，均系中国古籍。左壁，在一张小桌子上摆放着雁柱鸣筝，似尚有余音绕诸弦上。可见静子是个有品位的女子。此时，三郎情不自禁地发出"始惊审此楼为彼姝妆阁，又心仪彼姝学邃，且翛然出尘，如藐姑仙子"的感慨。静子的藏书大多是中国宋代理学以及从中国传入日本的佛经，另外还有两本汉译的印度长篇叙事诗《婆罗多》与《罗摩延》，这些古老的书籍标示着作为语言深刻空间性符号的书写所具有的明显的空间性，也就是说，书写是一种具有清晰的视觉和建筑特性的图形产品。在姨母家里发生了各种各样暖心的事，既有实实在在的事，也有家庭成员的心理活动，这些事影响了三郎对那座房屋的感受。例如，柚木书柜是姨母家的一个文化层面，这一文化层面既可以是非常私人的、独特的东西，也可以是大家一致认同的东西。静子受到生长于其中的文化的影响，也受到她参与其中的文化的影响。置身于这样的空间里，难怪三郎说："阿姨屋外风物固佳，小住，于儿心滋乐也。余兄妹随阿娘羁旅姨氏家中，不啻置身天苑。"

由上述可见，小说对三郎所住的静子房间的场景描述暗示了人物的心境，这种心境使他在爱情突然来临时一口拒绝了它。通过对静子居所环境的描写来表现静子的性格这一点被迅速充分地表达出来。通过三郎的视角，读者看到了静子房间呈现在我们眼前的是各种各样的家具，一件又一件，还带着书籍，均被加以精确描述。静子的妆阁在当时建造时根本不是"建筑"，但是现在这间妆阁成为建筑。建造妆阁的那些柚木书柜未曾移动过，是文化发生了变化。三郎要是没有一些文化直觉，他就感觉不到。这间妆阁与静子的生活方式密切相关，通过对妆阁的解读，三郎可以对静子的生活作出推测。反过来说，三郎要么刻意选择一种能够反映静子是什么样的人的环境生活，要么发现自己生活在这种环境中，它透露出的他的性格特征远比自己意识到的还要多。

> 步至石栏桥上，忽闻衣裙窸窣之声。少选，香风四溢，陡见玉人靓妆，仙仙飘举而来，去余仅数武；一回青盼，徐徐与余眸相属矣。余即肃然鞠躬致敬。尔时玉人双颊虽赪，然不若前次之羞涩至于无地自容也。余少瞩，觉玉人似欲言而未言。余愈踧踖，进退不知所可，唯有俯首视地。久久，忽残菊上有物映余眼帘，飘飘然如粉蝶，行将逾篱落而去。余趋前以手捉之，方知为蝉翼轻纱，落自玉人头上者。斯时余欲掷之于地，又思于礼微悖，遂将返玉人。玉人知旨，立即双手进接，以慧目迎余，且羞且发娇柔之声曰："多谢三郎见助。"

现在，我就小说这段叙述在人类空间语言这个特定范围内探讨距离的含义。三郎独自一人来到石栏桥上，身处一片空旷、毫无特色的景色之中，万籁俱寂，远处的地平线尽收眼底。忽然，他听到衣裙窸窣之声。不多久，一股清香袭来，突然看见容貌美丽、妆饰漂亮的静子迈步轻盈飘逸地走来，距离他不是很远。可能三郎开始想静子朝他走来的动机。现在他会期待彼此能打个招呼，也许只是点个头、微微一笑或来一句问候。很快地，他发现静子一度注视，慢慢地与他的目光相遇。对此，三郎肃然鞠躬致敬。彼时，静子双颊飞红。他们第一次相见时，静子给三郎的印象是翩若惊鸿、密发虚鬟、丰姿娟媚。他不敢回眸正视，唯恐心绪飘然，如风吹落叶，不知何所止。此时，三郎已经可以望着静子的眼睛，觉得她似欲言而未言，弄得他恭敬而局促不安地站在那里进退两难，于是他只好看着地上以摆脱彼此之间相视的窘态。当三郎捡起静子头上那方被风吹落的薄如蝉翼的轻纱时，他们的目光再次相遇。在他们径直地望着对方时，他们的面部必然清晰地成像在对方的瞳孔中。瞳孔是视网膜中央很小的一部分，它用来觉察精细的细节，并可以做到很高的精度。因此，三郎通过自己的瞳孔看到静子"且羞"的神色。这种近距离的空间感使我们体验到，在半米左右的距离之内，我们可以接触到另外一个人。我们也许还能感觉到对方的体温，闻到对方的体味，嗅到彼此的呼吸和香水的芬芳。面对面时，我们可以仔细地端详对方的脸，并准确地捕捉到对方的情绪，除非他将其十分巧妙地隐藏起来。那么，这就是一种相互信任和亲密活动的距离，是一种必须得到同意后才能进入的距离。距离并非抽象，因为它与我们感觉同类的方式息息相关，无论在什么情况下和行为环境中，人与人之间的距离很少是偶然或任意的。在日常环境中，我们对于合适与不合适的距离是有共识的。但是，多数人际间的距离并不仅仅是社会习俗问题，而是建立在我们能够察觉到同类伙伴这种能力的基本特征之上的，例如，三郎先是听到、闻到，然后是看到，最后接触到静子的。

> 玉人低首凝思，旋即星眸瞩我……遂累累如贯珠言曰："从来好读陈后山诗，亦爱陆放翁，唯是故国西风，泪痕满纸，令人心恻耳。比来读《庄子》及陶诗，颇自觉徜徉世外，可见此关于性情之学不少。三郎观吾书椟所藏多理学家言，此书均明之遗臣朱舜水先生所赠吾远祖安积公者。盖安积公彼时参与德川政事，执弟子礼以侍朱公，故吾家世受朱公之赐。吾家藏此书帙，已历二百三十余年矣。"此语一发，余更愕然张目，注视玉人。玉人续曰："吾婴年闻先君道朱公遗事，至今历历不忘，吾今复述三郎听之。"于是长喟一声，即愀然曰："朱公以崇祯十七年，即吾国正保元年，正值胡人猖披之际，孑身远航长崎，欲作秦庭七日之哭，竟不果其志。迨万治三年，而明社覆矣。朱公以亡国遗民，耻食二朝之粟，遂流寓长崎，以其地与平户郑成功诞生处近也。后德川氏闻之，遣水户儒臣，聘为宾师，尤殚礼遇。公遂传王阳明学于吾国土，公与阳明固是同乡也。至今朱公遗墓，尚存茨城县久慈郡瑞龙山上，容日当导三郎，一往奠之，以慰亡国忠魂。三郎其有意乎？又闻公酷爱樱花，今江户小石川后乐园中，犹留朱公遗爱。此园系朱公亲手经营者。朱公以天和二年春辞世，享寿八十有三。公目清人觍然人面，疾之如仇。平日操日语至精，然当易箦之际，公所言悉用汉语，故无人能聆其临终垂训，不亦大可哀耶？"

日本姑娘静子的房间是一个空间，房间里的书柜是一个空间，书柜里的书是一个空间，这样看下去就像是中国套合。静子向三郎表明，她从来就喜欢阅读北宋大臣、文学家陈师道的诗歌，也爱南宋文学家陆游的诗歌，比起阅读《庄子》及陶诗，陈师道与陆游的诗歌更让人觉得是徜徉于世外，他们的诗中关于"性情之学"的东方哲学旨趣更加丰富。从静子对中国古典诗歌的阅读感知、阅读体验看来，中国古典诗歌是最优秀的记忆术，是一种无与伦比的文化的记忆，这些古诗不只是一种记录工具，更是纪念行动的载体，包含了中国古代文化所储存的知识，实际上也包含了中国古代文化所创造出来并构成了自身文化的全部文本。

静子对中国古籍不仅仅表现在她熟读古典诗歌的态度上，她博通经史更是令人赞叹，她滔滔不绝的讲述令三郎愕然张目。静子的书柜中多是宋代理学之书，她对三郎说"此书均明之遗臣朱舜水先生所赠吾远祖安积公者"，可见静子的家世与中国明朝学者、教育家朱舜水颇有渊源，她的远祖安积公当时参与日本德川政事，用弟子对待师傅的礼仪陪伴侍候朱舜水，所以静子家世蒙受朱舜水的恩赐，得以珍藏这些宋代理学之书，至今已有230余年。"已为虫蚀，不可辨析"与"远祖"标示着这些中国古籍的历史时间，以及年代的久远，可见，宋代理学之书作为一种记忆形态而存在，它们发挥着一种独特的美学和叙事黏力，确保自己不至于被后来的记忆行为简单地取代。宋代理学之书作为文本空间自成一座记忆大厦，它穿越了记忆空间并在其中栖身下来。在宋代理学之书文本中，静子与三郎再次遇到已经被遗忘的过去，于是，静子复述那种过去可以恢复某种被阻隔的记忆。静子试图重构一个特定的文化记忆，她把中国的一段历史与日本的一段历史以及与她家世相关的历史连接起来，她向自己与三郎解释民族国家的过去，灌输一种共享的体验和命运，这让人想起了中国的文化记忆以及日本文化根基。

接下来，静子向三郎"复述"了她儿时听父亲讲述朱舜水留下来的事迹：崇祯十七年（1644），即日本正保元年，正值中国古代北方边地及西域游牧民族纷乱之际，朱舜水孑身远航长崎，欲作秦庭七日之哭，他的这种请兵抒国难之典的意志并没有什么结果。等到日本万治三年（1660），而明朝覆灭。朱舜水以亡国遗民的身份，居住在长崎，他的住地与平户的郑成功诞生处很近。德川氏听说后，即派朱舜水作为水户的儒臣，虽然朱舜水不居官职但他受到君主尊重。于是，朱舜水将自己的同乡浙江余姚人，明代思想家、军事家、心学集大成者王阳明的学说在日本国土上普及推广与传播。如今，朱舜水的墓地还在茨城县久慈郡瑞龙山上，又听说朱舜水酷爱樱花，至今江户小石川后乐园中还留有朱舜水的遗爱，此园系朱舜水亲手经营。朱舜水在日本天和二年春辞世，享年83岁。朱舜水眉清目秀甚至长得有些羞怯，但是他疾之如仇。朱舜水平日操日语至精，然而，当他病危将死之际，说的全是汉语，所以没人能听懂他临终垂训，这真是叫人悲伤与遗憾。朱舜水即朱之瑜，与黄宗羲、王夫之、顾炎武、颜元一起被称为"明朝中国五大学者"。朱之瑜东渡日本传播儒学，开创日本水户学，把中国先进的农业、医药、建筑、工艺技术传授给日本人民，因此，日本尊称朱之瑜为舜水先生。

对静子、静子家世和日本民族而言，这段文化记忆是一种复杂的、层级化的存在，它不仅跟静子家世或者日本民族的历史和经历紧密相连，也跟如何以个体和集体方式去及时解读那些历史和经历紧密相连。每一次被解读，过去都具有了新的含义，相同的事实即便一成不变，也是通过追忆而被塑造出来的，它不可避免地反映了新的背景、新的生平和新的回忆。

静子的复述，可以说是朱舜水的一篇传略。在静子的复述中，她特别把朱舜水抽取出来、对象化，然后存储在象征形态当中，后者不同于听到的言语或者看到的姿势，它是稳定的、超然于具体情境的，朱舜水的事迹以及他在日本国土上传播的王阳明学说与那些宋代理学之书构成一个文化记忆的体系，在230余年时从一种情境转移到另一种情境中，从静子的远祖传承到静子的父亲，从静子的父亲传到静子这一代。但是，每个世代作出的决定，都以其所承载着的丰富经验为基础，每个世代都是自我积累的，与此相对的背景则是一个完全开放的体验范围。这些事迹、书籍本身并不拥有自己的记忆，但它们能够提醒静子，能够触发静子的记忆，因为它们携带着静子家世曾经注入其中的一些记忆，也就是说这些事迹、书籍外在的对象作为记忆的载体，已经在静子家世成员的个人记忆层面发挥了作用。朝过去走得越深，信息就变得越稀疏、越模糊。然而，关于遥远的过去，又会有大量的信息出现，主要涉及一些跟德川氏与朱舜水以及静子家世早期历史有关的传统。不过，静子家世早期历史所折射出的这种信息不是用于日常交往的，而是在家庭这个空间里高度正式化、体制化而被一代又一代传承。

在静子的复述中，她根据文化记忆追溯过去，但仅仅是那种可以称为她的家世的过去。同时，读者在静子的复述中看到郑成功诞生处、朱公遗墓、朱公亲手经营的江户小石川后乐园以及种植于园中的樱花，这些历史遗迹本来是自己没法直接传承下去的，但是通过人们后来的选择、赋予、诠释等因素，它们又确实流入了世代传承过程，以及人们对于自己的"时间故乡"的主观定位当中。这些历史遗迹也可以说是一种有意留给日本平户、江户当地后代的遗产，体现为文化叙事、文化体制、文化创意场所等，即便没有想要传承下去的清晰意图，它们也可以在日本平户、江户当地后代身上留下烙印，尽管这些后代也许会有意无意地表示拒绝、重新进行诠释或者干脆将之抹去。在静子的记忆文化当中，她对家世过去事件的持续而彻底的再现和反思，其中就包括如下内容：洞察过去的交往属性或者话语属性，以及包含着现在和想象中的未来的历史。在回溯式文化中，宋代理学之书、郑成功诞生处、朱公遗墓、小石川后乐园这些用于再现过去、现在和预期中的未来的不同空间，都有赖于记忆和回忆的获得，它们自身都得到了明显的主题化，这不仅仅是关于幸存体验的描述，它们以一种有趣的方式处理未来，将每个人和环境、过去和现在、物质和道德连接在一起，与其说这是从过去浇注出的一种未来，还不如说是利用并通过想象性的未来构建的一种过去。朱舜水、郑成功、王阳明这些历史人物以及郑成功诞生处、朱公遗墓、小石川后乐园这些历史遗迹在日本平户、江户公众心目中的生命力就像其外形那样顽强、那样亮丽，它们的意义就像它们在日本文化景观中的位置那样牢固。不过，正因为这些历史遗迹看上去记录一切，唯独不包括它们自身的过去、不包括它们自己的创造过程，人们现在可以重新考察它们的记忆，去探究它们本身是如何形成的以及它们的真实性与价值，正如美国地理学家段义孚说："物体和地方都是价值的中心，它们在一定程度上相互吸引或相互排斥，应该承认它们的真实性和价值。"①

> 一日，余方在斋中下笔作画，用宣愁绪。既绘怒涛激石状，复次画远海波纹，已而作一沙鸥斜射堕寒烟而没。……静子注观余案上之画，少选，莞尔顾余言曰："三郎幸恕唐突！昔董源写江南山，李唐写中州山，李思训写海外山，米元晖写南徐山，马远、夏圭写钱塘山，黄子久写海虞山，赵吴兴写霅苕山；今吾三郎得毋写崖山耶？一胡使人见即翛然如置身清古之域？此诚快心洞目之观也。"言已，将画还余。……静子复微哂言曰："……试思今之画者，但贵形似，取悦市侩，实则宁达画之理趣哉？昔人谓画水能终夜有声，余今观三郎此画，果证得其言不谬！三郎此幅，较诸近代名手，固有瓦砾明珠之别，又岂待余之多言也？"忽而静子回盼，赧赧然曰："……余观此景苍茫古逸，故爱之甚挚。……"静子瑟缩垂其双睫，以柔荑之手，理其罗带之端，言曰："昔日虽偶习之，然一无所成，今唯行箧所藏《花燕》一幅而已。"余鞠躬对曰："请阿姊速将来，弟亟欲拜观。"……余置其言弗答，续曰："画笔秀逸无伦，固是仙品。余生平博览丹青之士，咸弗能逮。……今且据行云流水之描，的是吾姊戛戛独造，使余叹观止矣。"

在前文中，我们说静子不仅熟读中国古典诗歌，而且博通经史，在这段小说叙述里，我们又见证她对中国唐朝、宋朝、元代的山水名画家如数

---

① ［美］段义孚：《空间与地方》，王志标译，中国人民大学出版社 2017 年版，第 13 页。

家珍，她将画家所属的类别一一识别出来，足见她具有快速吸收信息并快速达成行为的决策基础。静子对中国古画的阐释，不仅仅撩拨我们对中国的文化记忆，同时也唤醒了我们对这些古代画家的记忆：五代绘画大师、南派山水画开山鼻祖董源，与李成、范宽并称"北宋三大家"，他擅长用水墨绘烟云湿润的江南山水，着色轻淡，不为奇峭之笔，记载说他山水画"平淡天真，唐无此品"。北宋画家米芾曾盛赞董源山水画说："峰峦出没，云雾显晦，不装巧趣，皆得天真。"五代的《画鉴》里记载："董源山水有二种：一样水墨，疏林远树，平远幽深，山石作披麻皴；一样着色，皴文甚少，用色浓古，人物多用红青衣，人面亦有粉素者。二种皆佳作也。"北宋沈括在《梦溪笔谈》中提道："董源善画，龙工秋岚远景，多写江南真山，不为奇山峭之笔"，又称"其用笔甚草草，近视之几不类物象，远观则景物粲然……"。南宋画家李唐，擅长山水，开南宋水墨苍劲、浑厚一派先河。晚年去繁就简，用笔峭劲，创"大斧劈"皴，所画石质坚硬，立体感强，画水尤得势，有盘涡动荡之趣。他与刘松年、马远、夏圭并称"南宋四大家"。唐朝画家李思训，擅画山水楼阁，尤以"金碧山水"著称。宋朝画家米友仁（字元晖），系北宋画家米芾长子，其山水画脱尽古人窠臼，发展了米芾技法，自成一家。"南宋四大家"之一的马远，他的山水画取法李唐，笔力劲利阔略，皴法硬朗，独树一帜，与夏圭齐名，时称"马夏"，成为绘画史上富有独创性的大画家。"南宋四大家"之一的夏圭，以山水画著称，他的山水画师法李唐，又汲取范宽、米芾、米友仁的长处而形成自己的个人风格，例如，在山石的皴法上，他常先用水笔淡墨扫染，然后趁湿用浓墨皴，造成水墨浑融的特殊效果，被称作泥里拔钉皴。元代画家黄公望（字子久），尤擅画山水，画风雄秀、简逸、明快，对明清山水画影响甚大。元代画家赵孟頫，系吴兴（今浙江省湖州市）人，所以世人叫赵孟頫为赵吴兴，在绘画上，他开创元代新画风，被称为"元人冠冕"，其绘画取材广泛，技法全面，山水、人物、花鸟无不擅长。此外，赵孟頫倡导师法古人，强调"书画同源"，其画学思想对后代影响深远。从唐朝、宋朝到元代，静子在历史长河中感知、体验中国绘画的记忆纹理，要不然她就不会懂得董源写江南山、李唐写中州山、李思训写海外山、米元晖写南徐山、马远与夏圭写钱塘山、黄子久写海虞山、赵吴兴写雪苕山。静子对唐朝、宋朝、元朝画家以及他们的作品悉数陈述，沉浸在惬意组合之中，把她最重要的、最深切的、最独到的心得或洞察，以最自由、最简约的文本呈现给三郎，也呈现给读者，使读者从中收获自己的理解、想象、知识和不经意间的一丝感动。更重要的是，这一切裹藏着静子对中国古代绘画艺术的情感，这是一种与情感相关联的知识，是在阅读一个画家，阅读一段历史，阅读我们曾丢失的时间和遗忘的空间，阅读这个世界。

> 静子曰："吾家园池，当荷花盛开时，每夜有紫燕无算，巢荷花中，花尽犹不去。余感其情性，命之曰'花燕'，爰为之图。"……已而，静子盈盈至矣。静子手持绩绢一帧，至余前，余肃然起立，接而观之。莲池之畔，环以垂杨修竹，固是姨家风物，有女郎兀立，风采盎然，碧罗为衣，颇得吴带当风之致。女郎挽文金高髻，即汉制飞仙髻也。俯观花燕，且自看妆映，翛然有出尘之姿，飘飘有凌云之概。余赞叹曰："美哉伊人！奚啻真真者？"

在姨母家的荷塘边，如同在其他文化中一样，三郎对事情的认识是从他的经验中发展而来的。静子的每一个姿势都有意义，至于说这些姿势意味着什么，则取决于理解这一姿势的文化。"手持绩绢、兀立、碧罗为衣、挽文金高髻（汉制飞仙髻）、俯观、自看、出尘之姿、凌云之概"就是静子作出的姿势。当三郎遇到静子时，他的感受是自然流露的，但是这种感受经过了文化的过滤。这种文化是在三郎"接而观之"，即通过观察静子在环以垂杨修竹的莲池之畔的行为而习得的。三郎这种无意中习得的文化是他所处文化中的点滴事物，这就是三郎感觉最舒服、自在的文化，在这种文化中，他在姨母家过着自己的日常生活。可见，三郎遇到的事物最重要的一点就是对它们的熟悉。不时也可以有一点新鲜感，这样三郎就不会有无法排解的乏味之感，但是，他对周围环境的熟悉就像朋友那可以预见的态度一样令人放心。在三郎的心理成分中起作用的最基本的力量之一，是创造和保持他的可识别性的需求，也就是说一个人对于归属和识别自己专有的场所或者至少是与自己有关的场所的需求，在任何地方都可通过将场所个性化的行为来予以表现。

> 此夕，余愁绪复万叠如云，自思静子日来恹恹，已有病容。迹彼情词，又似有所顾虑，抑已洞悉吾隐衷，以我为太上忘情者钦？今既不以礼防为格，吾胡不亲过静子之室，叙白前因，或能宥我。且名姝深愫，又何可弃捐如是之速者？思已，整襟下楼，缓缓而行。及至廊际，闻琴

声，心知此吾母八云琴，为静子所弹，以彼妹喜调《梅春》之曲也。至"夜迢迢，银台绛蜡，伴人垂泪"句，忽而双弦不谱，嘤变滞而不延，似为泪珠沾湿。迨余音都杳，余已至窗前，屏立不动。

在《断鸿零雁记》这段叙述中，与中国古代绘画相应的是日本民族乐器八云琴。在这里，我们再次见证静子深谙乐器弹奏及音乐。首先，作为文化记忆的"八云琴"，使我们联想到《大日本史》记载古代中日音乐文化交流的一段佳话：在1150多年前，中国唐朝文宗大和八年（834）时，东邻日本又派遣唐使到中国来。遣唐使中有个准判官叫藤原贞敏，他在日本时就是个弹奏琵琶的能手，这一次他到了中国京都长安（今西安市）后，就拜琵琶博士刘二郎为师，刘二郎对这位远道而来的日本青年十分喜爱，不仅传授他中国的琵琶技艺，还把自己的女儿（弹筝名手）许配给他。藤原贞敏在中国待了六年后，带着他的中国妻子返回日本。从此，中国古筝远渡重洋来到日本，在日本生根开花，成为日本主要的民族乐器之一。其实，日本在奈良时代已将中国古筝传入国内，最初使用于管玄乐合奏。在日本，由中国古筝演变的类似乐器有：和琴、乐筝、俗筝、须磨琴、八云琴、摇琴、洒琴、初濑琴、大正琴等。其次，静子用三郎母亲的八云琴弹奏《梅春》之曲，其中"夜迢迢、银台绛蜡，伴人垂泪"系宋朝诗人葛长庚的《贺新郎·露白天如洗》中的诗句，诗句所含之义以及琴声"嘤变滞而不延，似为泪珠沾湿"正是静子洞悉三郎出家的隐衷之后对两人的婚事不再抱有希望的痛苦的情感体验的写照，难怪三郎看到静子连日来病恹恹的样子。如果说，三郎作画用以宣泄愁绪，那么，静子弹琴用以遣散悲怀。

三郎作画与静子弹琴都是一种记忆行为，作画与弹琴是两个人在相识、相知、相处这个特定空间环境中情感体验的新的阐释，画与琴形成的新文本由此浸入三郎与静子的记忆空间。不管是汇聚还是疏离，是吸收还是排斥，中国古代绘画、日本八云琴都反映了中国文化与日本文化中的存世文本，置身于一种互惠互利的关系中，这种参与坚持了两种文化所暗含的记忆概念。三郎与静子的生活不只是一系列时刻的线性展开——钟表时间里的生活，他们必须在时光中——在生活的时间或者绵延中过日子，后者总是某种更大的东西的一部分。通过评诗、作画、论画、弹琴，三郎与静子体验着他们自己生活中的绵延。静子给宋代理学遗产提供了新的诠释和效力，因而有能力协调传统和当下的需求。由此之故，宋代理学遗产对日本文化变迁具有强大的适应性，以至于似乎能够保持自己长盛不衰。总的来说，评诗、学史、作画、论画、弹琴这些阶段构成了三郎与静子的一种真正的记忆行为，中日过去岁月的文化制品由此被他们当下的行为时刻激活。特别是静子，她不容许过去凝固为纪念物的形式，而是通过她的记忆工作本身让文化记忆变得生动起来。由此，对中国古典诗歌、宋代理学遗产、中国古代绘画艺术、中国古代乐器对日本文化的影响的回忆，以及郑成功诞生处、朱公遗墓、小石川后乐园这些历史遗迹及纪念物在我们生活中扮演的角色，都保持着永不枯歇的活力。

最后，三郎因为自己是一个出家人，他不能遂母亲、姨母之愿，无法与静子结婚，所以他离开日本，离开温暖如春的家庭，回到了中国，重又置身于乱世之中。

> 余与法忍至上海，始悉襟间银票，均已不翼而飞，故不能买舟，遂与法忍决定行脚同归。沿途托钵，蹭蹬已极。逾岁，始抵横蒲关，入南雄边界。既过红梅驿，土人言此去俱为坦途，然水行不一，由延能达始兴。余二人尽出所蓄，尚可数舟资及粮食之用，于是扬帆以行。风利，数日遂过浈水，至始兴县，余二人忧思稍解。是夕，维舟于野渡残杨之下。时凉秋九月矣，山川寥寂，举目苍凉。忽有西北风潇飒过耳，余悚然而听之，又有巨物鸣鸣然袭舟而来，竟落灯光之下，如是者陆续而至。余异而瞩之，约有百数，均团脐胖蟹也。此为余初次所见，颇觉奇趣。法忍语余曰："吾闻丹凤山去此不远，有张九龄故宅，吾二人明晨当纤道往观。"又曰："惜吾两人不能痛饮，否则将此蟹煮之，复入村沽黄醑无量，尔我举匏樽以消幽恨。奈何此夕百忧感其心耶？"语次，舟子以手指枫林旷刹，告余二人曰："此即怀庵古兰若也，金碧飘零尽矣。父老相传，甲申三月，吾族遗老誓师于此，不观腐草转磷，至今犹在？嗟乎！风景依然，而江山已非，宁不令人愀然生感，欷歔不置耶？"

三郎与法忍来到上海，他们的钱均已不翼而飞，所以没钱买船，于是决定徒步一起回广东。他们托钵沿途行乞，一路险阻难行，困顿不已。过了一年，他们才抵达广东南雄县西北的横蒲关，进入南雄边界。过了红梅驿，当地人说此去俱为坦途，走水路可以直达韶关的始兴县。三郎和法忍把行乞得到的所有的钱用来买船和粮食，于是扬帆起航。一路上，天气晴好，数日后他们经过浈江到达始兴县，两人一路奔波的忧思得到稍微缓解。这天傍晚，三郎和法忍把船系于荒落之处村野渡口的残杨之下。置身于九月的荒野，山川寥寂，举目苍凉。忽然，一阵西北风潇飒掠过耳畔，三郎惶恐不安地听着，接着，他听到"有巨物呜呜然袭舟而来"，看到它们"竟落灯光之下，如是者陆续而至"。他惊异地看着，发现原来是一群肥厚的雌蟹，这一奇观是三郎第一次看到。法忍先想到的是去丹凤山看张九龄故宅，转而又想到若不是他们两人能够痛饮，否则就把这群肥大的雌蟹给烹煮了，再到村里去用匏制的酒樽喝黄酒，一解胸中之幽恨。船夫想到的却是那座曾经金碧辉煌而今飘零殆尽的佛寺，相传他宗族中的那些经历世变的老人也曾誓师于此。风景依然，而江山已非。船夫提到的"甲申"与"誓师"是紧密相连的，是存在一定因果关系的。"甲申"一般特指中国明末甲申的这一年即 1644 年，李自成攻入明朝都城北京，明朝作为全国统一政权灭亡，随后清军入关的历史事件。恰逢这一年 3 月，船夫他宗族中的遗老为何誓师，这给人留下了想象空间。从上海徒步到广东南雄，再从红梅驿坐船到韶关的始兴县，这一段漫长的旅程就是空间的时间，三郎与法忍在这最广泛的空间结构中表达着他们的冒险精神，他们的经验是对沿途风险的克服，"无钱买船就徒步"的这种积极意义上的经验要求他们冒险进入不熟悉的领域，并且经历难以捉摸的和不确定的情景。为了能够到达广东，他们敢于面对一切。他们为何要如此冒险？这是人类个性驱动使然。他们为此充满激情，而激情象征着他们的精神力量。他们的经验是由他们对地理空间的感受和思想结合而成的。随着空间框架的变化以及对时间的关注取代了他们对过去的关注，他们的记忆也会不断得到重新诠释，以适应当前的环境，它会调整关于旧的事实的意象，以适应现时的信仰和精神需求，例如，丹凤山的张九龄故宅、枫林中那座荒废的寺庙，它们为法忍、船夫提供了新的标识，以使他们能将自己安置在社会性的时间背景中。

纵观小说《断鸿零雁记》的叙述空间，它是相当出色的。因为三郎个人特殊的身世经历，他的行踪构建出中国和日本的跨国地理空间。对于三郎而言，空间是一种心理需要，是一种社会特权，甚至是一种精神属性，因为他迫切地要从中国到日本去找到自己的母亲，迫切找到自己在日本呱呱坠地的那个"家"。"找到母亲"和"找到家"是三郎从中国到日本的目标。三郎的行程，正如美国地理学家段义孚所说："在迁徙过程中，空间具有时间意义。在日复一日的个人经历层面上，空间同样具有时间意义。语言本身揭示了民族、空间和时间之间具有密切的联系。在有目的的活动中，空间和时间逐渐以思索的和积极的自我为中心。主观上看，即使复杂的活动也会在重复中成为习惯，它们最初的意向性结构——设想实现它们的目的和手段——就消失了。只有在日常的活动中进行反思，这些活动最初的意向性结构才会再现。当然，如果我们制定新的计划，那么空间和时间就会上升至意识的层面，并服务于目标。"①

---

① ［美］段义孚：《空间与地方》，王志标译，中国人民大学出版社 2017 年版，第 103 页。

第五章　苏曼殊诗歌意象语言特征

苏曼殊诗歌独特的风格建立于他个人独具匠心的意象群，其诗歌意象群的选择与诗歌所表达的哀伤感情一致，呈现出一种凄冷、萧索的色调。他最常用的意象是茫茫的风雨、萧索的秋、冷清的月、黄昏、夜、孤灯、寒烟、箫、筝、花草、天女、箜篌等，这些自然意象、人生意象和神话意象的层层累加使诗歌的悲伤情感表达得格外饱满，这些意象都与苏曼殊的家国之忧、身世之愁紧密相关，并共同构成了其诗歌独具特色的意象群。

例如，"风""雨"作为一组常常并置的意象在苏曼殊诗歌出现频率很高，苏曼殊诗歌中的风雨常常是凄风苦雨：

《过若松町有感》："孤灯引梦记朦胧，风雨邻庵夜半钟。我再来时人已去，涉江谁为采芙蓉？"

《吴门依易生韵十一首》之一："江南花草尽愁根，惹得吴娃笑语频。独有伤心驴背客，暮烟疏雨过阊门。"

《樱花落》："十日樱花作意开，绕花岂惜日千回？昨来风雨偏相厄，谁向人天诉此哀？忍见胡沙埋艳骨，空将清泪滴深怀。多情漫向他年忆，一寸春心早已灰。"

《无题八首》之七："罗幕春残欲暮天，四山风雨总缠绵。分明化石心难定，多谢云娘十幅笺。"

上述诗句中的"风雨"意象实际上蕴含了诗人主观体验的情感，是人生的风雨，社会的风雨，国家动荡的风雨，正如学者陈植锷说："诗人的生活道路，决定了他对意象的喜好和选择。反之，为诗歌意象的对比而作的统计，可以帮助我们找到诗人情感的主要归宿。"[①]

《本事诗十首》之九："春雨楼头尺八箫，何时归看浙江潮。芒鞋破钵无人识，踏过樱花第几桥。"

苏曼殊的《本事诗十首》之九这首七绝最受人们赞叹。阅读这首诗时，

---

①　陈植锷：《诗歌意象论》，中国社会科学出版社 1992 年版，第 225 页。

我们发现意象复合体是苏曼殊诗歌的一个节点，从中我们可以发现在主题、语义、节奏、形式等众多的模式中哪一个更重要，它又是如何与其他模式发生联系，因为意象复合体可作用于声音、节奏、主题、语义等各个层面，因此仅仅从意象复合体中即可获得任何一首诗的结构意义。如果读者没有通过审视非意义层面来确定苏曼殊诗歌结构到底要求短语、词汇承载多少意义，批评性阅读绝不会将意义延伸至非言语世界并以此强取意义，只有做到这一点，读者才能有望达到主题上的聚合，才能在多个层面上真正与诗歌接触，而不是与他凭借想象创造出来的某种抽象的或事实上又非常具体的存在接触，读者必须使用想象，必须用它来将自己从普通语言强加于我们头脑的固定的思维模式中解放出来，而不是拒绝诗歌的陌生性，将它嵌入某种非诗歌范畴，如读者的思想、诗人的思想或者任何非虚构情形等。"春雨楼头尺八箫，何时归看浙江潮"描写诗人寄居异国的思乡之情，"芒鞋破钵无人识，踏过樱花第几桥"描写诗人身世之感。春雨、楼头、尺八箫、浙江潮，四种意象并置一起构筑一个令人无限想象的空间：中心意象"春雨"，侧重内心的感受，然后再以此为基础，向客观景物外射。接着，以听觉意象"尺八箫"写春雨初至时的状况，"楼头"这个视觉意象将"春雨"这个核心意象向整个地域的空间扩散，"何时"二字则将这个意象的放射和扩张延展到"浙江潮"，这两句诗由近及远，由听觉至视觉，层层递进，形成了一种不同层次意象组合的辐射美。春雨细密中，不知是谁家的楼头传出一片箫声，眼前寥落的景象令人顿生何时才能回归故国的感伤之情，撩拨起的是无边的乡愁。在这里，诗人寄居异国的飘零之感与对故国之思的情感浑然交织，无丝毫半点隔断。芒鞋、破钵、樱花、桥，这四种意象并置构成了一种象征与暗喻的关系。首先，作为诗眼的"芒鞋破钵"这两个意象颇具禅味。一个脚穿着用植物的叶子或秆编织的草鞋的僧人托着一只破钵正踏过两岸樱花簇拥的小桥。这样一幅"一个僧人于鞋与钵俱破之际仍在行走"的画面呈现出禅意象给读者注入审美的随机性。其次，在读者审美意识中出现的，是同一个中心意象：樱花。它给人的印象是对美的留恋，它激起的情绪是惆怅和忧伤，它使人想起春天的消逝、流水的无情和风雨的摧残等这样一些人类社会和自然界永恒存在的情感和现象。"芒鞋破钵"与漫天"樱花"两个意象是不相称的，绚烂美丽的背景反衬诗人的潦倒，同时，樱花花期短暂与诗人生命短暂又是相互对应的。这首诗无限丰富的超常变异，有动机与行为、感情与感知、语言与意识、视觉与听觉、近距离感觉和远距离感觉、直觉与理性之间丰富、神奇的变异。

《寄调筝人三首》之三：

> 偷尝天女唇中露，
> 几度临风拭泪痕。
> 日日思卿令人老，
> 孤窗无那正黄昏。

苏曼殊在这首诗中，把"接吻"这个感性细节处理成"偷尝唇露"，使意象审美极具冲击力量，诗人初吻的喜悦是短暂的，它预示了诗人"临风拭泪"的飘零命运。这首诗局部较之整体更有想象的启发性、更美、更有感情的分量。"天女"是一个神话意象，诗人把自己心仪的女子比作传说中天上的神女，使之成为诗歌中的意象，"唇露"这个人生意象使远古神话"天女"这个意象具有可感性和凝练性，凝聚着诗人特殊的情感。"唇中露"这个局部特点和诗人企盼"偷尝爱情之果"的情感特点猝然遇合，由此意象不同于细节可见一斑。也就是说，意象具有建构事物特征和情感特征的功能，并且可以派生出更多的意义，使苏曼殊诗歌成为一个典范。在这首诗中，短小的意象流的效果是基于精确的优雅，苏曼殊正好富有这种品质。诗中没有浪费一个字：读者的视线从地面转移到天空，然后又回来，为读者捕捉每一个细微颤动。这种短小的深刻意象固然很完美，但奇怪的是它们具有不少的挑战性。无论是在言语层面，自然的文字处于自然的位置，还是在意象层面，自然事物总是充分的象征，抑或是在诗歌形式层面，它在格律和诗章结构上更为自然，但是我们见证了一种技巧的回归，这种技巧是一种激进的技巧，通过精心设计的诗歌措辞以及自我意识到已有的形式和题材，它不仅与人们真正说的语言对抗，而且也与那些并不严谨的被称为形式主义的诗歌对抗。苏曼殊诗歌的技巧在这层意义上与其说是创造力和方法，或精致详述和优雅遁词，不如说它们是一种认知。

"怨"和"恨"在苏曼殊诗歌里面，作为表现诗人浓厚感情色彩的诗语占有无与伦比的不可缺少的地位。"怨"与"恨"的不同在于程度上的差别，应该说"怨"的极限化的产物，也就成了"恨"。"天生成佛我何能？幽梦无凭恨不能"（《有怀二首》之二），这里的"恨"表示诗人一种后悔莫及的情感；"无量春愁无量恨，一时都向指间鸣"（《本事诗十首》之一），这里的"恨"表示诗人一种生活不称心的情感；"桃腮檀口坐吹笙，春水难量旧恨盈"（《本事诗十首》之五），这里的"恨"表示诗人内心一种由于某种原因不满而怨的情感；"还卿一钵无情泪，恨不相逢未剃时"（《本事诗十首》之六），这是一个一位手持"红叶题诗"的女子向诗人表示爱情，诗人因此流着眼泪说"未剃发出家之前不能相逢是多么遗憾"的场面。"泪"本是有情之物，诗人偏把"泪"说成是无情的；相逢是爱的开始，但却留下了恨的遗憾。诗人借唐朝诗人张籍《节妇吟》诗句"还君明珠双泪垂，恨不相逢未嫁时"，改"未嫁"为"未剃"，一方面说明他内心深处真爱女子，另一方面又蕴含了无限的无奈与哀婉。在这里成为"恨"的原因，是诗人意识到已经出家的现状再也返回不到未出家之日。在这里，相逢之迟成为"恨"的原因，是因为互相之间能够认识到或者更早一点相逢的可能应该也是有的，而且在现实上意识到这一愿望是不可能满足的。在"生憎花发柳含烟，东海飘零二十年"（《寄调筝人三首》之一）、"遗珠有恨终归海，睹物思人更可悲"（《东居杂诗十九首》之十六）中，"憎"与"恨"总是以过去有着的事情为原因的。"猛忆定庵哀怨句，三生花草梦苏州"（《东居杂诗十九首》之十）、"空山流水无人迹，何处蛾眉有怨词"（《东居杂诗十九首》之十八）、"禅心一任蛾眉妒，佛说原来怨是亲"（《寄调筝人三首》之二），在这三首诗中的"怨"有埋怨、不满意、责备之意，"怨"基于虽然意识到事物的实现的可能性，但不能实现的不满、愤懑；"恨"基于意识到事物的不可能解决性、不可能回复性的绝望、悔恨。这两者的差异，甚至是对比性的。

"愁"在苏曼殊诗歌中出现频率相当高。如果说前人常用以其纷多而弥漫的"柳絮"、以其乱糟糟一团百计不解的"蓬麻"、以其高大而无穷尽的"高山"、以其声哀而凄苦的"猿啼"等作为"愁"的象喻，那么，苏曼殊则别出心裁地吟出了"泪眼更谁愁似我？亲前犹自忆词人"（《忆刘三天梅》）、"无量春愁无量恨，一时都向指间鸣"（《本事诗十首》之一）、"碧玉莫愁身世贱，同乡仙子独销魂"（《本事诗十首》之八）、"赢马未须愁远道，桃花红欲上吟鞭"（《淀江道中口占》）、"欲寄数行相问讯，落花如雨乱愁多"（《寄晦闻》）、"万里征途愁入梦，天南分手泪沾衣"（《别云上人》）、"江南花草尽愁根，惹得吴娃笑语频"（《吴门依易生韵十一首》之一）、"故国已随春日尽，鹧鸪声急使人愁"（《吴门依易生韵十一首》之十）、"庄辞珍贶无由报，此别愁眉又复低"（《无题八首》之五）、"凄绝蜀杨丝万缕，替人惜别亦生愁"（《东居杂诗十九首》之十一）、"尽日伤心人不见，莫愁还自有愁时"（《集义山句怀金凤》）、"知否玉楼春梦醒，有人愁煞柳如烟"（《春日》）、"横波翻泻泪，绿黛自生愁"（《佳人》）、"清凉如美人，莫愁如月镜"（《莫愁湖寓望》）、"莫愁此夕情何限？指点荒烟锁石城"（《有怀二首》之一）、"寒禽衰草伴愁颜，驻马垂杨望雪山"（《久欲南归罗浮不果因望不二山有感聊书所怀寄二兄广州兼呈晦闻哲夫秋枚三公沪上》）等。"愁"是一种抽象的感情，听不见又摸不着，苏曼殊在努力将它化为形象物的时候，固可以独出心裁，从自认为相似的方面加以形容，一些人人所熟视习见的人或事物，因描摹者的不同，即也面貌各异，新意象层出不穷。从接受美学的角度看，苏曼殊诗歌表现方法和艺术手段给读者这样的美感效应：它们把读者的心神毫无障隔而又充分有效地吸引到诗人所抒写的真切体验和感受中去，沉浸到诗歌所蕴含的情志意理中去，从而在阅读时能迅即把语言和物象忘掉，或者说根本就没有察觉到它们的存在。这是符合意象表现、审美表达基本规律的。苏曼殊诗歌执着于明晰的节奏，以及冥想所能带来的凝神，把它们作为全力雕琢本真披沥蒙受遮蔽之物来尝试。要达到这种效果，就必然要求各种要素的因果关系的统一。合适之宜是在那些依靠将根本不同的事物进行并置的诗歌中不能被充分置换的标准。追求因果关系统一的驱动力，常常源自创造更具有吸引力和效力的诗歌的欲望。可见，苏曼殊诗歌的象征力量在于它让缺席的现实登场，而且正是通过充满智慧的诗歌风格，坚守其自身存在的语言学本质及效果上的迷幻特征。上述引用的每一首独立的诗歌以各种反吸收的方式展现着各自的语言学上的自我意识。一首诗也并不一定会因为短而不具有吸收性，相反，还可能存在某种转喻性地实施吸收的潜能，使这首诗完全沉浸在其自身内部的声音和语义的动力机制之中：被吸收的声音或完全被渗透的声音。苏曼殊诗歌的这些特征，虽然可能会强调人为性并且使题材变得不透明，但仍然是吸收性作品的主要技巧。因为声音本身的力量足以抵得上声音唤醒意象的力量：那些被轻轻敲击融入这一力量的各种诗歌拒绝让词语变得透明，却使它们强大。就表现语言学上的自我意识而言，苏曼殊的诗歌在实践上恪守了这一断言。

我以为，在真正的吸收性作品中，读者不承担参与性角色。然而，苏曼殊一首彻底的非吸收性的诗歌却会朝相反的方向剥夺读者的权利。现在所需要的是诗歌的某种能量，这种能量能够赋予读者权利，同时又使读者意识到隐含于这一过程本身的吸收/控制/被动存在的危险。在这里，苏曼殊诗歌中的思想相互吸收能量，促进读者大脑更大程度地吸收。与此同时，其意义却又以同样大的力量彼此疏离，极大地增加了几种现实同时相互作用的可能性。我想，此刻被置于危险之中的正是意义自身的普通意义。由于诗人苏曼殊与任何人一样易于受到来自广为接受的现实的魔咒的影响，他必须找到一个办法将自己关注的光束集中在那些至今还没能被理解的经验领域；苏曼殊必须找到某种方法将意识的锋芒指向各类经验之间超乎想象的盘根错节的各种关系。尽管不确定性不失为一种描述这种潜在于认知过程的震荡（或不连续性）的方法，这种模糊实际上不过是集中关注光束的一个状态。这些震荡可能产生强烈的能量交换，并且由此而导致重大的关注焦点的转移。苏曼殊诗歌的意识状态有助于借助关注的神思增强对经验数据的吸收。诗人各种心神游弋、对细节的极度关注、象征性的互换，这些因素的震荡都能刺激读者产生高度的清醒状态。苏曼殊这种诗学观念已成为一种呼唤，呼唤现实性而非现实性，现实性不仅包括注意力的焦点已经能够达到的经验领域，而且包括在整个经验活动中所能被感知的一切。

然而，苏曼殊诗歌也创造了一种非吸收性的魅力：在相似的陈述中，那些轻重缓急的切换就像是在渐次交替地扫视着感知。这种感知的重复逐步地渐次地揭露出越来越多的东西，任何一种瞬间固定的感知的表层都会让路给另一片深层丰满的真实的原野。在《耶婆提病中末公见示新作伏枕奉答兼呈旷处士》中，苏曼殊将句法模式上的切换与注意力焦点的切换联系起来了。由于语言的使用有时候近乎是社会学观察，苏曼殊展现出来的细节不仅明显有着真实事物的强度，而且在回音室（每一首诗就是回音室）不断显示着，它们本身就是被隐藏的真相，或者如何通过展开。诗中那些被掩盖或被压抑的、需要深入到记忆或者感知或者虚构之中才能被挖掘出来的具体细节，用来把握人生的线索，然而到头来还是那种通过重新排列注意力光束而产生的节奏和诗人通过连续扫拨而产生的弦音模式才创造了音乐的连贯性，使得《耶婆提病中末公见示新作伏枕奉答兼呈旷处士》超越了任何一种曾经用于建构诗歌的产生疏离或脱位的技巧。

"忆"字在苏曼殊诗歌中相当醒目，"泪眼更谁愁似我？亲前犹自忆词人"（《忆刘三天梅》）、"猛忆玉人明月下，悄无人处学吹箫"（《吴门依易生韵十一首》之七）、"棠梨无限忆秋千，杨柳腰肢最可怜"（《无题八首》之六）、"自是神仙沧小谪，不须惆怅忆芳容"（《偶成》）、"猛忆定庵哀怨句，三生花草梦苏州"（《东居杂诗十九首》之十）、"旧厢风月重相忆，十指纤纤擘荔枝"（《东居杂诗十九首》之十九）、"多情漫向他年忆，一寸春心早已灰"（《樱花落》）等，这些诗语在展开苏曼殊诗歌的意象方面，可以说是极其完美的范例之一。"忆"照理专门表示有关过去事物的情况，因而，诗人想象分别后的将来是不可能的，至少是不自然的。"忆"一般一定用来表示有关过去的情况。"忆"字用来表现对眼下由此情景对过去情况的想象。

"忆"字，《广韵》职韵，"念也"；《集韵》职韵，"思也"。一般多能换成"念""思"。实际用例几乎全都限定"记住、想起"这些意义，不管在哪个意义上，都一定与过去的情况相关。因而在这一点上，比起表示"想"的一般用语"思"来，可以说更接近于释为"常思""长思"的"念"。"念"更多地具有"自觉地思念"的倾向，而"忆"则更多地具有"潜在地记起"的倾向。《以诗并画留别汤国顿二首》《答邓绳侯》《忆刘三天梅》《有怀二首》《调筝人将行嘱绘金粉江山图题赠二绝》《寄调筝人三首》《寄晦闻》《步韵答云上人三首》《耶婆提病中末公见示新作伏枕奉答兼呈旷处士》《南楼寺怀法忍叶叶》《饮席赠歌者》《憩平原别邸赠玄玄》《题静女调筝图寄包天笑》等，诗题中有"留别""答""忆""怀""赠""寄"等字眼的诗歌，多专门贯穿着对过去情况的追怀，这种表达方式的效果终究是将与过去有关的"忆"字用在对未来想象的文脉中，它可以说是出自一种飞跃的技法。当然，这种表达方法把重点放在现在人与人关系的描写上也很难产生从未来某一时刻"忆"起现在及以前的构思。与这些不同的是，在把谈到别后情况作为表达上的一个基本型的"离别"诗中，可以说采用这种时间构成的可能性本来便包含在题材之中。不过，同为离别诗，"忆"字的用法当然是从离别的时刻原地回顾过去，这种"忆"字用例是存在的。从"忆"字本来的用法来说，这更是自然的构思，设定将来某一时刻，自那时"忆"起包括眼下时刻的过去这种结构，占有这样的地位，它产生于离别诗将"对别后交情的关心"作为诗歌情感之一这一点，也就是说，它是一种被扩大的诗作范例。苏曼殊诗歌中的"忆"是往返四个时刻的意象流动、意识流动，即离别之时（过去）—作诗之时（现在）—再会之时—对作诗时的追怀（现在）。"忆"字内在的与过去的联系——那种不可分离的联系，就苏曼殊诗歌多数用例正确地给人以实感的时候，作为多样、曲折、精致的时间表现，会给读者的心理铭刻上鲜明的印象。这是因为，如果从主题论的角度来看苏曼殊诗歌的表达方式，那么所谓离别诗可以说是最根本地规定了人的存在样式的"时间意识"的具体表现，而且是最富象征性的表现。从上述关于"忆"诗句的例示，我们也不难看出苏曼殊的相当一部分诗歌采用前卫电影或者摇滚镜头中的快速平移和剪切技术：一首诗或者一组诗会快速地扫描一件事或者一个意象，然后快速地从另一个语言的角度拍摄下来，有的诗歌开头拍摄下进入回忆的镜头，然后快速移动到眼前，时态也从过去转到现在，"我"转换成"某个人"。苏曼殊诗歌转换的速度最终成为一种格律的砝码，当节奏增快，狂乱的连续性的聚焦/去焦便会陷入一种闭合不全的混沌——不是指整体——而是一种炼金术一般的覆盖与混合，形成意象复合体。焦点的更新调整可以在注意力从修辞效果到修辞性的转换之中得到有效的实施。

学者陶型传在专著《意象诗论》中写道："意象意蕴是对词语意义的穿越。这个穿越，冲破了指称的篱笆，进入了呈示的园地；冲破了景物人事的告知，进入了情志意理的表现；冲破了科学所坚守的真实性，而进入了审美想象的虚构性；冲破了科学规定的有限性，而进入了审美感受和体悟的无限感。这是审美穿越，是审美感知对科学认知的穿越。这个穿越的过程，就是艺术思维，就是意象表现，就是审美创造。"① 在这里，陶型传探究的宗旨是"意象"的文学性问题。在学者陈植锷看来："意象是以语词为载体的诗歌艺术的基本符号。"② 那么，接下来，我拟从引申的用法和新颖的观察、静态动词、时间词与地点词、时间副词、及物动词、倒装、使动结构和兼语结构、拟人化、非陈述句式等诸多方面进一步讨论那些能够给苏曼殊诗歌意象注入生命和运动的语言特征。

一般来说，形容词是静态的，但当一个形容词进入某种新颖关系时，它所构成的诗句也许能给整首诗带来生气。"秋千院落月如钩"（《东居杂诗十九首》之七）中，用形容词"钩"这一视觉经验来描绘反射洒落在庭院里的月光是恰到好处而引人注目的，在"夜凉如水待牵牛"（《东居杂诗十九首》之四）中，形容词"凉"被当作副词，巧妙地概括了一种感觉经验。这两句诗表现了两种引申的用法：前者是语义范围的引申，后者是词类的引申。引申的用法不仅限于形容词，例如，"素女婵娟不耐秋"（《东居杂诗十九首》之二）中的"秋"鲜明地表现了情感的孤独和落寞，"扁舟容与知无计，兵火头陀泪满樽"（《东居杂诗十九首》之十二）中的"泪"是哭泣落泪的动态。像"泪"这样普通词语和经过时间检验的词语"兵火""头陀"并置，它们给诗句赋予一种稳定感和似曾相识的意味，这种新鲜的观察并以新颖的语言表现时，诗歌变得十分醒目。"兵火"泛指战争或者战乱，是一种破坏或毁灭行为，它所描写的事件是独特的，而行走于人世间千疮百孔这样非常独特的环境中的以慈悲为怀的僧人怎能不哭泣落泪呢？在"兵火头陀泪满樽"中，"泪"是名词作动词的新颖的用法，而主要动词"满"却是中性的、相当普通的，动词新颖性和特殊性的重合产生了较强的动态意义。在苏曼殊诗歌中，"名词作动词的新颖的用法"占有一定的比重，我们曾经见

---

① 陶型传：《意象诗论》，广东人民出版社 2021 年版，第 2 页。
② 陈植锷：《诗歌意象论》，中国社会科学出版社 1992 年版，第 64 页。

过的事物经过苏曼殊诗歌适当的描写而又将重新认识它。在苏曼殊诗歌中，我们发现其诗歌语言和感知并没有"陌生化"，所有语言都似乎是日常语言，但整体的结构效果超越了词语的局部，表现为有机的圆融。在这种融洽中，意象与意象，意象群与意脉，可谓疏可走马，密不透风，情感与语境之间达到高度和谐，这就是整体感的最高层次，也就是中国古典诗歌的"意境"。

苏曼殊诗歌中的静态动词通常表示性质。"日暮有佳人，独立潇湘浦"（《为玉鸾女弟绘扇》）中，"有"与"立"两个静态动词本身没有任何动的痕迹；"沙白松青夕照边"（《过平户延平诞生处》）中由"名词＋形容词""名词＋形容词"向"名词＋动词"的滑行，丝毫没有改变全句的静态基调；与此相似，在"姑苏台畔夕阳斜"（《吴门依易生韵十一首》之四）中，"斜"是静态动词，但这句诗仍描绘了一幅傍晚宁静的田园风光。在这样的语境中，无论是作为名词的修饰还是作为限定性谓语，形容词只能表示一种感觉特征。静态动词一般是静止的，由于静态基调的持续，"名词＋静态动词"的结构很容易变成名词，"姑苏台畔夕阳斜"这幅景象是在永恒性的幻觉中被观照的。"名词＋静态动词"的结构（如沙白、松青）有时确实表现了时间的暂时性，但条件—结果结构与通过对句形式而获得的互相强化的暂时性是有所不同的。上面这个例子也能说明一种明确的分工："狂歌走马遍天涯，斗酒黄鸡处士家"（《憩平原别邸赠玄玄》）中的"天涯"和"士家"是类名，因而表现了一般性；而特殊性是由动词谓语和句子形式传达出来的。"酡颜欲语娇无力，云髻新簪白玉花"（《东居杂诗十九首》之十三），这两句诗的语法结构同前一句完全一样，也使用了相近的类名。这里"花"作为"白玉"的形容词谓语便是一种新颖用法，它使这幅图景更加别具特色。然而，这种独特意义并非只有通过独特的事件或新颖的语言才能表现出来。下面的例子说明，一种特殊的条件也能产生同样的效果。"国民孤愤英雄泪，洒上鲛绡赠故人"（《以诗并画留别汤国顿二首》之一）中，"泪"是一个动作性较弱的动词，但每当它出现时，它的内在倾向所暗示的相反意义就会呈现出来。河山的存在通常被看作理所当然的，但当国家破败民不聊生之际，河山尚存则会使人感到痛苦悲伤，所以，这里就有了一个显而易见的暗示：虽然河山犹在，但它们或许不会久存了。"远远孤飞天际鹤，云峰珠海几时还"（《久欲南归罗浮不果因望不二山有感聊书所怀寄二兄广州兼呈晦闻哲夫秋枚三公沪上》），这两句诗和前面例子的唯一不同是其条件由"形容词＋名词"的复合结构所表现，而"还"是一个不及物动词，这幅景象出现在山重水复之中，"远远孤飞"和"云峰珠海"陈述了条件，"天际鹤"和"几时还"表现特殊的效果——这种特殊性是因为归乡之路并不总是平坦的，路途也不总是那样近在咫尺。这两句诗着重写离乡之久、返乡远行之苦，全诗从时间和空间两种角度所构成的因果关系上，写游子客中的思乡心理和思乡行动，从而表现了一种普遍的怀乡和惜别的感情，诗意平近，感受真切，易于引起人们的共鸣。只有在这种特定的环境中，它们才能有这种特殊的表现。适当的静态动词出现在表现动作的位置上，这一点也是重要的。如果把上例改成"天际鹤远远孤飞，几时还云峰珠海"，我们就会感到兴味索然，因为条件之后没有紧接相应的结果。这一点就更证实了这样一个原则：只有当动词的新颖性和特殊性重合时，诗句才能具有情感动力。

苏曼殊诗歌中的时间词和地点词强调的是观察事件的角度，因而它是暂时性的。《住西湖白云禅院作此》所描绘的是一幅相当特别的景象："白云深处拥雷峰，几树寒梅带雪红。斋罢垂垂浑入定，庵前潭影落疏钟。"但"白云""寒梅""斋罢""疏钟"的出现，使"雷峰"和"庵"由一般变为特殊。在这首诗中，几个特征结合表现了特殊性：地点词"雷峰""庵"标示地点、场所，"斋罢"表示时间，把钟声说成"疏"是词的引申用法。寺院钟声传送到身在庵前清潭边的诗人耳里时，钟声仿佛已被云雾润湿了，像潭影一样疏落斑驳，句中把钟的响声和寒梅的颜色及远处云雾的白色融通在一起，把听觉、视觉两个感官相互沟通。"胡姬善解离人意，笑指芙蕖寂寞红"（《游不忍池示仲兄》）也可以用这种方法分析："寂寞红"是一个高度抽象的概念，但与"芙蕖"接合，则构成了相当突出的静态意象。另一个产生通感的诗句是"多情漫作他年忆，一寸春心早已灰"（《樱花落》），其中"灰"是时间词与地点词的交点。这类"通感"可以说是使一种感觉超越本身局限而达到另一种乃至更多种感觉的修辞手法。在艺术上，它具有物化功能，强化功能和审美功能，易于使读者产生如临其境，如睹其物，如闻其香，如聆其声，如品其味，如触其体等实感，使人领略难以言传的意境，获得丰富的艺术享受。另外，几乎任何一种名词都可以表示地点，"缟衣人不见，独上寺南楼"（《南楼寺怀法忍叶叶》）、"秋千院落月如钩，为爱花阴懒上楼"（《东居杂诗十九首》之七）、"碧沼红莲水自流，涉江同上木兰舟"（《东居杂诗十九首》之九）中的"上"，表现的是动作，而"寺南头""秋千院落""木兰舟"则确定了准确的地点。苏曼殊诗歌中的空间条件与时间条件，与时间词、地点词的密切关系是显而易见的。唯一的不同是，时间词与地点词出现在名词主语之后，例如，"说到年华更羞怯，水晶帘下学箜篌"（《东居杂诗十九首》之三）、"极目神州余子尽，袈裟和泪伏碑前"（《过平户延平诞生处》)、"良讯东海来，中有游仙作"(《耶婆提病中末公见示新作伏枕奉答兼呈旷处士》)、"白妙轻罗薄几重，石澜桥畔小池东"(《游不忍池示仲兄》)等诗句中的"下""前""中""东"之类的定位词为标志，而且用法相当有限。

苏曼殊诗歌中事件的形态和轮廓通常是用体貌助词表现的，这些助词的作用几乎完全由时间副词承担。"春泥细雨吴趋地，又听寒山夜半钟"(《吴门依易生韵十一首》之二)、"刘三旧是多情种，浪迹烟波又一年"(《西湖韬光庵夜闻鹃声刘三》)中，作为一种副词结构，"又"表示变化；而在"泪眼更谁愁似我？亲前犹自忆词人"(《忆刘三天梅》)、"闻道别来餐事减，晚妆犹待小鬟催"(《无题八首》之四)、"江南谁得似，犹忆李龟年"(《饮席赠歌者》)中，"犹"表示持续。"又"和"犹"代表了时间的两个主要方面，我们也据此把时间副词分为两类：一是变化副词，二是持续副词。"又"和"犹"这样的副词之所以仍能被诗人偏爱，显然是由于它们或强调再次，或强调反复，或强调永久，或构成对比，或加大反差，都有明显的强化表现性的功能。

在苏曼殊诗歌中，有些副词不仅强化表现的功能，还隐蕴着一种泛灵化的感知心理和情致，表现力就更为灵动，这在"独""相""俱""共""同""自""空"等字的运用中体现得尤为鲜明。例如，"秋风海上已黄昏，独向遗编吊拜伦"(《题拜伦集》)、"日暮有佳人，独立潇湘浦"(《为玉鸾女弟绘扇》)、"缟衣人不见，独上寺南头"(《南楼寺怀法忍叶叶》)，这些诗句中"独"的是人；"自是神仙沦小谪，不须惆怅忆芳容"(《偶成》)、"露湿红蕖波底袜，自拈罗带淡蛾羞"(《东居杂诗十九首》之七)、"横波翻泻泪，绿黛自生愁"(《佳人》)、"碧沼红莲水自流，涉江同上木兰舟"(《东居杂诗十九首》之九)、"六幅潇湘曳画裙，灯前兰麝自氤氲"(《东居杂诗十九首》之十二)，前三个"自"的是人，后两个"自"的则是物；"伤心怕向妆台照，瘦尽朱颜只自嗟"(《何处》)，在这句诗中，"自"用以表达单数，这类词只能应用于动词；"旧厢风月重相忆，十指纤纤擘荔枝"(《东居杂诗十九首》之十九)，"相忆"的是人与人；"人间花草太匆匆，春未残时花已空"(《偶成》)，"空"字表示春天尚未结束，花却已经凋零落尽；"银烛金杯映绿纱，空持倾国对流霞"(《东居杂诗十九首》之十三)，"空"字表示由空洞虚化为副词，表示徒然、白白地；"九年面壁成空相，持锡归来悔晤卿"(《本事诗十首》之十)，诗人以"空"为标志，把壁和锡杖都看作自己的伙伴，从而表现了他苦行修炼的心境。"空言少据定难猜，欲把明珠寄上才"（《无题八首》之四），"空"表示不符合客观实际的言论。"自"、"空"二字，表现力尤为遒劲："自"字主要表达一种心理情境，"空"字主要表达一种价值判断，即毫无意义，但这些词可以表现人类所特有的感觉、认识和情感。

在苏曼殊诗歌中，名词副词化与其他各种语言的副词用法相比较，可以说是一种非常特殊的现象。正因为如此，便使人感到在语言与思考、语言与认识对象这一点上，它披露了其中国式的、饶有趣味的倾向。第一特点是，以具体的、个别的形式来把握每一事物的倾向。也就是说，是重视实在的现实感觉、知觉的态度。象形、指示、会意等用法里反映出来的苏曼殊诗歌的视觉性质，重视记述现实中各个事件的历史书籍，表现在接受佛教态度上抽象思维的丰富，表明对于对象具体的、形态方面认识的量词（形态词）很丰富。但是，名词副词化的现象的确和以上现象同样，可以说是鲜明地表现苏曼殊这种思考的倾向。例如，修饰、规定"散""消"这些动作的时候，苏曼殊不是用"全然""全部地""完全地"这些抽象的副词来修饰，而是借可见的存在物"云""雾"消散的状态具体地加以修饰。也就是说，喜欢借这种具体物、具象物的表达方式作为感觉表现的主调。同样，强调"白""青""红"这些色彩也不抽象地说"非常白""极青""特红"，而是喜欢这样的表达方式："沙白""松青"（沙白松青夕照边）、"雪红"（几树寒梅带雪红）。名词副词化反映出的另一个特点，是典型化、集约化地把握每一事物性状的倾向，例如，"乌舍凌波肌似雪"中的"肌"这一感觉的集约、典范，有"雪"，但是，耐人寻味的是在这种集约化、典型化过程中的属性的选择方法，所选择的并不仅仅是"雪白"这样直接性的、生理性的、易于接受的属性。这表明，人对于第一义感受的未必仅是直接的、生理的层次的性状，其中蕴藏着间接性的、社会性意义（评价）的要素，也作为巨大的必要条件发挥着重要作用。

苏曼殊诗歌的及物动词是思想基础的动态连接，它是力从主语向宾语的转移。因此，一个最充分反映这种力的转换的句式应包括主语、动词和宾语的完整句。虽然汉语中主语经常被省略，我们仍然可以根据后面所接的宾语辨认出及物动词。当然，在这种情况下，动力效果多少有些减弱。连接是一个非常基本的思想，没有动词的连接，一首诗将会变成一个并列名词的集合。在"泪眼更谁愁似我？亲前犹自忆词人"（《忆刘三天梅》）、"江南谁得似，犹忆李龟年"（《饮席赠歌者》）、"无端狂笑无端哭，纵有欢肠已似冰"（《过若松町有感示仲兄》）、"乌舍凌波肌似雪，亲持红叶索题诗"（《本事诗十首》之六）、"今日图成浑不似，胭脂和泪落纷纷"（《以胭脂为某君题扇》）、"知否玉楼春梦醒，有人愁煞柳如烟"（《春日》）、"清凉如美人，莫愁如月镜"（《莫愁湖寓望》）、"江城如画一倾杯，乍合仍离倍可哀"（《东行别仲兄》）、"翡翠流苏白玉钩，夜凉如水待牵牛"（《东居杂诗十九首》之四）、"月华如水浸瑶阶，环佩声声扰梦怀"（《吴门依易生韵十一首》之三）、"易水萧萧人去也，一天明月白如霜"（《以诗并画留别汤国顿二首》之二）中，我们通过对系词和"似""如"构成明喻的动词的分析，发现静态连接。

除了及物动词的连接作用，我们还要根据它们的动力程度和变化分析及物动词本身。例如，"宝镜有尘难见面，妆台红粉画谁眉"（《代柯子简少侯》）、"尽日伤心人不见，莫愁还自有愁时"（《集义山句金凤》），像"见"这类感觉动词代表了感觉活动的完成，人类的感觉器官不同于低级生物的触器，它不能做明显的活动，所以它们是静态的，而其他的感觉动词则要求更多的努力和能量。在"我已袈裟全湿透，那堪重听割鸡筝"（《题静女调筝图寄包天笑》）、"春泥细雨吴趋地，又听寒山夜半钟"（《吴门依易生韵十一首》之二）、"近日诗肠饶几许？何妨伴我听啼鹃"（《西湖韬光庵夜闻鹃声简刘三》）、"我亦艰难多病日，那堪更听八云筝"（《本事诗十首》之一）、"春雨楼头尺八箫，何时归看浙江潮"（《本事诗十首》之九）和"看取红酥浑欲滴，凤文双结是同心"（《东居杂诗十九首》之六）中，任务动词"听"和"看"都表现出很强的努力意义；动作意味更强的还是表示感情的动词，像"怜""忆""感""恨"，如诗句"猛忆玉人明月下""春色总怜歌舞地""遗珠有恨终归海"，在这里努力变成了渴望。

地点的动态表现就是位移，表示位移的动词以动态的形式连接空间中的事物。"君为塞上鸿，我是华亭鹤"（《耶婆提病中末公见示新作伏枕奉答兼呈旷处士》），这里的"为"和"是"分别把塞上与华亭谷连接起来。"塞上鸿"与"华亭鹤"这两个结成工整对偶的意象组合，乃指离散在两个地方的友人。诗因对偶的需要而换用不同角度的不同空间意象，两者既非同时之事，发生的地点也不一样，诗人采用跳跃式的组合方式将它们并置在一起，使之成为两个既对比鲜明又互相融合的描述性意象。两地之景，不明言怀念而思念之深自见。尽管这些表示感觉的、感情和位移的动词所产生的连接是动态的，但在另一种意义上，它们却又是中性的。它们不能影响或改变对象，因为这种动态连接需要另一类及物动词。"渔郎行入深林处，轻叩柴扉问起居"（《迟友》）中的"叩"，是一种运动和撞击，它既是一个动觉意象，又是一个听觉意象，与上句"渔郎行入深林处"的静态意象兼视觉意象"入"形成了一个可以多方面刺激感官的生动丰富的意象组合，较好地突出了友人居住之"深"。"旧厢风月重相忆，十指纤纤擘荔枝"（《东居杂诗十九首》之十九）中，力的转移结果是通过"擘"表现出来。有时，甚至当主语或宾语被省略时，特定的及物动词仍能有力地表现运动和变化。"横波翻泻泪，绿黛自生愁"（《佳人》），第一句省略的主语应是内心受某种情感自然力的冲击，它使及物动词"翻"显得格外有力。

在苏曼殊诗歌的使动句中，动作和效果都是由使动词表现的：动作由动词的语法位置表现，效果则包含在动词的语义内容之中，例如：苏曼殊名句"袈裟和泪伏碑前"，诗语式包括了名词（袈裟）＋动词（伏）＋名词（碑）＋动词的语法结构和施动者—动作—动作对象—效果的语义形式，它以第二个动词（伏）表达动作效果。在"且看寒梅未落花"诗句中，"寒梅"同时充当着"看"的宾语和"落花"的主语，所以这是个兼语。在上面两种句型中，动词在主语和宾语之间转移了，并使它们之间产生动态联系，读者也能获得这样一种感受：能量穿过对象，并以转化了的形态在另一端出现。我们在前面谈过的动词的静态特征"听""看""见"等，这些强调视觉或听觉特征的词在苏曼殊诗歌中相当多，但像"鸣"这样的词，一旦用作使动词，便会产生进一步的效果，如："无量春愁无量恨，一时都向指间鸣"，这里的意思是弹筝，"鸣"包含了使动词性动作和听觉特征。在苏曼殊诗歌中也包括少量动词＋结果补语的诗句，它们是同时表现动作和效果的另一种方式。另外，苏曼殊诗歌呈现一种兼语结构：整个句子分散在两个连续的诗句中，例如"何时归看浙江潮"中的"看"仅仅强调其后的所接对象"浙江潮"，并不是它的原因。

在苏曼殊诗歌中，我们发现在一首诗的意象部分，变换和奇想是与真实混在一起的，根本不存在孰真孰假的问题。在这种语境中不再怀疑并不意味着相信了诗人，因为约束信任不是诗人的目的。一个意象的简要形式为：它是如此如此，或简化成如此如此。换言之，一个意象的作用是在头脑中绘出一幅画面或引发某种感觉，它是表现而不是判断，它诉诸我们的想象而回避理解。根据这个标准，由并列名词组成的诗句是意象的诗句，如"绿窗新柳玉台傍"；一个简单的陈述句则被看作动态意象的媒介，如"孤村隐隐起微烟"。按照我们的用法，一个推论主要是诉诸理解力的，它的简要形式是：我们知道它如此如此或我们断言它如此如此，它要求真实并存在显示与意象之间造成分裂。一个简单陈述句所表现的内容，根据其感官满足的强度，可以是意象，也可以是推论；但一个包含逻辑短语"不必"的句子，只能看成是推论。月、云、天、夜都属于自然，而拒绝和需要则属于概念的范围。出于同样的原因，虚拟、疑问、祈使语气的句子也都是推论性的。这些句子中的描写部分，即与陈述句相同的部分可以是意象性的，但它们另外独具的部分则只能由思维去理解。

　　人们常说，诗歌欣赏只能是间接欣赏而无法直接关照。这个格言很适合于苏曼殊诗歌，严格地说，只适合于苏曼殊诗歌的意象部分。当我们彻底放弃对真伪的怀疑，当我们完全沉溺于眼前的苏曼殊诗歌意象之中时，我们不仅分享了诗人的态度，而且与他合为一体。而用"不必"这样的词所表现的只能是推论，是诗人以自己的声音说话，于是诗人便把自己暴露出来了。当诗人用"我"指自己时，或用"尔""君"称呼读者时，当诗人给诗注入了明确的主观评价时，他就走得太远了，读者不再是间接欣赏而是被直接呼唤了。所以，诗人自己充当主语，是苏曼殊诗歌中推论语言的又一特点。意象，特别是简单意象，是以直接的表象方式存在着的，无论我们把它限定于永恒的现在或无限的时间都关系不大。重要的是，在稍纵即逝的刹那间，可以看见一幅完整的景象。如果把这刹那间称为现在，我们就应该记住，这是一个既无过去又无将来的现在。我们曾用"绝对时间"来描述简单意象的特征，这个术语的运用是恰当的：时间被说成是"绝对的"，是因为它除了"现在"再没有别的意义。相反，推论的时间模式是相对的，现在和过去或将来形成对比，"自古"就是产生对比的一种方法；另一种方法是运用典故。另外，在苏曼殊诗歌中，我还注意到一句诗往往自成一个单位，对句的形式有一种妨碍自然流动的效果。另外，出现在诗末的推论句式，却有一种连续的动因。"刘三旧是多情种，浪迹烟波又一年"就是一个由两句诗组成的特殊兼语结构句式，也是一个流水对，其中的连续性是通过"情种"——它是第一句的宾语，又是第二句的主语——传递下来的。有一种尾联，整个前一句作主语，后一句充当谓语。此外，还有一种问答式的尾联。这些尾联的共同特征是：有一股冲力和前趋力量把倒数第二句带入最后一句。兼语式中也常使用系词"是"："半是胭脂半泪痕。"作为流水对的构成手段，有几个词在首联或者尾联中经常出现，以至于可以视之为一种定式："可怜""可爱"："可怜十五盈盈女，不信卢家有莫愁""谁怜一阕断肠词？摇落秋怀只自知""棠梨无限忆秋千，杨柳腰肢最可怜"。"请看"："逢君别有伤心在，且看寒梅未落花"。"闻道"："闻道别来餐事减，晚妆犹待小鬟催。"这些兼语句或流水对都是统一性句法的范例，通过内在的冲力和动势，它们把别的句式所缺乏的连续意义带入诗中。我们还注意到：在上面几乎所有的例句中，诗人自己的语气都是清晰可辨的。在"可怜十五盈盈女，不信卢家有莫愁"这样的诗句中，诗人表示了明确的评价；当使用"请看"时，读者就从一个旁观者变为诗人直接谈话的对象；而"闻道"则暗示诗人自己是一名听众。其他一些方法，如用"我"指诗人自己，用"尔"或"君"指读者，也有同样的效果，它们在诗尾注入了一种个人的、主观的语气。

苏曼殊大型组诗《东居杂诗十九首》有指涉性。但是，这部组诗的声音的发音形式实际上是零散的。《东居杂诗十九首》将一系列瑰丽的名词和动词焊接在一起，所有的填充物都被排斥在外，以创造赞美诗一样的节奏，其中用系动词打断了诗行奇特的鼓点节奏，因此显得十分醒目。叙述的声音类似编年史的声音，但是编年史是破碎的片段，好像是经历了火灾和洪水后与其他的材料拼贴在一起而构成的。《东居杂诗十九首》根据意象的比重以及一系列表示区隔的呼吸停顿等标准，诗歌被嵌入一些或重大或诙谐的轶事，以或多或少地让读者保持清醒，并为下一个诗歌节点增加力度。同时，更激进的是这部组诗开始解构诗歌的意象：一是意象在静态性和特性方面继续被强调，现在表现出内在的灵动性，意象被模仿，被细审；二是指称外部客观事物的意象被单词"意象"所替代，但单词构成部分的形态性和可视性依然被关注，这是形象诗的模式；三是作为主要内容的意象让位于句法结构，这是从形象到义象的转变。陌生化现在常发生在词汇和句法结构之上，而不是发生在意象群之上，以致《东居杂诗十九首》语言无法融入媒介的话语之中。

在苏曼殊诗歌中，非陈述句式也有呈现。所谓非陈述句式就是带有虚拟、疑问或祈使语气的句子。这种句子中的描写部分，即与相应的陈述句相同的那部分，可以带有意象性，但它们所特有的语气则只能由思维去理解。当一个非陈述句出现在诗尾时，它会产生一种言尽而意不尽的效果。下面我们再看非陈述句的其他形式：①问答句，"明日飘然又何处？白云与尔共无心""琅玕欲报从何报？梦里依稀认眼波"。②与事实相反的条件式，"谁知北海吞毡日，不爱英雄爱美人"。③前提－结果式，"来醉金茎露，胭脂画牡丹"。④衬托，苏曼殊擅长以绮丽之词造景，以景衬人，以此来表达诗人对自己心中情人的爱意。如《东居杂诗十九首》之十："银烛金杯映绿纱，空持倾国对流霞。酡颜欲语娇无力，云鬓新簪白玉花。"银烛、金杯、绿纱、流霞、酡颜、云鬓、簪、白玉、花，这些简单意象都倾向于冷与暖的性质，映衬着一位清雅脱俗的少女，诗的情境蜜意浓郁，令人体验到一种美。《东居杂诗十九首》之三："罗襦换罢下西楼，豆蔻香温语未休。说到年华更羞怯，水晶帘下学箜篌。"一个无限娇羞的少女穿着短衣在银光闪闪的水晶帘下轻弄箜篌，香气满室，无限爱意令人油然而生。苏曼殊对他所爱的情人是一往情深的，他喜欢把自己心中的情人放到最美的环境中去加以描写，以表达自己对她们的真挚的情感。这与苏曼殊对女子的态度有关。对于那些身世低微、饱受欺凌的女子，他不是抱着玩赏的态度，而是怀有真挚的同情。同时，出于孤高的本性，他又常常赋予笔下的女子以高洁的情怀。拔俗的气质，"毕竟美人知爱国，自将银管学南唐"，可见一斑。⑤特写，苏曼殊诗中常常将动人心弦的男欢女爱的瞬间以特写镜头的方式直接呈现给读者，如《寄调筝人三首》之三："偷尝天女唇中露，几度临风拭泪痕。日日思卿令人老，孤窗无那正黄昏。"诗中大胆直白与调筝人接吻。《本事诗十首》之八："碧玉莫愁身世贱，同乡仙子独销魂。袈裟点点疑樱瓣，半是脂痕半泪痕。"诗中情人的胭脂与泪痕印在一袭袈裟上，他们拥抱相爱的交融情景隐约可见。男欢女爱不一定是接吻、拥抱，其中一方对另一方的体贴关心和赞赏，也应该是爱的一种方式。从以上这两首诗，可见苏曼殊诗歌在追求新形式的过程中总是或者可能会背离一致性。所谓形式，我指的是将事物组合在一起或者区分开来的方式，是解释压在我们所有人心头的重负的方式，或者是苏曼殊这两首诗歌如同魔术师深邃诡谲的黑帽中突然飞出的天鹅一样被抛入想象的高空，就像当天空突然变成白色、紫色或日辉耀眼的亮蓝，从而使我们更深地呼吸的方式。如果形式回避一致性，那么它就可以分散中国文化对同化永不满足的渴望，同时也是自恨。同化的过程中两种文化（传统与现代）元素时而一致，时而背离，是个令人躁郁的循环，在文化进行十分有效的自我调节和自我审查的过程中，这个循环成了关键的催化剂。苏曼殊这两首诗歌回避一致性，就说明它们已经进入了现当代，表达着此刻与彼时所掌握的手段之间的压力和冲突。在这一点上，我想说我最关注苏曼殊那些打破事物常规，包括文学常规的诗歌，那些持异议，包括在形式上持异议的诗歌，以及那些为从不曾被表达出来的意义发声并让大众听到的诗歌。《本事诗十首》之二、之六——"丈室番茶手自煎""亲持红叶索题诗"，《东居杂诗十九首》之七、之十五——"折得黄花赠阿娇""十指纤纤擘荔枝"，等等，这些诗句用特写方式将情感传递给读者。⑥夸张，苏曼殊把对爱情深切的感受以夸张方式传递给读者。《本事诗十首》中的"华严瀑布高千尺，不及卿卿爱我情""还卿一钵无情泪""相怜病骨轻于蝶"等，《东居杂诗十九首》中的"为向芭蕉问消息，朝朝红泪欲成潮"。苏曼殊既情有独钟又不能纵情相爱。凡心，驱使他将全部情感都倾注到他的爱情对象上，并从中体验到一种深刻的快乐；禅心，导致他有较强的自我约束意识，导致他爱情生活的不幸。他只能把对心仪的女子的爱情当作幻想来享受。当爱情愈是向前发展，他所承受的痛苦就愈深刻。因此，诗人只有通过诗歌并用新奇的夸张手法来宣泄千回百转的哀情。⑦对比，禅心与凡心的交织，反而成就苏曼殊爱情诗中最打动读者的一种艺术手法。《本事诗十首》之六："乌舍凌波肌似雪，亲持红叶索题诗。还卿一钵无情泪，恨不相逢未剃时。"第一句诗写出情人之"美"，第二句诗写出情人之"情"，这样的爱情是十分甜美的。可是诗人笔锋陡然一转，感喟相见恨晚，爱之不成。可爱而不能爱，怅然之深可见一斑。爱与恨、多情与无情的对比先扬后抑，令读者凄怆。以上这些带有创新特征的诗句是苏曼殊一种对形势变化的回应。这种创新不是指苏曼殊诗歌作品如技术模型一样"进步"了，或是说"今天我们能制造出比前些年更好的汽车"，这从来就不是质量提升的问题。现实中的细节、个案及其组合总是在不断变化，而苏曼殊诗歌就是表现这种变化的方式之一。

通过分析苏曼殊诗歌，我们知道意象语言是不可分割的，而推论语言则恰恰相反，这是二者的根本区别，所有其他差异都是由此而来的。苏曼殊诗歌的意象部分只能间接欣赏而无法直接观照，因为它是诗人观察世界的结果。虽然我们已不得不步入物我对立的关系之中，而这时诗人的自我与其所面对的世界仍停留在原始的同一状态。苏曼殊诗歌意象语言的原始同一性与推论语言所实现的重新统一是区别开来的。"行云流水一孤僧"是一种对等形式，它的对等是由肌质关系实现的。在这种肌质关系中，意象保持了它的强度和独立；但是"行云流水一孤僧"又是一种推演衔接，它详细地说明了每个部分并指出了它们的相似关系。

在苏曼殊诗歌中，有时一个诗句包容着几个层级的意象，它们往往是大小层级套装的。例如，《吴门依易生韵十一首》之九："平原落日马萧萧，剩有山僧赋《大招》。最是令人凄绝处，垂虹亭畔柳波桥。"在这首诗的第一句中，就包含"平原""落日""马萧萧""平原落日""平原落日马萧萧"五个层级的套装意象。在这五个层级中，"平原""落日"都是简单意象，它们体现着全句的基本事物、性质和情调，所以可以称之为基质意象；"马萧萧"注重动态，具有主谓结构的动态骨架，构成一件事，可以称之为事件意象，"萧萧"描绘这个事件的动态听觉特征，是这个骨架的辅助成分；"平原"虽可称之为空间意象，但在这里只是强调事件意象空间无限性的辅助成分，从而与"马萧萧"合起来形成一个蕴场更大的整体性复合意象。一般来说，简单意象往往只有基质，而一个复杂的复合意象则多包含有基质意象、事件意象和整体意象三个层级。整首诗呈现"全体扫描"的画面，即在"落日"这个时间点呈现出一幅完整的画面，一个完成的格式塔的意象，如果没有"落日"这个时间元素，也就没有事件发展顺序，也就没有动态感，所以给读者的感觉就是静态的、静寂的、荒凉的。但是，诗句中有"萧萧"拟声动词的存在，就会给读者具体的时间概念，然后顺着时间顺序去理解诗句中的意象所表达的含义，使读者能更真切地感知事件，获得很强的动态感，尽管平原落日给人的那种寂静荒凉之感依然存在。从认知层面上来说，"平原落日"描写的是远方的景色，眺望远方的是诗中所描写景色的观察者和感受者，作为一个较小的、可以移动和活动的概念，本应该是常规意义上这个场景的被突出的图形，而远方的落日作为较大的、可以移动和活动的概念本应该是常规意义上的作为参照物的背景。然而，诗人把两者角色调换，让远方的景色作为图形出现在诗句中，突出一望无际的平原和日暮此类静态的景色，突出荒凉沉寂的感觉，而这种图形背景的转换能更好地引起读者的注意力，让读者体会到荒凉寂寞的情景和心境。之后两句"最是令人凄绝处，垂虹亭畔柳波桥"是从远景到近景的转换，从全景式的平原落日拉到垂虹桥畔的特写镜头，从认知层面上来说，又完成了一次图形与背景的转换，此时的图形变成了垂虹桥畔正在眺望远方的诗人，而背景则是亭、桥。此时诗歌突出"人"这个意象是为了突出"凄绝"一词，让读者感受到诗人眺望远方景色，心里却凄楚欲绝，引起读者的好奇心，想知道诗人"凄绝"的是什么。从整首诗看，诗人凄绝的是深恐国之将亡、个人却无能为力的悲愤感情。

　　我前面所谈的苏曼殊诗歌意象语言的大部分内容，德国哲学家恩斯特·卡西尔在他的《语言与神话》中至少已做了原则性的预言。所不同的是，恩斯特·卡西尔主要关心的是与语言、艺术一起构成基本象征形式的神话。诚然，它们是殊流同源的。从柏拉图开始，认为神话产生与诗歌创造有密切联系的观点已经为人们普遍接受。因此，在下面这段引文中，只要用"推论语言"和"意象语言"分别代替"理性思维"和"神话思维"，就可以明白它的意义及其与本文的关系："正如我们所见的那样，理性思维的目标主要是传达那种产生于孤独之中的感觉经验或直觉经验的内容，它使这些内容超出自身的狭隘局限，在一个无所不包的范围内，按照确定的顺序，与其他事物组合、比较、连接。它的进行方式是'推演式'，在这种行进中，它把直接内容仅仅看作一个起点，由此出发，它可以从各个方向遍历整个印象领域，直到这些印象都被纳入一个统一的概念、一个封闭的体系时为止。在这个体系中，不再有任何独立的观点，所有的观点都相互联系，彼此牵涉，而且相互启发，互为解释，因此，每一个分离的事件都被一条无形的思想之线束缚在整体之中。这种思维方式的理论意义在于它所具备的整体性特征。从最基本的形式着眼，神话思维不具备这种特征。事实上，理性统一的特征是与神话思维的精神背道而驰的。因为在神话思维中，思维不能自由地处理直觉内容，以使它们互相联系、对比，它反而是被那些突如其来的知觉所吸引、所迷惑；它满足于直接经验，可感的现在，并以之为最重要的，其他一切在此面前都变得不值一提。对一个理解力完全服从于这种神话—宗教态度的人来说，整个世界似乎湮灭了，那些控制了他宗教情绪的直接内容，无论它们是什么，都能充斥于他的意识，以至于除此之外，再无其他事物存在。'自我'把一切精力都倾注于这唯一的对象，忘我地生活在其中。在这里，我们看到的是直觉经验的极限，而不是它的扩大；是趋于集中的冲动而不是向越来越大的范围扩展；是密集的凝缩而不是广泛的分散。这种把所有力量都指向一点的集中，正是神化思维和神话产生的先决条件。"①

以诗的语言而论，苏曼殊的诗歌此乃天籁，他的诗歌来自呼吸，来自诗人创作时的呼吸节律。这些诗歌形式围于情感的实际弧线，即节奏、声音的反复可以再现其发展过程。苏曼殊诗歌不染指格律，不管格律如何千锤百炼，苏曼殊诗歌都可以摆脱僵化的铺陈，以及声音指向意义的陈词滥调。苏曼殊可以打破旧习，促使每首诗有着各自灵异的特点，它们不是明星也不是明珠，它们是瞬时而动的离子，没有终点，没有稳定性而言，不会让僵化者满意，决不。苏曼殊诗歌瞬时即变，任何外部施加的框框都是桎梏、虐杀，所谓规则必须自内而出，每首诗为了探索一个个不同的焦点范围，即我们现在私享的多重交叉的视角，而非一个单独的深度感知的"我"的视角。

以意识形态而论，苏曼殊诗歌的语言永远是中性的，它总是会透漏出说话者的思想兴趣以及未明的信息。这个观点并不是说苏曼殊诗歌就是单纯的，可以超越这些兴趣——被诗人所厌弃的那种浪漫主义的意识形态，而是说苏曼殊诗歌可以通过陌生化来揭露策略，即诗歌可以在语言中或通过语言使我们观念中的隐喻性更为明了。无论是在某种特定的限制性的视角、倾听方式、好恶倾向方面，还是在别的任何方面，无不以诗人最洪亮的声音通过

---

① ［德］恩斯特·卡西尔：《语言与神话》，于晓译，生活·读书·新知三联书店 2017 年版，第 47 页。

诗歌作品的音乐性及其多层指涉向诗歌传达出一种物化的社会存在的密度。

以透明、指涉、意义、读者而论，苏曼殊诗歌中那种透明效应的语言被作为一种工具来使用，就好像一个窗口，给我们展现的不过是窗子另一边的东西。对有些诗人来说，玻璃的痕迹被擦去了（代表着语言的社会物质性），使得语言成了一种商品，这使人们重视它最后产生了什么，而它产生的过程却被抑制了。苏曼殊诗歌使语言的社会物质性更明显（或更透明），提倡诗歌应该突出声音和句法。意义和指涉没有在诗歌里消失，但是其他产生意义的途径，以及大量的语言指涉的可能性被激活了。苏曼殊诗歌的这种"以语言为中心"的写作并不是想要代替其他所有形式的写作，而是要为诗歌开辟新的空间，反对教条主义。这种教条主义认为写作的唯一目的是创作明白易懂、具有传统代表性的作品，或以"我"为中心的抒情表达——作者情感的直接抒发（似乎不以语言作为媒介）。在这个意义上，苏曼殊诗歌不是机械地使用词语，而是创造一种由非目的性驱使的美学空间，能够在言语材料的反射、投影和感觉投入中产生愉悦。这种诗歌能够使读者成为一个不同于以往的角色，诗歌不是以语言为中心的，而是以感知者为中心。读者的想象被激发，他们并没有被告知需要思考、感觉或理解的内容而是被鼓励进行直觉的飞跃：相互激发——正如我想说的——而不是被动地消费。这样，苏曼殊诗歌成为一种建设性行为，而不是传递预设的信息。

以表达、自我、声音、修辞、情感而论，苏曼殊的部分诗歌从直白易懂转向模糊晦涩反映出诗歌是一种修辞的模式而不是直接的事实表达。当然，苏曼殊的部分诗歌也并不以解构作为其自身的目的，而是重构、侵位和实施：它们是建构性。在苏曼殊的一些诗歌中，演绎的逻辑和自然主义的情节让位于诗歌中元素之间直观感受的、美学设计的或者程式安排的联系。苏曼殊还有些诗歌并不是被想象为一种固定的能够传达一种预先确定或可释义的自我内心的声音，而是一幅拼贴画或者文本元素的聚合体：不是声音，是所有发声的过程。苏曼殊诗歌的表达不在于诗人自治性的抒情声音所传达的信息，而在于一个情感的和动态的创作领域的活动过程。然而，传统的抒情诗陈述或者明说了它的情感内容，苏曼殊诗歌则展现了它的表达感情的状态，此举是从清空情绪行为到一种新的语言感知的变化。在苏曼殊诗歌中这种自我并不是假定的，而是在诗歌语言与读者回应的合作中找到的。

以分离、碎片、重组、拼贴、叠加、聚合而论，苏曼殊诗歌最典型的文体特征之一是分离或并置。为了创造一个诗的力场，元素之间的逻辑关联被省略，这个力场依赖于声音、节奏、主题和直观感受到的联系或者结构程序/限制。苏曼殊诗歌中的意象常常并置。苏曼殊在其诗歌中使用语言位移/替换创造出四维的声音全息图，这种全息图带有强烈的情感共鸣。这些只是创作方法中的一小部分，它们并不是创作出碎片而是来自碎片。苏曼殊诗歌使用分离和叠加创造一种聚合和有节奏的振荡，每一次都表现出新的文本愉悦性。

从大量突出的借取、模仿、改编行为可以看出，两千多年来的文学遗产是苏曼殊汲取灵感和资源的宝藏，他的"声音"里有无数先前作者的协奏。但是，苏曼殊诗歌写作并不是无章法的随意拼接，他创造性地在他的文学系统中掌握和转化前人留下的文学遗产为自己的声音，使他的诗歌既是一种特征鲜明的个人话语，又成为公共话语的组成部分。从苏曼殊诗歌中，我们可以领悟到：一首诗不仅仅是一个语言排列的诗歌，其唯一性更广泛的意义是产生在多种可能性的独特欣赏中的，这种可能性是由文学传统和更广泛的文化语境所提供的。就苏曼殊诗歌来说，那些文学传统和文化语境是带有幻想性的童谣般韵律、顿呼和句法的运用等元素的独特结合，以此取得一种在最有力的字眼上爆发的持续冲击力。在这个意义上，对苏曼殊诗歌唯一性的欣赏，不仅依赖于语言和文体的必要知识，也依赖于对植入其诗创作时传统的熟悉，或许还要熟稔古典诗歌创作时的特定历史和文化文学典故语境。思考苏曼殊诗歌独特性的一种方式，就是将其看作这样一种需求：词语、典故和文化指涉的特定搭配，使"我"在此时此刻的阅读事件中，成为熟悉这些文化编码的成员之一。苏曼殊诗歌的独特性存在于、更确切地说发生于读者读诗的体验之中，这个读者不能被理解为一个心理主体，而应该被理解为个体文化的宝库，那是文化合奏的个体版本，通过这种文化合奏，他作为一个带着预设、倾向和期望的主体得到了塑造。在苏曼殊诗歌中，读者从这一首诗中获得的体验，不仅不同于他从那一首诗中遇到的体验，而且那种差异与独特性是不能以这样一种阐释——作为一种文化客体而建构了它的唯一性与丰富性的大量异同点说明——所解释与穷尽的。独特性体验涉及对他性的理解，那种他性体现在理解事件中。也就是说，那种他性体现在产生了它的思维与情感的开放之中。正如我所强调的，苏曼殊诗歌独特性与独创性不可分割。我所描述的体验涉及对苏曼殊诗歌创新的欣赏与体认，那种创新不仅使其诗歌与众不同，而且是对文化元素的独创性再想象。

第六章　苏曼殊诗歌对等原则中的隐喻与用典之魅

　　"对等原则"是俄国语言学家罗曼·雅各布森提出并且用来识别诗学功能的语言学标准的著名定义。罗曼·雅各布森说："选择是在对等的基础上、在相似与相异、同义与反义的基础上产生的；而在组合过程中，语序的建立是以相邻为基础的。……诗的作用是把对等原则从选择的过程带入组合的过程。对等则成为语序的构成手段。"① 作为对等关系的隐喻和典故，是对等原则限制在语义范围时的特殊表现，它们是由于两个成分的相似性或相反性而构成对等，但相似和相反总是并存的。现在，我们运用对等原则分析隐喻和典故在苏曼殊诗歌中的体现。

　　相似对等是相似情调的叠加，相近表现性的拓展进层。例如，"宝马金鞍翡翠车"（《吴门依易生韵十一首》之四）是三个简单意象的相似对等，其并置组合意蕴是繁华、兴盛、奢侈情调的相似叠加；"轻风细雨红泥寺"（《吴门依易生韵十一首》之十一）是三个简单意象的相似对等，其并置组合意蕴是荒僻、孤独、悲凉情调的相似叠加；"沙白松青夕照边"（《过平户延平诞生处》）是三个复合意象的相似对等，其并置组合意蕴是田园风光、自由自在、闲适宁静情调的相似叠加；"寒禽衰草伴愁颜"（《久欲南归罗浮不果因望不二山有感聊书所怀寄二兄广州兼呈晦闻哲夫秋枚三公沪上》）也是三个复合意象的相似对等，其并置组合意蕴是寒碜、衰败、愁苦感觉情调的叠加；"舞袖倾东海，纤腰惑九洲"（《佳人》）中"舞袖"与"倾东海"的并置，"纤腰"与"惑九洲"的并置，乃至两个诗句之间的并置，都是相似对等，它们的并置组合意蕴都是对佳人妩媚的拓展进层；"芳草天涯人是梦，碧桃花下月如烟"（《芳草》）两句，可以看作是两个复合意象的相似对等，其并置组合意蕴是相思蕴场的时空性拓展；"水驿山城尽可哀，梦中衰草凤凰台"（《吴门依易生韵十一首》之六）两句，也可以看作两个复合意象的相似对等，其并置组合意蕴则是令人悲痛叹惜山河国破、从王朝衰败之

---

① ［美］高友工、梅祖麟：《唐诗的魅力》，李世耀译，上海古籍出版社 1989 年版，第 121 页。

哀到朝代更迭之忧的意理性进层深化。

> 星裁环佩月裁珰，
> 一夜秋寒掩洞房。
> 莫道横塘风露冷，
> 残荷犹自盖鸳鸯。

　　这是苏曼殊组诗《无题八首》之八，我利用对等原则理解为，"星"与"月"、"环佩"与"珰"是由于特征上的相似构成对等，而"星""月""夜""寒""露""风"在语义上也都具有相似的特征，我可以用"冷"一词来概括。"洞房"与"鸳鸯"对等构成了隐喻。我发现几乎每一句诗都有一个带有"冷"性质特征的名词，在全诗形成对等，产生一种向心力，形成诗歌在文本外的另一种结构层次。在这首诗中，"冷"不仅是指自然界的气候特征，同时也是指女主人公内心情感之冷，女子对婚嫁的想象与企盼的是与否，难免有些心灰意冷，于是"冷"这种情调便弥漫在诗中，这便传达了大于诗歌本身的意蕴，达到言不尽意的美学效应。"星""月""环佩""珰""夜""风""秋""露""残荷""鸳鸯"这些名词，在语链中是不相邻的，但由于它们的相似面通过对等原则而实现了连接，使得这些相互作用的词的共同语义特征在全诗得到强调，使得全诗形成一个整体。

> 何处停侬油壁车？
> 西泠终古即天涯。
> 捣莲煮麝春情断，
> 转绿回黄妄意赊。
> 玳瑁窗虚延冷月，
> 芭蕉叶卷抱秋花。
> 伤心怕向妆台照，
> 瘦尽朱颜只自嗟。

　　在苏曼殊《何处》这首诗中，"何处"与"西泠"均示地理位置，"转绿回黄"示季节的时序变迁，草由绿而黄，"春情断"与"妄意赊"示情感态度。诗中的抒情人似乎在追问：你的油壁车停留在哪里呢？我们的情分虽然已尽，如同西泠终古天涯梦断一般，但我心里对你的恋情却难以斩断，就像麝虽捣为尘而香气依然、莲虽寸断而丝仍连着。抒情人在季节不断转换中愁闷不已，特别是寒冷的月光射入玳瑁花纹装饰的窗户时，望着窗外瑟瑟秋花，芭蕉残叶，那种气象肃杀的情境使抒情人更是空虚、惆怅、伤感，昔日红润的颜面如今消瘦殆尽，每每对着妆台上的镜子时不禁独自嗟叹起来。"捣莲煮麝春情断，转绿回黄妄意赊"化用唐朝诗人温庭筠《达摩支曲》的"捣麝成尘香不灭，拗莲作寸丝难绝"，足见抒情人彻骨的相思。苏曼殊这首诗歌的一个基本特点，就是把"春情断"与"妄意赊"、"延冷月"与"抱秋花"、"妆台照"与"只自嗟"这些相似或相反的逻辑关系、时空关系和情感态度并置：怀旧是希望现实能一如既往，遗憾则暗示了过去不应如此的心愿，伤逝是对事物急剧变化的感慨，在《何处》这首诗中，对等原则是时空关系与情感态度的基础。

> 契阔死生君莫问，
> 行云流水一孤僧。
> 无端狂笑无端哭，
> 纵有欢肠已似冰。

《过若松町有感示仲兄》是极具苏曼殊个人风格的一首诗，在苏曼殊诗歌中相当出色，这般痴人梦语的言情方式在僧诗中是非常罕见的。这首诗完整地呈现了诗人的心理世界与人格特征。若松町是日本的地名，仲兄指陈独秀。《诗经》中的"契阔死生"与苏曼殊"行云流水"的人生呈现出电影蒙太奇式的平行，有一种极高的审美效应。苏曼殊性格中那种以自我为中心定向以及围绕个人内在世界的主观知觉和认识与他在童年时被父母及其家族遗弃的痛苦身世有关。同时，苏曼殊天性中的率真与本能的"光裸意识"，使他的性情与才情俱显极致，甚至达到神经质的地步，但诗中的"纵有欢肠已似冰"似乎表明他内心的那种情愫早已释然，诗中隐隐的情愫宛若冰中透出的火。诗中出现"行云""流水"这两个词，显然有两层意义：字面意义和隐喻意义。它们表面上是属于自然界的景物，但作为隐喻，它们则描述了诗人一种复杂的感情。一句诗中的两个并置名词由于语义相似而相互作用："行云"无忧无虑、来去不定，用以比喻孤僧的旅途，与朋友离别时的若有所失的怅然之感。这就是利用语义的相似构成的隐喻。换句话说，对等原则通过隐喻产生了新意。我们可能会想到"四处飘荡的孤僧"，因为行云有飘浮不定的意象，正如行走四方的孤僧一般，这就是隐喻，将行云与孤僧对等，形成行云－孤僧，终究是对等原则起了作用。

再说《过若松町有感示仲兄》的两个典故：①"行云流水"本身就是一个成语典故，它出自北宋苏轼的《与谢民师推官书》："所示书教及诗赋杂文，观之熟矣，大略如行云流水，初无定质，但常行于所当行，常止于不可不止。"元朝刘壎《隐居通义·陈文定公诗句》："近世文章，如王瀛轩所作，行云流水，亦自可采。"这两处的"行云流水"形容文章自然不受约束，就像飘浮着的云和流动着的水一样。明朝谢榛《四溟诗话》卷一："诵之行云流水，听之金声玉振。"这里的"行云流水"形容朗诵之流畅。清朝石玉昆《三侠五义》第七十七回："白玉堂道：你我读书人，待人接物，理宜从权达变，不过随遇而安，行云流水。过犹不及，其病一也。兄台岂不失于中道乎？"明末冯梦龙《警世通言·庄子休鼓盆成大道》："今日被老子点破了前生，如梦初醒，自觉两腋风生，有栩栩然蝴蝶之意，把世情荣枯得丧，看做行云流水，一丝不挂。"《西湖佳话·白堤政迹》："乐天（白乐天）道，商玲珑虽然解事，亦不过点缀湖山，助吾朝夕间诗酒之兴耳，过眼已作行云流水，安足系吾心哉？"以上三处的"行云流水"形容事物的消失。欧阳予倩《桃花扇》第一幕："公子哥儿的事还不是行云流水。"这里的"行云流水"形容行为举止不拘泥而潇洒自如。②"契阔死生君莫问"借用《诗经·邶风·击鼓》，这是流传千古的誓约之词："击鼓其镗，踊跃用兵。土国城漕，我独南行。从孙子仲，平陈与宋。不我以归，忧心有忡。爰居爰处？爰丧其马？于以求之？于林之下。死生契阔，与子成说。执子之手，与子偕老。于嗟阔兮，不我活兮。于嗟洵兮，不我信兮。"该诗反映了一个久戍不归的征夫对战争的怨恨和对家人的思念。诗人以袒露自身与主流意识的背离，宣泄自己对战争的抵触情绪。原是用来表达战友之情，后亦常指别离。"无端狂笑无端哭，纵有欢肠已似冰"，以悖谬之笔写心之极痛，"无端"正是因为"端"之无力承受。《过若松町有感示仲兄》里出现了一点暗示，读者就会根据典故，利用这一点点的暗示得到该诗要表达诗人苏曼殊和陈独秀两个人的深厚友谊的言外之意。其中的中介作用仍然是对等原则。当然，通过隐喻和典故得到的另一成分必须符合原诗的本义，不能稍有一点暗示就无限放大。

从苏曼殊《过若松町有感示仲兄》这首诗中的隐喻，我们发现当两个并置的名词"行云"与"流水"或者短语"无端狂笑"与"无端哭"、"纵有欢肠"与"已似冰"由于语义上存在相似或相反的特征而相互联系时会产生新的意义，它们就构成了"隐喻关系"。"无端狂笑"与"无端哭"的相反并置对等，是信念与哀痛的相反相成，合起来就是悲壮；"欢"与"冰"的相反并置对等，是拥有与失去的相反相成，合起来就是凄婉。除了两个互无联系的词的并置之外，还有一种隐喻关系存在于较大的语法结构的成分中，这种隐喻关系不易被发现，但仍然是以相似或相反的关系构成，"对等原则是作为一种组织原则在诗中起连接对句，甚至能使诗歌产生大于'一'的效应"①。在《过若松町有感示仲兄》里我们看到，相反对等是相反情调的反衬，相反表现性的相反相成。无论相似对等还是相反对等，其本身的蕴意中也都同时包含着相似与相反两个方面。"相似对等中必有相反意蕴作条件或参照，相反对等中必有相似意蕴为条件或参照，这既是现实的普遍现象，又是思维的必然规律。"②

　　红叶是红色的，红色的感觉情调是热烈，但在《本事诗十首》之六"乌舍凌波肌似雪，亲持红叶索题诗"以及《东居杂诗十九首》之十七"况是异乡兼日暮，疏钟红叶坠相思"中，却被改变了物性，红叶成为离别之愁的象征，这显然是主观情志的强制。特别是"异乡"与"兼日暮"直接并置、"红叶"与"坠相思"直接对等，隐喻象征之意自见，"坠"字所渲染的荒凉与寂寥的景象，已经含而不露、引而不发地告诉我们：抒情人触物伤情，心物同构。由此可见，相似与相反的相互转化，更能见出意象组合的诗性魅力。这转化，由事物感觉情调的多元性提供了可能，而以情志意理的能动性为张力，呈现为诗性语言炼字炼句多功能的艺术魅力。

　　上述谈对等原则中苏曼殊诗歌的隐喻时也谈了在同一首诗中出现的典故。凭借对中国古典文学及传统文化的娴熟，苏曼殊巧妙运用文学典故和佛教典故，以创新多变为原则和一典多用的技巧增强了诗歌形象表现力。这些典故的运用不但丰富了苏曼殊诗歌的文化底蕴，也彰显了苏曼殊诗歌独具个性的诗风与现实寓意。

　　依据《辞海》的解释，典故有两层意思：①典制和掌故；②诗文中引用的古代故事和有来历的词语。在苏曼殊诗歌中，典故包含诗中所表现的现实内容与现实相似或相反的历史故事，是现实事件与历史故事的意义在语链外构成对等。例如，苏曼殊组诗《吴门依易生韵十一首》之三：

　　　　月华如水浸瑶阶，

---

① ［美］高友工、梅祖麟：《唐诗的魅力》，李世耀译，上海古籍出版社1989年版，第146页。
② 陶型传：《意象诗论》，广东人民出版社2021年版，第335页。

> 环珮声声扰梦怀。
>
> 记得吴王宫里事，
>
> 春风一夜百花开。

这首诗是苏曼殊游苏州一带春秋吴国故地时所作。读者根据历史知识来读这首诗时就会知晓该诗运用了典故，即吴王夫差"破越复仇"，为了洗雪其父阖闾败给越王勾践的耻辱，励精图治，吴国的实力也迅速增强，吴王夫差于公元前494年在夫椒之战大败越国，迫使越国屈服。置身于昔日之地的空间里，诗人感叹现在窗外的夜月光华如水般正在浸漫白玉砌成的台阶，令人联想起往昔金碧辉煌的吴王宫里宫女们起舞时的环佩声声，那纷繁起伏的歌舞场面犹如一夜之间春风里绽放的百花。诗的末句"春风一夜百花开"，一句充满生机的繁华的描写将吴王宫昔日之盛一笔带回，与"月华如水浸瑶阶"的岑寂冷清形成强烈对比。苏曼殊通过昔日"春风一夜百花开"与今日"月华如水浸瑶阶"相反对等的对比，从过去的角度考虑现在，将缺场再现，意义深刻。从这首诗中，我们得知吴王夫差替父"破越复仇"成功后，可谓春风一夜百花开。然而，这一盛况非常短暂，只知享乐的吴国被越国所灭。在吴王曾经彻夜饮酒作乐的姑苏台畔，斜阳之下，一群王宫美女怀着对故土的无限依恋哭泣着乘坐宝马金鞍翡翠车被掳入越国，从此不能再见的故乡对她们来说犹如天涯。这个场景在《吴门依易生韵十一首》之四中的"姑苏台畔夕阳斜，宝马金鞍翡翠车。一自美人和泪去，河山终古是天涯"中得到充分体现。

再举苏曼殊《吴门依易生韵十一首》之五，更加能够体会到对等原则下典故的作用：

> 万户千门尽劫灰，
>
> 吴姬含笑踏青来。
>
> 今日已无天下色，
>
> 莫牵麋鹿上苏台。

这是诗人咏史怀古之作，深切地感叹两千多年过去了，人们对往昔苏州千门万户经历无数劫难后化为灰烬的情景早已淡忘，今天不再有像能够置吴国于灭亡的西施那样的绝色佳人了，国破家亡的危险亦不再，当年伍子胥对吴王说持续的荒淫必将让人看到麋鹿漫游苏台的荒凉景象的警告已经用不着了。这首诗引用"姑苏台上游麋鹿"典故表明，对个体和民族而言，文化记忆是一种复杂的、层级化的存在，它不仅跟个体或者民族的历史和经历紧密相连，也跟如何以个体和集体方式去及时解读那些历史和经历紧密相连。每一次被解读，过去都具有了新的含义，相同的事实即使一成不变，也是通过追忆而被塑造出来，它不可避免地反映了新的背景、新的生平和新的回忆。诗中的"色"是指西施，她的故事散见于《吴越春秋·勾践阴谋外传》《越绝书》《吴地记》等书。西施是春秋时越国的美女，或称先施，别名夷光，亦称西子。姓施，春秋末年越国苎罗（今浙江省诸暨市南）人。家住苎罗浣纱西村，故称西施。越王勾践败于会稽，范蠡取西施献于吴王夫差。西施进入吴宫后，以其聪明美丽、能歌善舞博得吴王宠爱，使夫差逐渐对越国放松警惕，迷惑忘政，致使越国有机会积聚力量，一举击败吴国。如今，轻柔婉丽的江南风光亦如往常。可是，往事如梦，在姑苏台畔的吴皇宫和帝王却早已成为历史上来去匆匆的过客，而豪华壮丽的台城则成了供人凭吊的历史遗迹，成群结队的吴地姑娘们欢声笑语前来踏青。这首诗中的"苏台"即姑苏台，又名胥台，在苏州西南姑苏山，相传为春秋时吴王夫差阖庐所筑，夫差于台上立春宵宫，作长夜之饮。后来，越国攻吴，吴太子友战败，遂焚其台。对此，历代诗人都有描写姑苏台，例如，唐朝诗人王勃《乾元殿颂》："风寒碣馆，露惨苏台。"清朝诗人王士禛《池北偶谈·谈艺九·宋人绝句》："行人怅望苏台柳，曾与吴王扫落花。"苏曼殊诗句"莫牵麋鹿上苏台"使我们自然而然地联想到"姑苏台上游麋鹿"的典故，该典故出自《越绝书》卷五，伍子胥劝谏吴王不要帮越国赈济饥荒，此建议却不被吴王采纳。随后，伍子胥断言援助越国的危害时说："君王胡不览观夫武王之伐纣也？今不出数年，鹿豕游于姑胥之台矣。"《史记》卷一百一十八之《淮南衡山列传》："王坐东宫，召伍被与谋，曰：'将军上。'被怅然曰：'上宽赦大王，王复安得此亡国之语乎！臣闻子胥谏吴王，吴王不用，乃曰：臣今见麋鹿游姑苏之台也。今臣亦见宫中生荆棘，露沾衣也。'"淮南王刘安不听劝阻，结果叛乱失败。王宫本是繁华之场所，如果变得人迹罕见、荆棘丛生、朝露沾衣这般荒芜，则是暗示大势已去、人亡国空了。伍被以荆棘、露水这种荒芜之景与伍子胥的"姑苏台上游麋鹿"之典相提并论，读者从中不能理解姑苏台典故的原生象征意义，只将之看作荒凉衰败场景的刻画而已。东汉赵烨《吴越春秋》卷九《勾践阴谋外传·勾践十三年》："子胥曰：臣闻狼子有野心，仇雠之人不可亲。夫虎不可喂以食，蝮蛇不恣其意。今大王捐国家之福，以饶无益之雠，弃忠臣之言，而顺敌人之欲，臣必见越之破吴，麋鹿游于姑胥之台，荆榛蔓于宫阙。愿王览武王伐纣之事也。"从行文中可见，东汉赵烨在写子胥谏吴王一事时，杂糅了"姑苏台上游麋鹿"与伍被"宫中生荆棘"两个典故。伍子胥的断言变为："臣必见越之破吴，麋鹿游于姑胥之台，荆榛蔓于宫阙。愿王览武王伐纣之事也。"至此，原本麋鹿是生命力旺盛的标志，是富贵吉祥、和谐的象征。从春秋战国时期至清朝，古人对麋鹿的记述不绝于书，麋鹿不仅是先人狩猎的对象，也是宗教仪式中的重要祭物。《孟子》中记述"孟子见梁惠王，王立于沼上，顾鸿雁麋鹿曰：'贤者亦乐此乎'"，这证明周朝皇家的苑囿中已有了驯养的麋鹿。在古代，一些有钱人家还会用麋鹿的素描线条作为房屋瓦当图案，以期盼自己能够永远安宁、兴旺和吉祥。在国祚昌盛之时，麋鹿总是被圈养在苑囿之中；当苑囿栅栏被毁坏，麋鹿散逸、信步于坛场之时，也就是国破家亡之际了。故而，越国伐吴的首要事情之一就是摧毁姑苏台，使作为牺牲的豕鹿无人看管随意游走。由于伍被之事的渗入，"姑苏台上游麋鹿"典故的内涵正式转向以荒凉之境比喻亡国之兆这一歧义上去了，后把"姑苏台上游麋鹿"典故压缩成成语"鹿走苏台"用来比喻国家败亡、宫殿荒废。苏曼殊《吴门依易生韵十一首》之五运用了整体性典故，即一个典故贯穿整首诗歌。这首诗很好地证明了对等原则，《越绝书》卷十二："子胥谏曰：'昔桀起灵门，纣起鹿台，阴阳不和，五谷不时，天与之灾，邦国空虚，遂以之亡。大王受之，是后必有灾。'"伍子胥以商纣王之属臣周武王推翻商朝作为前车之鉴，劝谏吴王差夫不要大兴土木建造姑苏台，因为夏桀建灵门、商纣起鹿台最终导致灭亡。而西汉淮南王刘安谋反之前，曾征询伍被的意见，伍被却以伍子胥劝谏吴王差夫及姑苏台为喻劝谏淮南王刘安，现实事件的在场成分与缺场的历史事件处于同一选择轴。"春风一夜百花开"与"万户千门尽劫灰"是一种相反相成的对等关系，说明了万户千门在战乱劫火焚烧过后只留下一片满目疮痍的余烬，哪里还能找到春风一夜百花开的盛景，哪里还可以看到吴姬含笑踏青的那种闲情逸致的情景，昔日富丽的姑苏台满眼荒芜一片萧条。当"姑苏台上游麋鹿"的典故运用于诗歌现实事件当中时，就为诗人的借古讽今增添了力量。这种对等原则为我们分析苏曼殊诗歌提供了一种全新的角度。

　　"姑苏台上游麋鹿"典故只是出现在《吴门依易生韵十一首》之五中的一种在场的成分，另外一种成分"商纣起鹿台"或"西汉淮南王刘安谋反"作为历史事件处于缺场状态，在场的成分与缺场的成分同属一个选择轴。读者之所以能够读懂诗歌所表达的意义，就在于对等关系在诗歌中的运用。缺场的成分和在场的成分具有相似或等价关系。"姑苏台上游麋鹿"典故是商朝之亡、吴国之亡以及淮南王刘安不听劝阻结果叛乱失败的一种速写式历史或是缩写的历史，足见典故为人类的道德行为提供了活动的环境，并表现一定的人类行为的主题。在历史的背景下，人类当下的行为被赋予了道德意义，而聪明的读者会在诗中自觉地利用道德标准，在历史的观照下对当下的行为作出判断，而历史的进程是由那些不断重复的原型组成的，是读者和诗人共同理解的传统，所以，当《吴门依易生韵十一首》之五提及"麋鹿上苏台"时，读者就会熟悉这个典故发生的背景和事件，因此在诗中就不需要对现实的事件作描述，因为典故已经交代清楚，读者只需明白其中的要义——作为历史的普遍意义和原型意义，便可了解诗中诗人对"万户千门尽劫灰"与"今日已无天下色"想要表达的因朝代由盛转衰景象而痛切哀悼的情感和态度以及对现实情况的道德判断，同时也道出了诗人对时局的忧虑。诗人目击历史遗迹的沧桑，而引起对人事兴衰的感触，通过景物描绘的顿挫，体现怀古之情的波澜。

用典是中国古代诗歌创作中的一个重要手法，有事典和语典之分，作用在于以简驭繁，让诗歌更加含蓄、典雅。苏曼殊凭着对中国传统文化的醇熟，巧妙用典，亦以创新多变为原则且一典多用，同时用典数量多且密度大，主要体现为同一首诗中运用多个典故，将历史语言、事件进行拆分、重组，形成新颖独特的诗歌语言与意境，增加诗歌的趣味和气势，引人深思。例如，在《吴门依易生韵十一首》中，"独有伤心驴背客""莫牵麋鹿上苏台""梦中衰草凤凰台"等诗句，既能看出苏曼殊诗歌用典密度之大，时间跨度之广，又让人体会到诗人此刻无法抑制的伤感情绪。"驴背客""麋鹿上苏台""凤凰台"这些典故的运用不但丰富了苏曼殊诗歌的文化底蕴，而且加深了苏曼殊诗歌的现实寓意，增强了诗歌形象表达力。"凤凰台"典故出自唐朝李白诗歌《登金陵凤凰台》："凤凰台上凤凰游，凤去台空江自流。吴宫花草埋幽径，晋代衣冠成古丘。三山半落青天外，二水中分白鹭州。总为浮云能蔽日，长安不见使人愁。"宋朝张敦颐诗歌《六朝事迹·凤台山》："宋元嘉中，凤凰集于是，乃筑台于山椒，以旌嘉瑞，在府城西南二里，今保宁寺是也。"李白与张敦颐的诗句表露了诗人对沧桑变化的叹息以及寄托怀古伤时的心情。清朝学者吴乔在《围炉诗话》中写道："古人咏史，但叙事而不出己意，则史也，非诗也；出己意、发议论而斧凿铮铮，又落宋人之病……用意隐然，最为得体。"《吴门依易生韵十一首》并不是对历史的复述或刻意雕琢，而是能于无形中藏见解于诗行。苏曼殊游览吴地，回顾当年吴越两国之战，从而抒发自己对历史事件的见解。"江南花草尽愁根""春风一夜百花开""宝马金鞍翡翠车""万户千门尽劫灰""莫牵麋鹿上苏台""梦中衰草凤凰台"等诗句，是诗人对前朝人、事、物的慨叹，实际上暗含着岁月流逝而物是人非之感。苏曼殊通过表现吴地的故事，赋予诗歌以新的意蕴。《吴门依易生韵十一首》是由十一首七言绝句组成，诗人在这组咏诗怀古中借由对吴国的兴衰的慨叹，表达了他对于当前国家前途命运的担忧，以及自身无法改变现实的苦闷之情。

在《以诗并画留别汤国顿二首》之一"蹈海鲁连不帝秦，茫茫烟水着浮身。国民孤愤英雄泪，洒上鲛绡赠故人"以及《以诗并画留别汤国顿二首》之二"海天龙战血玄黄，披发长歌览大荒。易水萧萧人去也，一天明月白如霜"这两首诗中，苏曼殊连用战国时期齐人鲁仲连义不帝秦和卫人荆轲刺秦王的典故来表达国民的满腔孤愤。"蹈海鲁连不帝秦"是指鲁仲连至赵国，秦军围攻赵国。魏国使者劝赵王尊奉秦王为帝，以求退兵解围。对此，鲁仲连坚决反对，《史记·鲁仲连邹阳列传》这样写道："鲁仲连曰：世以鲍焦为无从颂而死者，皆非也。众人不知，则为一身。彼秦者，弃礼义而上首功之国也，权使其士，虏使其民。彼即肆然而为帝，过而为政于天下，则连有蹈东海而死耳，吾不忍为之民也。所为见将军者，欲以助赵也。"从史籍可以看出，鲁仲连表示如果秦王得到天下，他宁肯蹈海而死也不作秦王统治下的顺民。在此，苏曼殊用这个典故表示他与清政府誓不两立，足见其多么孤苦愤恨。第二首诗的典故"易水萧萧人去也"是指荆轲为燕太子丹去行刺秦王，太子丹及众宾客皆以白衣冠相送于易水之上时荆轲慷慨作此歌，对此，《史记·刺客列传》这样写道："太子及宾客知其事者，皆白衣冠以送之。至易水之上，既祖，取道，高渐离击筑，荆轲和而歌，为变徵之声，士皆垂泪涕泣。又前而为歌曰：'风萧萧兮易水寒，壮士一去兮不复还！'复为羽声慷慨，士皆瞋目，发尽上指冠。"苏曼殊用此典故旨在决心像荆轲那样，向现实社会进行悲壮抗争。

《东居杂诗十九首》之六"碧阑干外夜沉沉，斜倚云屏烛影深"借用李商隐的《嫦娥》"云母屏风烛影深，长河渐落晓星沉"，《本事诗十首》之三"朱弦休为佳人绝，孤愤酸情欲语谁？"借用黄山谷的《登快阁》"朱弦已为佳人绝，青眼聊因美酒横"。从文学关系系统的立场来说，文学典故作为苏曼殊诗歌的一个语义成分、一个微缩文本，它的使用可以说是一种严肃认真的借用，对原诗的主干语义和使用语境悉以沿用。因此，文学典故常常作为一种疏离于新文本语义场、令读者感到陌生的符号，甚至阻碍读者对苏曼殊诗歌的理解。当典故被反复多次且功能一致地使用，它本身就汇入了文学的传统，成为一种互文关系的语言。典故和传统起初都产生于文本的互现互动，当文学性的习语被广泛熟知、使用而经典化，长久地保留在文化记忆之中，它们的语义也逐渐固定，从信息转变为特殊的语码，它们之于读者是陌生还是熟悉，不仅与语义相关，也和诗人使用策略即语用意义相关；当诗人从以往的文学仓库中取用资源，他所创作的诗歌既被原初诗歌所牵制，也同时是对先前诗歌的再度塑形。

在《步韵答云山人三首》之一的"诸天花雨语隔红尘，绝岛漂流一病身。多少不平怀里事，未应辛苦作词人"中，"诸天"指三界（欲界、色界、无色界）二十八天；"花雨"作为佛典，来自"天女散花"的典故，常喻佛法在世间之弘扬。《维摩诘所说经·观众生品·天女散花》："时维摩诘室有一天女，见诸天人闻所说法，便现其身，即以天华，散诸菩萨大弟子上。华至诸菩萨，即皆堕落，至大弟子，便著不堕。一切弟子，神力去华，不能令去。尔时，天女问舍利弗：'何故去华？'答曰：'此华不如法，是以去之。'天曰：'勿谓此华为不如法，所以者何？是华无所分别，仁者自生分别想耳！若于佛法出家，有所分别，为不如法；若无所分别，是则如法。观诸菩萨华不著者，已断一切分别想故。譬如人畏时，非人得其便；如是弟子畏生死故，色声香味触得其便也。已离畏者，一切五欲无能为也；结习未尽，华著身耳！结习尽者，华不著也。'"在文学作品中，"花雨"常指花季之雨或落花如雨。在《步韵答云山人三首》诗中，"花雨"用以标识与"红尘"世俗的对立，作为典故，它被摒除多义和歧义。又如《东居杂诗十九首》之十二首"扁舟容与知无计，兵火头陀泪满樽"，"兵火"是指战火，"头陀"是梵文的音译，又作杜多、杜荼、投多、尘吼多，意译为抖擞、修治、弃除、浣洗、纷弹。"按俗称僧人之行脚乞食者为头陀。"《法苑珠林卷第八十四·头陀部》言："夫五欲盖缠并是禅障。既能除弃。其心寂静。堪能修道。故此章内。具明十二头陀之行。少欲知足无过此等。西云头陀。此云抖拣。能行此法即能抖拣烦恼去离贪嗔。如衣抖拣能去尘垢。是故从喻为名。故名头陀。"可见，佛典中的头陀，意为抖擞，谓精勤振奋，去除烦恼污垢，意即弃除对衣、食、住等贪嗔，以修炼身心，即佛教倡修的苦行。苏曼殊诗歌中的"兵火头陀"指逃难于战火中的僧人，这只是诗人自况罢了。《以胭脂为某君题扇》中的"为君昔作伤心画，妙迹何劳劫火焚？"借取佛教语的"劫火"，谓坏劫之末所起的大火，一切都被烧成灰烬。诗人感叹：我为你昔日曾经绘过一幅情绪伤感的画，那幅画不知怎么却被火烧掉了，今天再用胭脂作画，我却全然画不出原来那幅画的效果，泪水禁不住纷纷掉落。诗中的"劫火焚"化自唐朝张乔的诗《兴善寺贝多树》"永共终南在，应随劫火烧"中的"劫火烧"。苏曼殊以佛教的世界观体察和阐述他对现实生活的认知并以诗歌形式表现也是理所当然的。"兵火头陀""劫火""劫灰"等都是疏离日常语言的专属用语，它们作为典故替换语义链上的惯常语言，重构新的语境，既是重要的诗性装置，也发挥语义上的指示功能。

《本事诗十首》之六："乌舍凌波肌似雪，亲持红叶索题诗。还卿一钵无情泪，恨不相逢未剃时。"这首诗连化两个典故："红叶为媒"与"绛珠还泪"。唐朝时，有个宫女叫韩翠苹，身处长安皇城深宫之中，她在一片红叶上题诗："流水何太急，深宫尽日闲。殷勤谢红叶，好去到人间。"让红叶随着御河的水漂到宫外。正巧一位叫于佑的书生傍晚来到皇城御河岸边，正撩水洗手，偶然拾得题诗的红叶。书生为诗中的幽情所感动，也题诗于红叶之上："曾闻叶上题红怨，叶上题诗寄阿谁？"借流水传到宫中。韩翠苹常偷空到御河边，因此也得到了题诗红叶。两人都心怀爱慕，却无缘相识。宰相韩咏是韩翠苹同族，收留了她，正碰上于佑在韩府门馆担任文书，韩咏无意中促成好事，做了他们的媒人，二人遂结为伉俪。婚后，韩翠苹在于佑书箱中发现了红叶，她十分惊异，说："这红叶上的诗是我作的，夫君是怎么得到的？"于佑就把得红叶事详细告诉了妻子。韩翠苹又说："我在宫城御河里也捡到了一片题句的红叶，不知道是宫外何人所写。"她打开自己的衣箱取出了一片红叶，于佑接过来一看上面的题句就连声说："这是我题的！"韩翠苹感慨万端，又题诗一首道："一联佳句随流水，十载幽情满素怀。今日却成鸾凤友，方知红叶是良媒。"后来，元曲四大家之一的白朴把这段传奇改编成杂剧《韩翠苹御水流红叶》。还有一个版本是唐代孟棨《本事诗》中记载，诗人顾况于御沟中得一红叶，上有题诗云："一入深宫里，年年不见春。聊题一红叶，寄与有情人。"顾况便和之："愁听莺啼柳絮飞，上阳宫里断肠时。君恩不禁东流水，叶上题诗寄与谁？"十多天后，有人来苑中寻春，又于叶上得一小诗，上交给顾况，上曰："一叶题诗出禁城，谁人愁和独含情。自嗟不及波中叶，荡漾乘风取次行。"遗憾的是，顾况虽痴情地常在御沟旁转悠徘徊，但这位有诗才的宫女再无音讯，有情人难成眷属，故事的结局终于成了悲剧，留下的仅是红叶传诗的梦中情缘，成为一段含着悲凄之情的诗坛佳话。后来关于吟咏红叶题诗的文学作品亦有不少。例如，孙觌《熊夫人遣介欲婿泽民小诗戏之》："不信侯门深似海，水流红叶漫题诗。"赵长卿《鹧鸪天·偶有鳞翼之便书以寄文卿》词："自从别后难相见，空解题红寄好诗。"王实甫《西厢记》第五本第二折:"不闻黄犬音,难传红叶诗,驿长不遇梅花使。"高明《二郎神·秋怀》曲:"无情红叶偏向御沟流,诗句上分明永配偶,对景触目恨悠悠。"瞿佑《剪灯新话·秋香亭记》:"月老难凭,星期易阻,御沟红叶堪烧。"北宋刘斧在《青琐高议·流红记》中云:"流水,无情也;红叶,无情也。以无情寓无情,而求有情,终为有情者得之,复与有情者合,信前世所未闻也。"清代李渔还据此设计制成了一种如秋叶状的匾额,称"秋叶匾",并在《闲情偶寄》里解释说:"御沟题红,千古佳事。取以制匾,亦觉有情。"另一个典故"绛珠还泪"出自《红楼梦》。两个典故连用,并借"一钵无情泪"作为诗人出家后徘徊于爱情与佛戒之间的煎熬的心理写照。

《题〈拜伦集〉》中"词客飘蓬君与我,可能异域为招魂","招魂"一指招死者之魂,《仪礼·士丧礼》"复者一人",东汉郑玄解释说:"复者,有司招魂复魄也。"唐朝贾公彦解释:"出入之气谓之魂,耳目聪明谓之魄,死者魂神去离于魄,今欲招取魂来复归于魄,故云招魂复魄。"诗人杜甫《乾元中寓居同谷县作歌七首》之五:"呜呼五歌兮歌正长,魂招不来归故乡。"南宋朱熹为《楚辞》所作的注中也说:"古人招魂之礼,不专施于死者。公诗如'剪纸招我魂''老魂招不得''南方实有未招魂',与此诗'魂招不来归故乡',皆招生时之魂也。"朱熹所引的这几句诗都是杜甫所写,可见"招魂"也可指招生者之魂。招魂之说显然与佛教相悖,苏曼殊诗歌中蕴藏思想的驳杂可见一斑。

在苏曼殊诗歌中,"箫"既是一个频频出现的意象,又担当一个典故。《本事诗十首》之九中的"春雨楼头尺八箫,何时归看浙江潮",《东居杂诗十九首》之八中的"轻车肥犊金铃响,深院何人弄碧箫",《吴门依易生韵十一首》之七中的"猛忆玉人明月下,悄无人处学吹箫",等等。西汉文学家刘向在《列仙传·卷上·萧史》写道:"萧史者,秦穆公时人也,善吹箫,能致孔雀、白鹤于庭。穆公有女,字弄玉,好之,公遂以女妻焉。日教弄玉作凤鸣。居数年,吹似凤声,凤凰来止其屋。公为作凤台,夫妇止其上不下。数年,一旦,皆随凤凰飞去。故秦人为作凤女祠于雍宫中,时有箫声而已。""萧史弄玉"的故事已经成为一个经久不衰的文学典故,唐代诗人杜牧在《寄扬州韩绰判官》中的"二十四桥明月夜,玉人何处教吹箫",尤使吹箫玉人的形象熔融于我们的文化记忆中。这些丰赡的文化内涵,成为后世作者写诗与读者解读诗歌的一个重要编码。传统语文学把用典当作一种修辞手法,从语言符号学的视角来看,担当典故的词语在文本中的功能由信息转变为特殊的语码。我们知道，《本事诗十首》之九中的"春雨楼头尺八箫，何时归看浙江潮"中的"尺八"是中日音乐文化交流史上一个重要的课题，关于尺八的渊源、尺八和洞箫的关系学界没有统一定论。大体的共识是，尺八是中国最古老的民族吹管乐器之一，其音苍凉辽阔，由东汉以来的竖笛或长笛发展而来，唐代时由宫廷乐官吕才根据其管长一尺八寸而定名为"尺八"。洞箫是由尺八演变而来。尺八是汉唐文化的遗韵，洞箫是宋明文化的遗存。唐代时尺八随着佛教文化的东渡而大量传入日本，成为雅乐的一种，备受宫廷贵族青睐，不久在日本失传。南宋时，日本名僧心地觉心专程到杭州护国仁王寺拜高僧无门慧开习禅，并学会吹奏尺八技艺。回日本后创建兴国寺，传授尺八，在日本古代禅宗中称"法灯派"。这一中国的古老乐器自此生根日本，传承至今而成为日本广为流传的民族乐器，并被广泛运用于民谣、爵士乐、通俗音乐等领域。如今，在杭州西湖畔，我们可以看到一根巨大的仿尺八的放大造型的竹铜管斜穿十吨的石块，并以其根的一端撑着地面，与刻有"护国仁王禅寺遗址"八个字的巨石浑然一体，共同述说着一个绵延七八百年的中日音乐交流的故事，苏曼殊这首诗内涵的深层次指向中日文化共同具有的对山水田园景色、僧侣生活与音乐文化的记忆、认知与经验。《本事诗十首》之九描写的生活事件的现实层面发生在日本，却因为"春雨""箫""桥"等符号而使诗人联想到故国，对往事的追忆。

樱花自古为日本无数诗人竞相歌咏，又以其突出的季节性成为春天的象征和季语中"春"的代表。受中日文化濡染的苏曼殊所作的《樱花落》，饱含深情地描写了对日本最典型的自然风物"樱花"的一种感悟认知与对往事的追忆。他的"叹花词"又因融入双重文化的符号而呈现为一种复合机理。

> 十日樱花作意开，绕花岂惜日千回？
> 昨来风雨偏相厄，谁向人天诉此哀？
> 忍见胡沙埋艳骨，休将清泪滴深杯。
> 多情漫向他年忆，一寸春心早已灰。

首先，樱花的主题意象奠定了诗歌内容的异域情调。从表面上看，诗歌内容是叹惜樱花凋零和往事不堪回首，与《古今和歌集》等日本古典诗歌十分相似，但是从形式上明显可辨出对李商隐的《无题》和曹雪芹的《红楼梦》中《葬花词》等诗句的化用，体现出中国古典诗歌感物兴发的传统诗法。诗人在描写眼前樱花伤逝时对中国古诗典故和成句的大量化用，与先前文本进行对话，《樱花落》的内涵因此获得了更为广阔丰富的内容，既有中日文学的共通主题——咏叹真情之深切，表达对美好事物的喜爱和对美好易逝、红颜薄命的惋惜哀伤，也有日本文化中"物哀"的审美取向和精神传统，亦符合中国古典美学"物我合一"的审美情趣。苏曼殊这首诗犹如一篇路边速写，既有欣赏樱花之意，更多咏叹其遭遇不幸之情。旅途中发生的这种小事，一般人毫不在意，却唤起了苏曼殊的诗情，并且引发出一些哲理意趣。樱花姿色好看，清新喜人，但易遭厄运，花期很短，朝荣而夕落。这仿佛生命旅途，常多艰险。美好的事物中往往潜伏着危机，正常的生活里每每要遇到异常的事故。樱花虽然朝开暮落，却日日更新，象征不屈不挠、坚毅顽强的精神。《樱花落》中的"来风雨""一寸春心""早已灰"来自李商隐《无题》"飒飒东风细雨来，芙蓉塘外有轻雷。金蟾啮锁烧香入，玉虎牵丝汲井回。贾氏窥帘韩掾少，宓妃留枕魏王才。春心莫共花争发，一寸相思一寸灰！"中的"细雨来""春心莫共""一寸相思一寸灰"；"作意开""谁诉""埋艳骨""多情"来自曹雪芹《葬花词》的"花谢花飞飞满天，红消香断有谁怜"与"未若锦囊收艳骨，一抔净土掩风流"中的"飞满天""谁怜""收艳骨""风流"；"胡沙埋"来自李白《王昭君二首》之一中的"燕支长寒雪作花，蛾眉憔悴没胡沙"中的"没胡沙"，以及"风雨偏相厄"陆游《钗头凤》"东风恶，欢情薄"中的"东风恶"，也有《源氏物语》等日本古典文学对才貌如花命如朝露的女性的描绘，以及"诚"的伦理观与爱欲思想。中国传统文学典藏"落红""葬花""风雨""胡沙""春心"意象与日本古典文学中的"落樱"意象的传统审美意趣相契合，以致苏曼殊的《樱花落》将异域性与本土化的文化意识表达交融在一起而获得全新多样的动态意象。

同样，"采莲"既作意象又作典故常常出现苏曼殊诗歌中，例如，《失题》中"斜插莲蓬美且鬈，曾教粉指印青编。此后不知魂与梦，涉江同泛采莲船"，借用南朝乐府民歌《西洲曲》的"开门郎不至，出门采红莲。采莲南塘秋，莲花过人头。低头弄莲子，莲子清如水"。在这里，"采莲"的语用动机定格为女子对情郎的怨与慕的倾诉。"采莲"的典故已经进入中国文化文学记忆，这种文化特殊性使得"采莲"不受文本中其他信息的制约，反而制约其他信息。显然，"采莲"作为意象与典故表示一种特定情趣和意味（男女之爱情）的艺术符号，它代表了人类的共同感情和习惯思路。从符号美学的角度看，像这类在特定的生活场景中反复出现并因此引发出某种固定情绪和习惯性联想的程式化意象，是一种人类感情诉诸艺术形象而形成的客观关系。心理学家荣格在《论分析心理学与诗歌的关系》一文中将它解释为人类心理深层集体无意识的一种历史积淀。他说："每一种原始意象都是关于人类精神和人类命运的一块碎片，都包含着我们祖先的历史中重复了无数次的欢乐和悲哀的残余，并且总的来说始终遵循着同样的路线生成。它就像心理深层中一道道深深开凿过的河床，生命之流在这条河床中突然奔涌成一条大江，而不是像从前那样，在漫无边际而浮浅的溪流中向前流淌。"①"采莲"正是这样一种始终遵循着同样的路线生成的"原始意象"，这类被诗人辗转沿用而形成"现成思路"或"客观关系"的原始意象，在苏曼殊诗歌中还可以举出好多。

　　苏曼殊唯一一首集句诗《集义山句怀金凤》是以唐朝诗人李商隐《碧城·其三》《游灵伽寺》《莫愁》三诗集出的字句进行剪辑、拼接，重新组合成的一首新诗。李商隐《碧城·其三》："七夕来时先有期，洞房帘箔至今垂。玉轮顾兔初生魄，铁网珊瑚未有枝。检与神方教驻景，收将凤纸写相思。武皇内传分明在，莫道人间总不知。"李商隐《游灵伽寺》："碧烟秋寺泛湖来，水打城根古堞摧。尽日伤心人不见，石榴花满旧琴台。"李商隐《莫愁》："雪中梅下与谁期，梅雪相兼一万枝。若是石城无艇子，莫愁还自有愁时。"苏曼殊集《碧城·其三》诗中的第六句、第八句，集《游灵伽寺》诗中的第三句，集《莫愁》诗中的第四句，组合成一首集句诗《集义山句怀金凤》："收将凤纸写相思，莫道人间总不知。尽日伤心人不见，莫愁还自有愁时。"苏曼殊集句诗虽在字面上全然借取李商隐三首诗中的关键意象扩充为一首，但是须受制于新文本的内容与形式系统的组织规则，《集义山句怀金凤》借取的片段是合诗律的，它们构成的语义场和语义逻辑整体上互不相斥，它们的全新组合蕴含着借取者的诗人心思，苏曼殊压缩李商隐诗句使主要意象更加突出、凝练和鲜明，扩象而增新意，情味更浓。金凤是苏曼殊故交、秦淮歌妓，1906 年苏曼殊还曾绘《寄怀金凤图》并题词寄意。"莫愁"的典故不仅聚集丰富的历史文化语义，人物所处的金陵也照应金凤生活的地理位置。因此，《集义山句怀金凤》既是对李商隐的生活世界的文本化，又是对李商隐诗歌的历时语言系统的筛选重组，也是苏曼殊在新的历史时空的个性表达，例如《东居杂诗十九首》之九："碧沼红莲水自流，涉江同上木兰舟。可怜十五盈盈女，不信卢家有莫愁。"关于"莫愁"这个典故有两种说法：一说莫愁是郢州石城（今湖北钟祥）人。《唐书·乐志》中

----

① 陈植锷：《诗歌意象论》，中国社会科学出版社 1992 年版，第 53 页。

载："莫愁乐者，出于石城乐，石城有女子名莫愁，善歌舞。"石城至今还有个莫愁村；二说莫愁为洛阳人，典出南朝梁萧衍《河中之水歌》："河中之水向东流，洛阳女儿名莫愁……十五嫁为卢家妇，十六生儿字阿侯。"诗人李商隐有一首诗是写她的："如何四纪为天子，不及卢家有莫愁。"苏曼殊诗句"不信卢家有莫愁"毫无疑问地化用了李商隐的诗句"不及卢家有莫愁"，苏曼殊反其意而用之，将李商隐诗中的"不及"二字改为"不信"，无论在诗歌所表达的理趣，还是精神境界方面，都有一番新意。

在苏曼殊诗歌中，引用典故时而是直接、显见、易辨认的，时而是间接、隐藏、不易察觉的影射。一个或者一些词的文学意义、语境，或它们组合的诗歌语法对于读者来说似曾相识，又非完全照搬。且看《吴门依易生韵十一首》之十："碧城烟树小彤楼，杨柳东风系客舟。故国已随春日尽，鹧鸪声急使人愁。"其中部分措辞似乎给人以模仿和转化唐代诗人崔颢创作的七言律诗《黄鹤楼》的印象："昔人已乘黄鹤去，此地空余黄鹤楼。黄鹤一去不复返，白云千载空悠悠。晴川历历汉阳树，芳草萋萋鹦鹉洲。日暮乡关何处是？烟波江上使人愁。"仔细对比，可以发现苏曼殊诗第四句"鹧鸪声急使人愁"，直贯起句"碧城烟树小彤楼"，其意亦同崔颢的"烟波江上使人愁"，可见苏曼殊师前人之意而易其象，一般来讲不是很容易就能够发现的，因为苏曼殊并没有生搬硬套，在相似的情境中聚焦不同的意象。"碧城"映射李商隐的《碧城三首》，与"小彤楼"照应，暗示女子清幽美丽的居所，诗句中的"鹧鸪"在这里原本是甜蜜爱情的象征，诗人在这里并没有自己站出来说话，只不过沿用了前人或者他人采用过的方法，利用爱情诗中常见的鸟的意象，唤起了读者在其他相似的情境中曾经产生过的愁绪的现成思路罢了，由于"鹧鸪"在诗中成为具有人类性情的生动迷人的诗歌意象的具体手段，它又搭建出动静的时空场域。但是，当我们读到"故国已随春日尽"时，方知苏曼殊借"鹧鸪声急"形容国运艰难，他把看不见摸不着的愁绪化作"鹧鸪声"，使得无形的愁绪变得有形有声了。这首诗以今昔对比，以丽景哀情反衬的手法，抒发深沉的盛衰之感和身世之悲。在苏曼殊看来，国家的前途已如同暮春一样逝去，诗人听到鹧鸪声更感到寂寞和孤独，他便借助"鹧鸪声"描述自己的愁绪，采用的隐喻是"春日尽""鹧鸪声"。可见，苏曼殊诗歌后设文本与先前文本的交流互动不仅可以是一对一的交流，更多的是一对多、多对一的接触方式以片段的模仿呈现出来，例如，苏曼殊唯一一首集句诗《集义山句怀金凤》是对原初文本唐朝诗人李商隐《碧城·其三》《游灵伽寺》《莫愁》三首诗集出的字句进行重新剪裁和编排，以致《集义山句怀金凤》唤醒作者与读者对以往中国传统文化文学阅读的记忆，故而暗示更为复杂的时间性和历史性。

苏曼殊诗歌《吴门依易生韵十一首》的第一首诗"江南花草尽愁根，惹得吴娃笑语频。独有伤心驴背客，暮烟疏雨过阊门"中的"驴背客""过阊门"化用宋代陆游诗歌《剑门道中遇微雨》"衣上征尘杂酒痕，远游无处不销魂。此身合是诗人未？细雨骑驴入剑门"中的"骑驴""入剑门"。"骑驴"是古代诗人的雅兴，例如，李贺骑驴带小童出外寻诗，就是一个佳话。李白、杜甫、贾岛、郑綮都有"骑驴"的诗句或故事，而李白是蜀人，杜甫、高适、岑参、韦庄也都曾入蜀，晚唐诗僧贯休从杭州骑驴入蜀，写下了"千水千山得得来"的名句，更为人们所熟知。在《吴门依易生韵十一首》的第一首诗里，我们看到"暮烟疏雨过阊门"不仅是仿照前文本"细雨骑驴入剑门"的重新建构，也是对原初文本作者陆游经历现实的再现，同时它虚构的又是属于新的时空的作者苏曼殊的独特经历。"骑驴"故事、语录、文学作品使"骑驴诗人"成为一个具有独特文化的意象，因此，对于具有一定古典文学常识的读者来说，"驴背客"使人想起的不仅仅是陆游，还有李贺、李白、杜甫、贾岛、郑綮、诗僧贯休等千百年来云游四方的羁旅诗人的群像，他们或者壮志未酬，或者寄情于山野、徜徉于天地之间。

苏曼殊一生徘徊于佛界与尘世之间，披剃三次，"斋罢垂垂浑入定""琵琶湖畔枕经眠""与人无爱亦无嗔"，堕入金凤、百助、花雪南、东海女诗人的爱河中，并将他对她们的爱诉诸笔端。在他的爱情诗里，有对"偷尝天女唇中露"人间温馨的向往和沉醉，也有对"空持倾国对流霞"相思的缱绻和纯真，爱情诗在苏曼殊诗歌中占比例最大。例如，苏曼殊《本事诗十首》之五的"华严瀑布高千尺，不及卿卿爱我情"中的"高千尺"与"爱我情"是从唐朝诗人李白《赠汪伦》的"桃花潭水深千尺，不及汪伦送我情"中的"深千尺"与"送我情"化出，《本事诗十首》之六中的"还卿一钵无情泪，恨不相逢未剃时"从唐朝诗人张籍《节妇吟·寄东平李司空师道》中的"还君明珠双泪垂，恨不相逢未嫁时"化出，《为调筝人绘像二首》之二中的"淡扫蛾眉朝画师，同心华髻结青丝"从唐朝诗人张祜《集灵台》中的"却嫌脂粉污颜面，淡扫蛾眉朝至尊"化出，等等。苏曼殊擅长点化活用古代诗人的名句移植于自己的诗中，使其爱情诗显得高古，弥漫着古典的味道。

苏曼殊曾翻译但丁、雪莱、拜伦等外国诗人的诗歌，以使他自己创作的爱情诗也出现诸多新名词、俗语、叠词，富有时代气息而显得清新，例如，

《为调筝人绘像二首》之二中的"写就梨花付与谁"语出唐朝诗人白居易《长恨歌》中的"玉容寂寞泪阑干，梨花一枝春带雨"，"梨花"是"梨花带雨"的略句，像沾着雨点的梨花一样，原形容杨贵妃哭泣时的姿态，后用以形容女子的娇美。《寄调筝人三首》之二中的"生憎花发柳含烟"，"花发柳含烟"形容春天景色，暗喻青春年少的女子。"可怜十五盈盈女""朝朝红泪欲成潮""环佩声声扰梦怀""远远孤飞天际鹤""胭脂和泪落纷纷""碧阑干外夜沉沉""流萤明灭夜悠悠""却下珠帘故故羞""人间花草太匆匆""胡尘纷漠漠""日日思卿令人老""孤村隐隐起微烟""小楼春尽雨丝丝""袈裟点点疑樱瓣""未及卿卿爱我情""茫茫烟水着浮身""易水萧萧人去也"等诗句中的叠词的运用，如同音响效果给人轻快感之外，还可以加强语言的形象感和音乐美，使得苏曼殊的爱情诗增添了一层魅力。

　　通过阅读与分析苏曼殊诗歌，我们不难发现在一首诗中对等的隐喻和典故往往交织一起，大多数隐喻与典故既指向现实情况又指向历史的事件，反映传统文化和价值观，通过诗中的隐喻与典故读者能很好地认识客观世界。隐喻和典故是实际运用对等原则的突出范例，它们既有相似性又有相反性，当两个语言成分因相似或相反而联系起来时就会产生新的意义，隐喻和典故作为对等原则的这种特殊情况正是我运用其分析苏曼殊诗歌的目的。

第七章　中国诗学与日本诗学中的苏曼殊诗歌

　　苏曼殊诗歌杂糅着中国诗学与日本诗学的审美观，建构起自己独特的诗学价值体系。

　　中国诗学中的"道、风骨、文气、意境、格调、意象、古雅、寄托、禅意、趣"等内容，表现出中国文学叙事抒情审美方式的本土化特色。日本诗学中的"真诚、物哀、幽玄、禅风、好色、趣、寂、枯"等内容，呈现出一种隐性的诗学体系结构。但是，这两种诗学在文学创作方面都主张真诚、诚实。中国的《周易》很早就提出"修辞立其诚"之说"外则修理文教，内则立其诚实，内外相成，则有功业可居"。相比较而言，日本诗学中的"诚"是从原始的神道思想中孕育出来的，最初带有较多的神秘色彩，注重的更多是一种内心的真诚，然而其内涵在后人的不断阐释中逐渐表现出复杂化的趋势。苏曼殊汲取中日诗学营养，他的诗歌既表现一种国家的、民族的共同意识，具有一定程度上的政治意味，也毫不隐瞒地将自己内心的真实想法用语言表达出来：

　　　　（1）江南花草尽愁根，惹得吴娃笑语频。独有伤心驴背客，暮烟疏雨过阊门。
　　　　（2）姑苏台畔夕阳斜，宝马金鞍翡翠车。一自美人和泪去，河山终古是天涯。
　　　　（3）万户千门尽劫灰，吴姬含笑踏青来。今日已无天下色，莫牵麋鹿上苏台。
　　　　（4）水驿山城尽可哀，梦中衰草凤凰台。春色总怜歌舞地，万花缭乱为谁开？
　　　　（5）碧城烟树小彤楼，杨柳东风系客舟。故国已随春日尽，鹧鸪声急使人愁。

《吴门依易生韵十一首》是苏曼殊1913年春游历苏州期间写的，发表于

1914 年出版的《南社》第九期上，全诗由十一首七言绝句组成，是一组咏史怀古诗。诗人畅游吴地，江南花草、吴娃笑语、暮烟疏雨、夕阳下的姑苏台等眼前景物信手拈来，成了诗人寄托情感的意象，抒发了诗人对春秋时吴国覆亡的感慨，同样也道出了诗人对时局的忧虑。江南的春天本应是花红柳绿，草长莺飞，色彩斑斓。然而，此时的诗人却无心情将姹紫嫣红的景象收入眼底，因为国家经历了戊戌变法、庚子事件、辛亥革命失败、袁世凯称帝等一系列事件打击之后，他不能"不以物喜，不以己悲"地置身事外，爱国情怀让诗人痛苦，满腔忧愤无处排遣，在诗人眼中这样血雨腥风的故国与风雨飘摇的吴国无异。这些诗句皆是诗人出于一种对"诚"的要求，然而其"诚"又在相当程度上与国家的因素密切关联："衲等虽托身世外，然宗国兴亡岂无责耶？"（苏曼殊《讨袁宣言》）、"疏柳尽含烟，似怜亡国苦"（苏曼殊《为玉鸾女弟绘扇》），从而表现出一种政治性的目的，可见诗人在一定程度上受到中国儒家诗学中的"诚"之理念的影响。苏曼殊在《以诗并画留别汤国顿二首》："蹈海鲁连不帝秦，茫茫烟水着浮身。国民孤愤英雄泪，洒上鲛绡赠故人""海天龙战血玄黄，披发长歌览大荒。易水萧萧人去也，一天明月白如霜"，诗人用战国时鲁仲连力主抗秦和荆轲刺秦王的故事，抒发了忧国忧民的悲愤心情和深沉的爱国主义思想。《过平户延平诞生处》"极目神州余子尽，袈裟和泪伏碑前"、《东居杂诗十九首》之二"相逢莫问人间事，故国伤心只泪流"等诗中所写的也都是民族、国家，这是诗人更多强调民族共同精神的原因。这些诗句表达了诗人深切的爱国情怀，以及对于国家前途命运的担忧和自身无力促进时局改变的苦闷之情，其精神总体上更倾向于集体性及国家性，而非个人性。

"诚"在苏曼殊诗歌《本事诗十首》《寄调筝人三首》《东居杂诗十九首》中对爱情的咏唱上表现为直率质朴，直抒胸臆，表达出个人情感的倾向：

> 碧玉莫愁身世贱，
> 同乡仙子独销魂。
> 袈裟点点疑樱瓣，
> 半是脂痕半泪痕。
>
> ——《本事诗十首》之八

> 偷尝天女唇中露，

几度临风拭泪痕。

日日思君令人老，

孤窗无那正黄昏。

——《寄调筝人三首》之三

由内心自白的色彩较为明显的诗句"袈裟点点疑樱瓣，半是脂痕半泪痕""偷尝天女唇中露，几度临风拭泪痕"可见苏曼殊忠实自我的近代精神，又将原原本本的客观描写结合起来，于是"告白"成为他诗歌中最重要的特征：大胆地暴露个人隐私，露骨的描写加上细致的心理刻画。这些诗句彰显诗人已经悟出"诚"，他超越身份差异，已经达到了无物无我之境，达到一种内在开悟的最高境界，呈现出自我的感受，甚至要求对其予以完全客观的呈现乃至暴露，且不带任何道德判断的色彩，也不需要技巧上的呈现，即有了深心，才能作出"袈裟点点疑樱瓣""偷尝天女唇中露"这样的秀句来。

《忆刘三天梅》中的"九年面壁成空相，万里归来一病身"以及《本事诗十首》之一中的"我亦艰难多病日，那堪更听八云筝"、《本事诗十首》之七"相怜病骨轻于蝶，梦入罗浮万里云"，这些诗句体现的恋情爱意具有一种特殊的厚度及重量，正是出于"诚"的态度，恋人可以不顾一切地投身于爱情之中，故读者能看到诗句中出现"病"的字眼，诗人并非真的要为爱而生一场大病，而是以此来描述一种不惜性命的恋爱方式。

中国儒家诗论多主张在辞与情两端取其中，即各不偏废，而在情一方，亦强调其要受到"礼"的约束，而日本和歌强调应有"实""诚"，不能一味追求华词，显示出了日本传统诗学范畴的"诚"与中国诗学中"尚质""尚实"之论的结合。日本学者藤原惺窝在《寸铁录》中说："若无我心之诚，饰而伪，纵如何有才觉，亦不可有治政。"① 这种对于内心不伪饰的强调，与中国明代的心学对于"自我本真"的强调非常接近，这种更看重个人的要素与日本传统"诚"的理念更为接近。苏曼殊诗歌多是对诗人所体验人生经历的反映，虽多少有一些艺术加工的成分，但绝少完全虚构，是对世间之事的一种客观呈现与反映，这其实已超越了"诚"原本更重内心真诚的含义，具有了一种反映客观现实的意味。苏曼殊的诗歌写作应是对他人之事以

---

① 王家骅：《关于"诚"中心的儒学——日中儒学的比较》，见北京日本学研究中心《日本学研究2》，科学技术文献出版社 1992 年版，第 23 页。

及自己人生经历有所感受从而想要一吐为快的一种作为，这更接近"诚"原本的内涵。不论是出自对国家的诚，还是出于对恋爱、人情的诚，抑或是出于对自然万物的诚，苏曼殊诗歌都是一种发自内心的、不虚伪造作的情感表现。《中庸》有这样一段话："唯天下至诚，为能经纶天下之大经，立天下之大本，知天下之化育。夫焉有所倚？肫肫其仁！渊渊其渊！浩浩其天。"《中庸》所说的至诚，是对于万物都有一份敬意，以及虔诚的态度。日本诗学中的"物哀"就是作者心有所感，且欲借由文学的传递使得他人也能感同身受的一种行为，故而"物哀"与"诚"之间实有难以分割的关联性。

中国古代重要文论的"物感"或称"感物"说与日本诗学的"物哀"颇为相近。中国"物感"最初是一种自然审美理论，解释人在自然审美中发生的心理反应的原因。天人合一论是它的哲学基础，大量感物抒情的文艺作品和人们对创作的经验总结为物感说的形成提供了感性材料和理论支持，"物"既指自然的环境，又指社会生活环境，是指谈论某事物、讲述某事物、观看某事物、欣赏某事物、忌讳某事物等，所指涉的对象范围很广。与中国"物感"说内容相似的"物哀"作为一种日本诗学范畴，其存在有其自身的悠久传统及发展线索。最早只是以"哀"的形式出现，后来逐渐发展成为"物哀"，二者的概念及内涵也多少存在着一定的差异。"哀"在早期其实与"诚"所主导的表现族群神话及民族意识中的感动相关联，如《古语拾遗》载："……当此之时，上天初晴，众俱相见，面皆明白，相与称曰'阿波礼'，言天晴也……"[1]"阿波礼"在此处的含义是原始而朴素的，它不具备某种具体的、细致的所指，只是为了表达心中某种强烈的感动之情，且这种感情也并非指向某个人。"'哀'的现实是以对于对象物怀有朴素而深厚的爱情作为基础的，其特征是：这种爱情的感动所表露出来的上述种种感情因素，用咏叹方式来表达，同时始终是表现主体一方，初期以对对象物表示亲爱之情为主，逐渐带有同情和怜悯的意思，简单地说，就是爱怜之情，乃至向感伤性倾斜。"[2] 在日本文学史上，"哀"一词常常被用来概括日本国民的审美意识。倘若把"哀"看作美的一种类型，那么它完全是从日本国民，特别是平安朝的时代精神中形成的，具有极为特殊的内涵。"哀"一词后来不像之前那样仅作感叹词来使用，故而其具体的含义明显丰富了许多，其所表现出的情感类型也更为详细具体，如可表达心情的悲哀及难以形容的感情、

---

[1]　《日本古典文论选译·古代卷》（上），王向远译，中央编译出版社 2012 年版，第 182 页。

[2]　叶渭渠：《日本文学思潮史》，北京大学出版社 2009 年版，第 94 页。

感受，亦可形容动听的琴声，还可形容打动人心的自然景色等。① 那么，"物哀"指的是什么呢？日本学者本居宣长在《日本物哀》中写道："每当有所见所闻，心即有所动。看到、听到那些稀罕的事物、奇怪的事物、有趣的事物、可怕的事物、悲痛的事物、可哀的事物，不只是心有所动，还想与别人交流与共享。或者说出来，或者写出来，都是同样的道理。对所见所闻，感慨之，悲叹之，就是心有所动。而心有所动，就是'知物哀'。"② 也就是说，人无论对何事、遇到应何感动的事情而感动，并能理解感动之心，就是"知物哀"。

纵观中国"物感"说与日本"物哀"论，我们发现苏曼殊诗歌在中国"物感"说与日本"物哀"论之上深化出一种同情、爱怜的情感因素，乃至向感伤倾斜。但无论如何，苏曼殊诗歌中的"哀"皆是以某种可供感叹的对象作为观照物，引发出抒情主体对其充满可喜、可哀的感情，其抒情的倾向性是直接的、冲动的、发自内心的。

> 水驿山城尽可哀，
> 梦中衰草凤凰台。
> 春色总怜歌舞地，
> 万花缭乱为谁开？

这首诗系苏曼殊《吴门依易生韵十一首》之六，"尽可哀"感叹的对象是"水驿山城"，"梦中衰草"感叹的对象是"凤凰台"，"春色总怜"感叹的是"歌舞地"，"万花缭乱"感叹的是"为谁开"，这些诗句都表达了诗人心境的悲哀之情，具有自我与对象距离的关照，又有所谓的静观或者是咏叹。

> 行人遥指郑公石，
> 沙白松青夕照边。
> 极目神州余子尽，
> 袈裟和泪伏碑前。

---

① 《日本的"哀·物哀·知物哀"——审美概念的形成流变及语义分析》，见王向远著《江淮论坛》2012 年第 5 期

② ［日］本居宣长：《日本物哀》，王向远译，吉林出版集团 2010 年版，第 31 – 32 页。

在诗歌《过平户延平诞生处》中，"极目神州余子尽"与"袈裟和泪伏碑前"两句诗表达诗人感慨、感动等因素在内的激动的情绪感受。诗中的感情是一种纯粹的自我体验，具有足以支配自我的强度，在这种体验中自我本身既沉潜于其中又静静地加以谛观、反省，因而具有一种内在的深刻性。读者通过诗境在"物哀"的感情体验中，感觉到"知"与"情"相互紧密地结合在一起，既体验到感情本身的强度和深度，又感觉到自己在感情体验中的心理状态或者态度，从而觉得《过平户延平诞生处》整首诗具有一种整体上的深度。

> 收拾禅心侍镜台，
> 沾泥残絮有沉哀。
> 湘弦洒遍胭脂泪，
> 香火重生劫后灰。

这首诗系《为调筝人绘像二首》之二，诗中蕴藏着一种男女情感的感动。诗中"哀"的现实是以对于对象物怀有朴素而深厚的爱情作为基础的，这种爱情的感动所表露出来的种种感情因素用咏叹的方式表达，同时始终是表现主体一方，初期以对对象物表示亲爱之情为主，逐渐带有同情和怜悯的意思。简单地说，就是爱怜之情。

> 何处停侬油壁车，
> 西泠终古即天涯。
> 捣莲煮麝春情断，
> 转绿回黄妄意赊。
> 玳瑁窗虚延冷月，
> 芭蕉叶卷抱秋花。
> 伤心怕向妆台照，
> 瘦尽朱颜只自嗟。

《何处》这首诗用以形容足以打动人心的景色，其对人的情感所起到的效果则是多样化的。天地之色、草木之景如何能够引发苏曼殊"哀"之情？其中有怎样的心理过程？"捣莲煮麝""冷月""绿""黄""芭蕉叶""秋花""妆台""朱颜"这些色、音、香、温度、触觉及有机感觉直接造成诗人主观感情上的反应。"转绿回黄""芭蕉叶卷抱秋花"让诗人感觉到季节性时序的推移，比起鲜花盛开、芭蕉叶青绿的时节，秋夜皎洁的月光映照地上，天空呈现一片透明色，更能沁入身心，令人想起天外的世界，更容易使人将秋天的冷月的光与色联想为心怀惆怅的诗人的目光与脸色，将哀愁的感情与秋天景色的知觉联系起来。这种情趣、这种哀美是无与伦比的。

> 狂歌走马遍天涯，
> 斗酒黄鸡处士家。
> 逢君别有伤心在，
> 且看寒梅未落花。

《憩平原别邸赠玄玄》这首诗可视为以上含义的集合，即指能够对人事物事心有所感的一种情趣及能力，这一含义其实接近于"物哀"的阐释。"狂歌走马"表示勇壮的意味，给人留下一个行为潇洒走一回的胜利者的形象；"斗酒黄鸡"表示与友人重逢的喜悦，可谓一壶浊酒喜相逢，大家痛饮一斗酒，吃大块黄鸡肉，其过程也包含一种"哀"即感慨，但是这个"哀"包含着"爱"的意味，这个"爱"对主体而言应该是接近于"美"的意味的一种爱。换言之，是略带客观性的一种爱的感情，而很少带有与厌恶相对立的主观的偏爱乃至执着，这是"哀"中所包含的积极感情内容。"别有伤心在"的情绪是在重逢之后不久即刻又要离别时发生的行为，"伤心"是"哀"中所包含的消极感情内容。从价值判断的意义上来说，"哀"所包含的精神态度是一种"静观"式的态度，它使得"哀"的积极或者消极的感情中带有一种客观而普遍的"爱"的性质。因而可以说，"哀"是一种具有积极审美意识的、普通心理学上所说的那种情感态度。"且看寒梅未落花"是"狂歌走马"者这个抒情人在离别之际对朋友说的话：我虽然告别你而远去，但是还有梅花在。这番话别之语更是让人伤感惆怅。与"狂歌走马""斗酒黄鸡"这种高兴、有趣的积极的生活感情比较起来，"寒梅"这个自然物在离别的孤寂氛围中所扮演的坚定不移的角色具有更大的强度，它独自挺立的姿势更能够让人在分别之际的伤感达到刻骨铭心的程度，也容易产生一种站在形而上学的普遍性上加以谛观的倾向。梅花，是最早跃进中国诗坛的花卉之一。《诗经·小雅·四月》有云："山有嘉卉，侯栗侯梅。"梅花引起文人较大创作兴趣是在南北朝。大量咏梅诗的出现是在宋朝。在殷商出土文物中，铜鼎器皿上有梅核图案，竹筒上有梅形。据《瀛奎律髓》记载，梅

"以花为贵,自战国始"。梅花的寿命可长达数百年,老枝怪奇,骨格清癯,严冬季节残雪披身也能绽出秀丽的花朵,给大地带来无限生机,因此人们往往称梅、兰、竹、菊为"四君子",又将松、竹、梅称之为"岁寒三友"。诗句"且看寒梅未落花"中的梅花象征着诗人与朋友之间坚贞不移的友谊。可见,"寒梅"在诗境中包含"哀""怜"的特殊心理学含义,它对特殊的感情内容予以超越,并将优美、艳美、婉美等审美要素融会一起,从而形成了意义上远远超出概念本身特殊的、浑然一体的审美内涵,至此,《憩平原别邸赠玄玄》中的"哀"在意义上达到了完成和充实的阶段。

日本学者本居宣长认为,要懂得"物哀"首先在于能够"知物哀",即必须要有一颗善感之心,并且要将其与他人分享。"对于什么是'善'与'恶'这一问题,汉文书籍与物语是很不一样的。物语中的所谓'善'之人,就是能够'知物哀'的人;所谓'恶'之人,就是不知物哀的人,这与汉文书籍的所指完全不同。然而,在将善恶之别展现给读者这一点上,二者的趣旨没有什么差异,可以说是一致的。"① 在这样一种"善感"的理论当中有着中国传统诗学"感兴"论的影子,但本居宣长所强调的这些事物实际上涉及各式各样的细微的私人情感。本居宣长"物哀"说中非恋爱部分的"善感"的理论与中国文论中的"物感"说颇有相似之处。这一精神传统确实为苏曼殊所继承,读者从其诗歌中完全读得出来。

同样,苏曼殊诗歌中也流动着一股"寂"的气韵,给人一种寂静之美感。

第一,我们来看看苏曼殊诗句中的寂声:"月华如水浸瑶阶,环珮声声扰梦怀""海天空阔九皋深,飞下松阴听鼓琴""孤灯引梦记朦胧,风雨邻庵夜半钟""轻车肥犊金铃响,深院何人弄碧箫""渔郎行入深林处,轻叩柴扉问起居"等,这些诗句表现听觉上的"寂静""安静",也就是"寂声"。正如诗句所表现的,"寂声"的最大特点是通过盈耳之"声"来表现的"寂静"的感受,追求那种"有声比无声更静寂""此时有声胜无声"的听觉上的审美效果:"月华如水"的寂静是通过"环珮声声"来表现的,"九皋""松阴"的寂静是通过"鼓琴"来表现的,"孤灯"的寂静是通过风雨中传来的"夜半钟"来表现的,"深院"的寂静是通过"弄碧箫"来表现的,"深林处"的寂静是通过"轻叩柴扉"来表现的。这些诗句写的是"静"还是"动"呢?例如,没有古老深林的寂静,哪能听到渔郎敲门的轻

① ［日］本居宣长:《日本物哀》,王向远译,吉林出版集团 2010 年版,第 39 页。

微的响声？没有月夜庭院的寂静，哪能感觉到惊扰梦境的环佩声？在这里，"寂"并非寂静无声，而是因有声而显得更加寂静；"寂"也并非不"动"，而是因为有"动"而更显得寂然永恒。这正是禅宗哲学的"动静不二"，也是中国古诗以动衬静的艺术表现手法，中国诗歌中"静"的概念其实并不全是客观环境中的"静物"，而是在诗人主观感觉中的"心静"。例如，日本江户俳圣松尾芭蕉的代表作《古池》："古池塘，青蛙跳入，水声响。"古旧池塘，四周静寂，仿佛时空凝聚停顿，而当一只青蛙入水发出扑通一声，千古静谧刹那间被打破，时空被激活，俳人也顿时领悟，瞬间参透人生，无限禅意便隐含其间。这首俳句所表现的静谧境界，应该说借鉴了中国古诗所言的"逾静更幽"的艺术表现手法，就是指诗人内心的幽静，甚或是一种远离官场尘世的幽静，一种超脱名利、与世无争的幽静，才是真正的宁静致远。中日诗人歌者看似淡然吟出的这些诗句，之所以能够跨越时空之限，引起读者情感的共鸣，正是"动"与"静"所达成的这种审美张力与和谐，这就是宇宙的本质，也是世界与人之关系的本质，这就是"寂"的本质。苏曼殊的七言绝句体式上极为简单却包含了颇为复杂的哲学、宗教、美学的思想蕴含，也许正是在这个意义上，苏曼殊诗歌既表意又是觉悟的表达，这样简单的体式与复杂的表意之间就构成一种审美的张力，这也是"寂"的一个重要特点。

第二，"寂"是一种视觉上的色调，可称为"寂色"，进而引申为单纯、淡泊、清静、朴素、清贫等意思。日本俳人松尾芭蕉的得意门生向井去来在其《去来抄》中有这样一段论述："'寂'指的是俳谐连句的一种色调，并非指'闲寂'之句。例如，老将身披盔甲上战场，或者身穿绫罗绸缎赴宴，但他的老者之风是处处可以显示的。'寂'无论是在热闹的句子，还是在寂静的句子中都存在。兹举一首俳谐为例：'白首老夫妻，樱花树下两相依，亲密无间隙。'先师在评论此句时说：'寂色'浓郁，尤为可喜。"[1] 汉语中没有"寂色"一词，所以中国读者看上去不好理解。其实，在中国，从巫时代色彩的功用一直到清朝民间年画在五色框架下的实用性和自由发挥，色彩塑造了中国人的生活世界，也成为中国文化的外在表征。就色彩文化深层结构的比较观察，日本的"寂色"与中国的"陈旧的颜色"在视觉上相近，但"色彩陈旧"常常是一种否定性的视觉评价，而"寂色"却是一种完全意义上的肯定评价。换言之，"寂色"是一种具有审美价值的"陈旧之色"，

---

① ［日］大西克礼：《日本风雅》，王向远译，吉林出版集团 2012 年版，第 87 页。

就是一种古色，如水墨色、烟熏色、复古色。苏曼殊诗句"庵前潭影落疏钟""行人遥指郑公石""裂裳和泪伏碑前""指点荒烟锁石城""小楼春尽雨丝丝""孤村隐隐起微烟""枯木寒山满故城""独上寺南楼""碧海云峰百万重""梦中衰草凤凰台""落红狼藉印苔泥""轻风细雨红泥寺"等，从色彩感觉上来说，"庵""潭""钟""郑公石""碑""荒烟""石城""小楼""孤村""微烟""枯木""寒山""故城""寺南楼""云峰""衰草""凤凰台""落红""苔泥""红泥寺"等之"寂色"给人以直观感觉就是磨损感、陈旧感、黯淡感、朴素感、单调感、清瘦感，但也给人以低调、含蕴、朴素、简洁、洒脱的感觉，所以富有相当的审美价值。苏曼殊诗歌喜欢描写的事物，常常是枯树、落叶、古石、古藤、寺庵、古钟、荒草、黄昏、阴雨等带有"寂色"的东西，可见"寂色"在苏曼殊诗歌中具有重要的审美价值。

　　第三，"寂"指的是一种抽象的精神姿态，是深层的心理学上的含义，是一种主观的感受，可以称为"寂心"。

> 海天空阔九皋深，
> 飞下松阴听鼓琴。
> 明日飘然又何处，
> 白云与尔共无心。

　　在苏曼殊这首《题画》中，诗人自喻为无形无影、来去自如的白云，希望能够避开世俗而享受悠闲平静的生活，这样的人生希冀是亲历过世间无常之后感悟出来的，只是在诗人的笔下不见一丝悲哀，而是一种悠悠的安逸感：在海阔天高处翱翔，又飞于松荫下听琴，闲适飘逸犹如仙人一般达到了物我两忘的境界，不再拘泥于身形的束缚，超越形神而怡然自得，诗语风格明快、轻脱俊爽，最终能够达到明心见性的程度。这首诗给人一种寂然独立、淡泊宁静、自由洒脱的人生状态之感，就是说只有拥有"寂"的状态，人才能独立；只有独立，人才能自在；只有自在，人才能获得审美的自由。可以说，《题画》以积极的态度认可无常，甚至还能借用老庄的处世哲理，超脱俗世的境地，实现"身在俗世而心在遁世"的生存方式。

> 一炉香篆袅纱窗，
> 紫燕寻巢识旧家。

> 莫怪东风无赖甚，
> 春来吹发满庭花。

　　苏曼殊在《晨起口占》这首诗中将单调、寂寞的生活给审美化了。过这种"寂"的生活并非要做一个苦行僧，而是为了更好地感知美与快乐。对此，我们心中曾有过体验：居于享乐，则难以体会"寂"；居于"寂"，则容易感知享乐。在《晨起口占》中，诗人有了这种"寂心"，就可以摆脱客观环境的制约，从而获得感受的主导性、自主性。

> 相逢天女赠天书，
> 暂住仙山莫问予。
> 曾遣素娥非别意，
> 是空是色本无殊。

　　《答邓绳侯》这首诗引用佛教经典和中国典籍，反映了苏曼殊的"色空不二"观，可以说这是一种很高的觉悟。"是空是色本无殊"表明诗人的一种积极态度，用寂心去观照万物寂然的本质，便得出是空是色两者没有什么差别。当诗人持有这样的"寂心"时，解脱尘嚣的怡悦安适，一切都变得淡泊、简单、清静了，对精神性的"美"的感知更加敏锐化。对平常人来说，无常感起源于执着现世的种种名利，因此脱开这些执着（出家或遁世）就可以得到精神上的慰藉和安逸感。诗人毫不掩盖地吐露自己心声，随后展示放弃俗世种种烦恼后得到的平静心态。《答邓绳侯》体现出来的"寂"是一种平淡的心境与趣味，具有一种超然的审美境界，使心境获得对非审美的一切事物的钝感性乃至不感性，白得其乐，享受孤独，从而获得一种心灵上的自由和洒脱。

> 白水青山未尽思，
> 人间天上两霏微。
> 轻风细雨红泥寺，
> 不见僧归见燕归。

　　这是苏曼殊《吴门依易生韵十一首》之十一，可以说"禅诗一味"，诗人描写恬淡自然的清新景物和心情，置身于白水青山之间，只见人间与天上之间雾气、细雨弥漫，心情似乎并不轻快。轻风细雨中的红泥寺寂然独立，只见燕子归来却不见僧人归来，那种空间弥漫之"寂"更是令人刻骨铭心。这首诗让我们想到中国古代诗歌与佛教的联系历史悠久。东晋时期，佛教般若学盛行，玄言诗广泛流传。南朝山水诗兴盛，谢灵运等人着意将佛理融入山水。唐朝诗人大多于佛学有相当造诣，在诗中经常表现佛教的理念和情趣。中唐以后，佛教在中国产生重要宗派禅宗，禅家的生活环境和精神风貌开始成为诗人熟悉的题材，一些著名诗人的作品几乎无不透露出受禅学熏陶的痕迹。宋明时期，琴棋书画、轻歌曼舞与参禅悟道构成官僚士大夫生活的两个侧面。他们在厌倦世俗物质生活之后，进而追求高雅、清幽的精神乐趣。通过参禅，丰富了诗歌的题材和意境。苏曼殊的《吴门依易生韵十一首》之十一首诗或许正是吸收了禅宗的这一观点，引入诗歌创作而以禅喻诗。

> 来醉金茎露，
> 胭脂画牡丹。
> 落花深一尺，
> 不用带蒲团。

《简法忍》这首诗最能体现苏曼殊无往无求的恬静心态，可算得上是苏曼殊一切随缘的人生态度的写照，既有贵族趣味又有平民姿态，饮酒作乐，酩酊大醉，把佛家的清规戒律皆抛在脑后，酒醒之后用胭脂描绘牡丹，于浓艳之中求得欢乐。末句则体现着深刻的禅意，一切都顺其自然，在自然之中求得顿悟，只要心中有佛，落花之上便可参禅，不需要蒲团之类一切形式上的东西。苏曼殊这种"寂心"，就是"脚踏实地地来写诗的心态，就是以和真实的人生没有任何隔膜的心态来写诗。写出来的诗虽不是山珍海味，却如我们日常所需的普通食物一样必不可少……只有这样，才能把这些似乎可有可无的诗当成我们的生活的必需品。这也是肯定诗的存在价值的唯一途径"[1]。《简法忍》注重情趣的充沛以及感受的细致生动，因此富于情趣和感受细腻成为苏曼殊诗歌的重要特点。

　　苏曼殊诗歌《耶婆提病中末公见示新作伏枕奉答兼呈旷处士》中相关的"寂然、寂静、寂寥、孤寂、孤高"的状态与感觉，都有赖于空间上的无限

---

[1]　《日本古典文论选择·近代卷》（上），王向远译，中央编译出版社 2012 年版，第 321 页。

空旷荒凉："君为塞上鸿，我为华亭鹤。遥念旷处士，对花弄春爵。良讯东海来，中有游仙作。劝我加餐饭，规我近绰约。炎蒸困露旅，南海何辽索！上国亦已芜，黄星向西落。青骊逝千里，瞻乌止谁屋。江南春已晚，淑景付冥莫。建业在何许，胡尘纷漠漠。佳人不可期，皎月照罗幕。九关日已远，肝胆竟谁托？愿得趋无生，长作投荒客。竦身上须弥，四顾无崖崿。我马已玄黄，梵土仍寥廓。恒河去不息，悲风振林薄。袖中有短书，思寄青飞雀。远行恋俦侣，此志常落拓。"这首诗中体现出来的"寂"都与时间、空间的因素联系在一起，与时间与空间上的积淀性密切关联。诗中所示，正是诗人"青骊逝千里"赶赴遥远的边塞途中体验世界的方式。常人首次经历如此长途的旅行，大概会觉得孤独、畏惧，而诗人却因实地见到了"上国亦已芜"而觉得哀叹，并通过在长途跋涉的过程中不断去体味旅途种种"寂味"的时候，其审美的特质也就变得更加突出了。"塞上""华亭""东海""南海""江南""建业"（南京在东吴时期的名称）"梵土""恒河"都是具体的、特定的地理位置，它们在时间的积淀中产生"寂寥、孤寂"的审美现象，当它们作为对象被诗人放置于诗人所处的时代背景一起予以观照的时候，它们与人类的生命就有了一种不可分割的深刻联系："胡尘纷漠漠"导致了"上国亦已芜"，胡人骑兵的铁蹄践踏扬起的沙尘，战乱中的国家一片荒芜，（瞻乌止谁屋）乱世无所归依之民，使人不禁想起华亭谷的鹤叫声（汉语成语"华亭鹤唳"意思是指遇害者生前所恋之景物，有伤痛惋惜之意），而诗人自诩"我为华亭鹤"可谓是今日欲闻华亭鹤唳，身处乱世之中的诗人不可复得"遥念旷处士，对花弄春爵"这一"淑景"了，这种"闲寂"的时光、逝去的美景仅仅是诗人出于对过去美好生活的留恋罢了。即便远离战乱的故土来到印度，望着日夜奔流不息而远去的古老的恒河，诗人也是常常"袖中有短书"寄出，以表达他"肝胆竟谁托"的情怀，其精神、情感中"孤寂"与"落拓"可见一斑。在这首诗中，苏曼殊通过隐晦的空间术语传达个人情愫，以自身和友人之间的空间距离，作为内心深沉而难以言说的情绪的隐喻。然而，与此同时，通常将彼此悬隔的地域蒙太奇式地并置于统一场景，诗人以高超的诗艺，唤起了对异地同时的强烈感触，将诗中传达的个人情谊转化为更大层面上对国家命运的热忱。如是，旅途中的地点不仅是维持彼此联系的连接点，而且成为将祖国、边塞和异国绾结在一起的纽带，从而具有了更为重大的意义。

小楼春尽雨丝丝，

孤负添香对语时。

宝镜有尘难见面，

妆台红粉画谁眉？

苏曼殊《代柯子简少侯》这首诗中最靠近人身边的"宝镜""妆台"、庇护着人的"小楼"、小楼外的自然景象"春尽雨丝丝"，这首诗由远及近的顺序，我们的生命意识就由具体的事物、具体的主观立场，不同程度地在广阔的范围上加以扩大。

苏曼殊诗句"槭槭秋林细雨时""一夜秋寒掩洞房"等，它们所表达的"寂"的意义就是晚秋那种盛极而败的凋敝状态。"相怜病骨轻如燕""才如江海命如丝""残荷犹自盖鸳鸯""枯木寒山满故城""梦中衰草凤凰台""羸马未须愁远道"等诗句中的"病骨""命如丝""残荷""枯木""衰草""羸马"所咏叹的是生命力由盛至衰的"干皱""干枯"的对象，最能体现"寂"中的"宿""老""古"的趣味。与"宿""老""古"相对的词是新鲜、生动、蓬勃："披发长歌览大荒""行云流水一孤僧""偷尝天女唇中露""亲持红叶索题诗""手持红樱拜美人""狂歌走马遍天涯，斗酒黄鸡处士家""来醉金茎露，胭脂画牡丹"等诗句，彰显生命的年轻、青春、新鲜、少壮、蓬勃之美，这种美是生物学意义上的"生命"与精神意义上的"生命"的融会，具有无可争议的审美价值。

苏曼殊诗歌有着多重的表现，其中鲜明的特色之一就是抒情性极为强烈，并且带有情感纤细和感伤倾向的特点。比如《吴门依易生韵十一首》就已经表现出丰富而纤细的情感波澜。尤其是表现情人恋爱的《东居杂诗十九首》描写了男女思慕及离别之情，吟唱中流露出种种哀愁，其感受的细腻、哀情表达的自然和心灵的纯粹，这样善于感发和感触细腻的审美特质具有"物哀""空寂"和"闲寂"的日本诗学的特征，苏曼殊诗歌这种独特的气质在同时代其他诗中是很少见的。

苏曼殊诗歌的另外一个突出特点就是富于余情之美，其描写往往都留有余地，给读者留下扩展想象的空间。苏曼殊的一些诗歌点到为止，却往往余味无穷。语意委婉而余情绵密。有着言情之外的余情，具备一种内隐的气象，令人领悟到无穷无尽的趣味与联想，这就是余情美的境界。创造余情之美，也是苏曼殊诗歌汲取了日本诗学经验的表现。苏曼殊曾经大量译介欧美作品，西方诗学对其固有潜移默化，《樱花落》写法上古典与现代交织、自然与人性结合，透露出诗人对人性、对爱情的深刻感受和思考。

在处理诗歌的创作技巧与表达情感两方面关系时，苏曼殊更注重表达自己的情感，重视文学作品对心灵的慰藉作用，也就是强调文学作品创作中情感的重要作用，因为这种情感慰藉最早来自"天人之恋心"，具有心灵关怀的情感深度和呼应神灵的精神高度。

第八章　苏曼殊三部爱情组诗的抒情叙事艺术

唐朝经学家孔颖达在为《毛诗序》"是以一国之事，系一人之本，谓之风"作诠释时写道："一人者，作诗之人。其作诗者，道己一人之心耳。要所言一人，心乃是一国之心。诗人览一国之意以为己心，故一国之事系此一人使言之也。但所言者，直是诸侯之政行风化于一国，故谓之风。"可见，情感抒发是诗歌创作中不可或缺的重要因素。"在抒情诗中，不可或缺的是诗人透过抒情人进行话语表达所必需的质体，这就是抒情诗的话语层面，这一层面可与叙事文本中的话语层面相对应。在对叙事文本的分析中，透过话语层面可以抽取出由事件的参与者所引起或经历的合乎逻辑的，并按时间先后顺序重新构造的一系列被描述的事件，即所谓故事；而在抒情文本中，则无法抽取并演绎出这样的故事。因而，抒情文本中存在着话语层，故事层则可说是缺位的。在抒情文本中，如果一定要像从叙事文本的话语层抽取出与其对应的故事层的话，那只能是情感发生发展变化的情感层。然而，换一个角度，则并非完全无法在抒情文本中看出某种类型的故事。这样的故事不能与叙事文本中的故事相等同，因而，这里将其命名为外故事。总体而言，抒情文本中的外故事至少具有如下一些特征：首先，在形式上，外故事整体上属于抒情诗的一部分，与抒情文本休戚相关，不可分离；同时，又在形式上与其所附属的主要抒情文本有所区隔。其次，外故事在内容上对于理解抒情文本不可或缺，对深入挖掘抒情文本意义具有重要作用。最后，外故事包含着必要的故事要素，其中有可能包含着由一系列事件所构成的故事，这样的故事直接影响着抒情人情感的抒发。"① 据此，纵观苏曼殊诗歌，我们不难发现诗人以抒发个人的情感为要，诗人对诗歌中的角色和话语的安排与塑造是为了有助于满足一定抒情艺术效果的需要，既有对一种心境或情感状态简洁而热烈的描述，又有对充满感情的思想的复杂变化进行细腻的描写，殷切地倾诉对情人的赞美，平铺直叙地抒发爱恋情怀，表明与维护特定的意象及价

---

① 谭君强：《论中国古典抒情诗中的"外故事"》，载《江西社会科学》2014 年第 1 期。

值观念，表述自己力求解决某种精神苦恼的漫长的观察体会与深思冥想的过程等。所有这样的情感表达与抒发的话语构成一首首短小的诗歌。

在苏曼殊诗歌中，不可或缺的是诗人透过抒情进行话语表达所必需的质体，这就是其话语层面，这一层面可与叙事文本中的话语层相对应。在对叙事文本的分析中，透过话语层可以抽取出由事件的参与者所引起或经历的合乎逻辑的，并按时间先后顺序重新构造的一系列被描述的事件，即所谓故事；而在苏曼殊诗歌中，则无法抽取并演绎出这样的故事。因而，苏曼殊诗歌中存在着话语层，故事层则可说是缺位的。如果一定要像从叙事文本的话语层抽取出与其对应的故事层的话，那只能是情感发生发展变化的情感层。然而，换一个角度则并非完全无法在苏曼殊诗歌中看出某种类型的故事。这样的故事不能与叙事文本中的故事相等同，因而可称之为外故事。"抒情诗歌中虽然难以发现形成系列的事件与完整的故事，但并非完全不存在'事'或'事件'。抒情诗歌中的'事'或'事件'在形式上多种多样，在很多情况下，常常是内心的或精神心理的，也可以是外在的，比如具有社会性质的。无论上述哪种'事'或'事件'，它们的展现都蕴含在其寄寓的时间进程中，都有其萌生、发展、变化的内在过程。这一过程当然是与引发产生这一切的抒情人分不开的。"① 据此而言，我们认为苏曼殊诗歌的外故事至少具有如下一些特征：首先，在形式上外故事整体上属于抒情诗的一部分，与抒情文本休戚相关、不可分离；同时，又在形式上与其所附属的主要抒情文本有所区隔。其次，外故事在内容上对于理解抒情文本不可或缺，对深入挖掘抒情文本意义具有重要作用。最后，外故事包含着必要的故事要素，其中有可能包含着由一系列事件所构成的故事，这样的故事直接影响着诗人情感的抒发。

现在，我们来描述苏曼殊三部组诗《东居杂诗十九首》《本事诗十首》和《无题八首》中的事件性和整体结构。在三部组诗中，既是佛子又是人子的诗人尝试将他在人生青年时曾有过恋爱短暂时间的流逝在想象中将时钟倒拨回去，以便在他生活变得更糟以前再次体验过去他所经历的恋爱幸福时光，诗歌叙述功能包含了这一尝试，通过回忆以赢回过去。从社会心理学的意义来说，诗人与女子关系所存在的关联提供了这一尝试背景：它影响着诗人如何定义自己，并赋予了叙述序列以特殊的意义。每一部组诗中一系列呈

---

① 谭君强：《时间与抒情诗的叙述时间》，引自乔国强《中西叙事理论研究》，上海外语教育出版社 2019 年版，第 192 页。

现的发生之事包含一个具有两方面的事件，都牵涉对相关爱情的偏离所产生的恶化、失望和挫折。在过去即在故事层次外，各种发生之事中的事件存在于诗人的变化和他们关系的中断中；在当下即在故事层次内，一个呈现事件存在于诗人越来越清楚地意识到他的恋人已经离去，自己则越来越衰弱，使恋爱幸福时光再开始已经不可能了。确实，诗人对这些方面的期望感到失望并不少见——衰落和人生短暂是典型的现代悲观感受。然而，作为诗人叙述的明显特征，诗歌中由失望产生的影响显得尤为突出，这是因为对爱情脚本提出的期望具有高度的情感负荷，从而影响了诗人对自己的界定。

一
《东居杂诗十九首》（1914 年）

第一首

却下珠帘故故羞，
浪持银蜡照梳头。
玉阶人静情难诉，
悄向星河觅女牛。

第二首

流萤明灭夜悠悠，
素女婵娟不耐秋。
相逢莫问人间事，
故国伤心只泪流。

第三首

罗襦换罢下西楼，
豆蔻香温语未休。
说到年华更羞怯，
水晶帘下学箜篌。

第四首

翡翠流苏白玉钩，
夜凉如水待牵牛。
知否去年人去后，
枕函红泪至今留？

第五首

异国名香莫浪偷，
窥帘一笑意偏幽。
明珠欲赠还惆怅，
来岁双星怕引愁。

第六首

碧阑干外夜沉沉，
斜倚云屏烛影深。
看取红酥浑欲滴，
凤文双结是同心。

第七首

秋千院落月如钩，
为爱花阴懒上楼。
露湿红蕖波底袜，
自拈罗带淡蛾羞。

第八首

折得黄花赠阿娇，
暗抬星眼谢王乔。
轻车肥犊金铃响，
深院何人弄碧箫？

第九首

碧沼红莲水自流，

涉江同上木兰舟。
可怜十五盈盈女，
不信卢家有莫愁。

第十首

灯飘珠箔玉筝秋，
几曲回阑水上楼。
猛忆定庵哀怨句，
三生花草梦苏州。

第十一首

人间天上结离忧，
翠袖凝妆独倚楼。
凄绝蜀杨丝万缕，
替人惜别亦生愁。

第十二首

六幅潇湘曳画裙，
灯前兰麝自氤氲。
扁舟容与知无计，
兵火头陀泪满樽。

第十三首

银烛金杯映绿纱，
空持倾国对流霞。
酡颜欲语娇无力，
云鬓新簪白玉花。

第十四首

蝉翼轻纱束细腰，
远山眉黛不能描。
谁知词客蓬山里，
烟雨楼台梦六朝。

第十五首

胭脂湖畔紫骝娇，
流水栖鸦认小桥。
为向芭蕉问消息，
朝朝红泪欲成潮。

第十六首

珍重嫦娥白玉姿，
人天携手两无期。
遗珠有恨终归海，
睹物思人更可悲。

第十七首

谁怜一阕断肠词，
摇落秋怀祇自知。
况是异乡兼日暮，
疏钟红叶坠相思。

第十八首

槭槭秋树细雨时，
天涯漂泊欲何之？
空山流水无人迹，
何处蛾眉有怨词？

第十九首

兰蕙芬芳总负伊，
并肩携手纳凉时。
旧厢风月重相忆，
十指纤纤擘荔枝。

"在抒情诗歌中，从与其中对应的讲述者即抒情人与创作者诗人之间的关系来说，在所有的文学作品中，可以说抒情诗歌中抒情人与诗人之间的距离是最近的，有时甚至是同一的。抒情诗的情感表达，往往是诗人自身情感的最好寄寓。"① 由此，可见苏曼殊组诗《东居杂诗十九首》大都是写诗人缱绻诉幽情，睹物思人伤离别，未必每一首诗都与诗人当下现实生活对应，而是他所拟的言说者自述心曲。苏曼殊与他倾情诗笔的百助枫子相识于1909年，这一年他为她写下了不少诗篇。对于四年后再访日本的苏曼殊来说，这已是前尘往事。虽然《东居杂诗十九首》写于1914年至1915年，苏曼殊与百助枫子分离多时，几曲玉筝入耳，仍能拨动心弦。同样身世不幸的调筝眉史和寄世飘零的苏曼殊惺惺相惜，但苏曼殊终究和定庵一样忍情拒绝了红颜知己。但是，在《东居杂诗十九首》中对爱情主题的处理居然包含着对现代概念的爱情的清晰表达，这就是某种独立自主、不受来自社会其他方面影响的爱情观念：爱情与世事的结合以特定的序列要素在未来的重新安排，使理想的生活尽管面临种种障碍却依然向往爱情成真的可能性。

《东居杂诗十九首》组诗的第一首诗后两句"玉阶人静情难诉，悄向星河觅女牛"启动了交流谈话的情境框架，诗人在回忆中向接受会话的对话伙伴即异国恋人倾诉他们故事的爱情关系。在这一点上，可以将爱情视为支配交流情境的总的主题语境。"悄向星河觅女牛"，苏曼殊这一出人意表而又满含感情的句作，其取材和构思可能主要还是源于中国的古代诗歌。《诗经·小雅·大东》有云："维天有汉，监亦有光。跂彼织女，终日七襄。虽则七襄，不成报章。睆彼牵牛，不以服箱。"此即牛郎织女神话之雏形。诗中所说，织女在天上终日辛勤织作，结果没有织出文采锦绣的织物；牵牛所驾的牛也不可以用来拖拉车箱。这里的"牛郎""织女"，实际上是居于银河两旁的两颗星名。"七襄""服箱"亦为比喻。至《古诗十九首》："迢迢牵牛星，皎皎河汉女。纤纤擢素手，札札弄机杼。终日不成章，泣涕零如雨。河汉清且浅，相去复几许！盈盈一水间，脉脉不得语。"这已有一个故事轮廓，且人物形象隐现其中，呼之欲出。至南朝梁代殷芸《小说》出："天河之东有织女，天帝之子也，年年机杼劳役，织成云锦天衣，容貌不暇整。帝怜其独处，许嫁河西牵牛郎。嫁后遂废织纴。天帝怒，责令归河东，许一年一度相会。"在这里，牛郎织女的神话便有了比较完整的记述。再经过民间广泛传说，其内容更加丰富而健康。牛郎织女的神话，因其优美动人，故为世间称羡。苏曼殊借用牛郎织女的神话作为《东居杂诗十九首》所表达的爱情的

---

① 谭君强：《时间与抒情诗的叙述时间》，引自乔国强《中西叙事理论研究》，上海外语教育出版社2019年版，第195页。

故事框架，诗中虽多描写诗人与日本女郎的交往、相会、思念及恋情，但诗人借物抒怀，表达了对祖国的深情思念以及对国家民族命运的关心。诗人继续与他的谈话对象交谈，开始以一种近乎无声呐喊的方式力图保护自己不受对他的爱情的批评。在这一过程中，言语行为与故事间的关系在同时性、回顾性与展望性之间交替而行。回顾性的讲述（即涉及过去的发生之事，它在言语行为发生以前就已经结束了），只有未来在抒情人想象的叙述中才能看到。在诗人期望或要求（相逢莫问人间事，故国伤心只泪流）的这一想象的言语行为中，他的爱情故事以与讲述者希望相应的方式回顾性地描述出来：静寂悠远的秋夜里，流萤飞舞时忽明忽灭的情境勾起诗人对故国的思念。"素女"在中国文学史上的形象被定位为古代第一位鼓瑟的女乐师，也就是中国神话中的瑟乐女神，诗中的"素女"是诗人借瑟乐女神比喻思念中的美好恋人。"不耐秋"表达了诗人对恋人美貌（婵娟）的亲切关怀。"相逢莫问人间事"中的"莫问"是不堪问、不忍问之意，"人间事"实则是国事。从相逢到落泪，叙写出诗人内心的苦楚与慨叹。与其说诗人托借牛郎织女与瑟乐女神的神话来演绎自己与恋人之间的故事，不如说是诗人在灵魂深处把对恋人的思念化作对国家命运的关切。作为有过"蹈海鲁连不帝秦"和以荆轲自比的苏曼殊虽在言景，实发心声，是特定环境下内心情愫的真实流露。从这首诗中，我们能够感到诗人对多难国家的脉脉深情。在诗人表达他对爱情故事的期望时，文本也提供了对国家命运关切的明确指示，表明诗人向恋人讲述自己的家国情怀。但是，在对未来势在必行的讲述表现中，有力地表明所牵涉的受述者发生了变化，包含在第三首诗和第四首诗的表达任务，已经由诗人在想象中分配给了未来的情人，因为正是她呼唤爱的信徒即诗人去实现理想的爱："夜凉如水待牵牛。""牵牛"即牵牛星，女子借喻其男友，即诗人。这样，作为接受叙说的女子在这里转而起到了故事内叙述人的作用。受述者的这一变化伴随着一个蓄意的聚焦变化：自身故事的叙述者现在寻求他者如何理解他，而他者究竟如何看待叙述者将由他者自己来构建。这一组诗的叙述者，故事外的叙述者既是诗中的主人公，也是自身故事的叙述者。他呼唤起自己人生不同阶段的回忆，都与一位他所曾爱过的异国女人联系在一起——最初的和谐，后来的某些失和，以后由于异国之恋的不可能导致他的远离而完全失去她——这是在最终反思他目前的孤独状态以前的种种回忆。

在诗人内心生活从过去到当下连续的心理画面中，展现了各种事情，借助于相应的牛郎织女与瑟乐女神的神话框架和脚本，可以在故事外层次上

（即在思考出现时将它讲出来），将这些事构建出一个心理过程。在故事外层次上的这一心理过程叙述覆盖了整个组诗，并同时地、持续地以现在时态来表现，也在这个意义上加以演示。与此同时，在故事层次上形成的是它创造出回忆的内容，这些回忆展现在眼前并唤起诗人与这位异国女子先前的三个阶段。回顾性的叙说回到过去的情景：第一，和谐，第三首诗："罗襦换罢下西楼，豆蔻香温语未休。说到年华更羞怯，水晶帘下学箜篌。""豆蔻"作为少女的比喻性意象，由下句年龄意象"更羞怯"和行动意象"学箜篌"的组合即可明白它并非实指早春的豆蔻。这是一个非常和谐温馨的场景：一个带有几分羞怯的少女换罢丝绸短衣，有说有笑地走下西楼，她那青春的身上散发着香甜的气息，诗人问到她的年龄时，她更是羞涩得低下头直走到水晶帘子下坐在那里弹奏箜篌，将她内心的情感间接地对诗人作了暗示。诗人在这里并没有自己站出来说话，只不过沿用了前人或他人使用过的方法，利用爱情诗中常见的"豆蔻"这样自然界常见的形象，在诗中成为具有人类性情的生动迷人的诗歌意象的具体手段。"罗襦换罢""下西楼"两个动作都是视觉意象，"语未休""学箜篌"是听觉意象，这两种意象只能理解为诗人在追忆听恋人在宅院中弹奏箜篌时浮现的联觉意象和错觉意象。第二，疏远，第四首诗："翡翠流苏白玉钩，夜凉如水待牵牛。知否去年人去后，枕函红泪至今留？"这首诗的后两句，由"去年人去后"可知两个恋人分别已久；"红泪"令人想起晋朝诗人王嘉《拾遗记》："文帝所爱美人，姓薛名灵芸，常山人也……灵芸闻别父母，歔欷累日，泪下沾衣。至升车就路之时，以玉唾壶承泪，壶则红色。既发常山，及至京师，壶中泪凝如血。"后世以"红泪"专指女子的眼泪。这首诗写的是女子对情人的思念，每当夜凉如水，她坐在用白玉钩挂起的有翡翠流苏装饰的帐子里时，是多么期待着情人的到来。可是，自从那年情人走了以后再也没有回来过，至今她想到情人依然是红泪如雨，浸透枕头。由此可见，女子对情人的爱情是多么的坚贞不移。这里用"去年"与"至今"的年段叙事，展现同一空间不同时间里的不同情思，仿佛现代影视中的不同时空镜头转换，使得一场悲戚的爱情故事历历可见，女子感伤自己形单影只。也就是说，这两句诗让人感到：变的是时间，不变的是空间，以及定格在空间的痴情。如此段位性叙事对应的是"物是人非"跌宕抒情。对多愁善感的女子而言，"去年"的美好恋情故事总会情不自禁地浮上心头，"至今"眼前的凄凉感伤，仿佛都源于"去年"的美景。然而，美景可以重来，情人却往往一去一再。诗人通过时间的来回折腾，既勾勒出"去年"相处的情景，又跌宕出"至今"的郁郁寡欢。第三，哀愁，第十一首："人间天上结离忧，翠袖凝妆独倚楼。凄绝蜀杨丝万缕，替人惜别亦生愁。"与恋人相隔之远，女子常常在一番梳妆后独自一人倚着楼栏，回想他们惜别的情境让她心生如蜀杨万缕细微枝条缠绕一样的凄厉哀绝的愁绪。其实，女子这种愁绪在诗人那里同样存在，诗人的愁绪在第五首诗"异国名香莫浪偷，窥帘一笑意偏幽。明珠欲赠还惆怅，来岁双星怕引愁"中早已露出端倪。在这里，诗人引用"周午偷香"的典故来作为叙述他们的爱情不可能的底色。这个典故出自《世说新语·惑溺》："韩寿美姿容，贾充辟以为掾。充每聚会，贾女于青琐中看，见寿，说之，恒怀存想，发于吟咏。后婢往寿家，具述如此，并言女光丽。寿闻之心动，遂请婢潜修音问，及期往宿。寿矫捷绝人，逾墙而入，家中莫知。自是充觉女盛自拂拭，说畅有异于常。后会诸吏，闻寿有奇香之气，是外国所贡，一著人，则历月不歇。充计武帝唯赐己及陈骞，余家无此香，疑寿与女通，而垣墙重密，门阁急峻，何由得尔？乃托言有盗，令人修墙。使反曰：'其余无异，唯东北角如有人迹，而墙高，非人所逾。'充乃取女左右婢考问，即以状对。充秘之，以女妻寿。"诗人将异国恋人与贾午作比，他本想将定情信物赠送给恋人，但他却犹豫不决，想到与作为异国女子的恋人结合是不会幸福的，一旦结合，两人终究还是天各一方，如同织女星和牛郎星，只能会更令人苦闷与惆怅，所以他不能接受恋人对他的那份情爱。诗人把对过去发生的这一系列发生之事的叙述和眼下一系列回忆的演示性呈现相互结合在一起。在一系列回忆中，诗人试图使曾经发生之事再次出现，因为他力图回到过去的时光，并在女子目前已经不在身边的情况下，通过他们早先的疏远及其最初爱情和谐一步一步回复到过去。然而，曾经发生之事实际的时间先后状况，意味着诗人这一意图最终归于失败。第十六首诗："珍重嫦娥白玉姿，人天携手两无期。遗珠有恨终归海，睹物思人更可悲。"诗人借"嫦娥"既指恋人又指时空的遥不可及，他意识到异国之恋成为不可能，便祝福恋人要珍重自己白玉般美丽的身体与容貌，他的内心满是怨恨，干脆利落地把恋人赠送的信物一颗珍珠扔进大海里，免得日后看到它时引起内心的悲伤之情。就像许多爱情诗歌一样，诗歌中的诗人与异国恋人变动的关系存在于这样的事实中，即诗人试图以爱情的和谐与满足来定义和稳定其个体存在和身份，这也是后来当他失去这一切时何以变得如此痛苦，而当他力图重新获得它时又会带来如此强烈影响的原因。故事层次在诗歌的叙述结构中为诗人回忆的心理过程和嵌入叙事的功能提供了一个参考层。故事层次在主题和情境意义上可以界定为诗人与异国恋人之间的爱情，这一爱情形成生活取向的中心，展现诗人与异国恋人在长时期的伙伴关系中的彷徨，这可以作为诗人对自己与异国恋人的未来的失望和分离的根源，并作为从此刻开始指导诗人与异国恋人未来关系的准则。如上所述，诗人与异国恋人那些过去的事情的时间先后顺序在它们表现在诗歌中时，意味深长地被反转了。回忆始于失去异国恋人后诗人的失落感。然后，这些回忆移至诗人生活中两人有所疏远时，这又是一种让人烦扰的失和。最后，他们劳燕分飞。但是，在故事层次上，诗人不能与异国恋人结合实际上已成为事实，在他叙说了种种回忆并再次将失去异国恋人作为主题时，诗歌又回到一个真实的时间先后顺序状态。诗人采用这种特殊的方式将这一叙述作为一系列回忆而镶嵌于其中，这意味着不仅是时间先后顺序而且也包括它的事件性重构。诗人与异国恋人的失败的爱情结局，与两人最初满怀期待形成了对比，从而变得至关重大。然而，在呈现一系列回忆中诗人规避一些消极的事件或者说目的就是将它取消，以便他有可能再次体验最初的爱情。从诗人生活的实际过程来看，负面事件压倒一切的是它本身就是一个事件，但它最终因为是异国之恋而宣告无果，这一新的、更明显的表白被证明是一种幻觉。在故事层次上，诗人与异国恋人这一事件实际的时间顺序被重写并恢复，事件性也分别在满足和失望的意义上被相应地创造出来。

在故事外层次上，我们可以看到诗人因世事沧桑和客居异国他乡日益愁闷的生活而产生的备受折磨状况，诗人意识到他曾有一个幸福的过去。与之直接相关的事是诗人把对异国恋人的思念作为回忆的一个补偿过程，其目的在于把与异国恋人相处的过去美好时光当作自己曾有过一段幸福生活的感觉能够在回忆与想象中于当下再次重现，这样做至少可以使诗人在已经失去的爱情的短暂画面中得到重温。使过去爱情在当下重现及其失败这一过程牵涉到故事层次上，涉及诗人对失去的异国恋人最初的爱，它出现在由于诗人后来的行为发生变化而出现疏远之前。诗人在想象中的感知所产生的回忆过程，始于想象中异国恋人的呼唤，并由它而指引。第八首诗后两句"轻车肥犊金铃响，深院何人弄碧箫"以及第十首前两句"灯飘珠箔玉筝秋，几曲回阑水上楼"中的"碧箫""玉筝"是一种听觉信号，这一信号在诗人心理记忆中作出了反应：诗人回想起那次他手捧菊花乘着肥犊轻车去看望恋人，车子驶近恋人的院落时，便听到一阵悠扬悦耳的箫声从院内传来。接着，在一个秋夜，珠帘内，灯光下，恋人倾情弹奏古筝，如丝如缕地环绕水畔楼头的琴声使漂泊异国的诗人听着听着却不由得悲从中来。这一切可以明确地看作诗人失落的主观感情以及把失去的东西带回生活中的感情的外部投射。对于想象中异国恋人吹箫弹琴的听觉感知，明显地表明受存在的不安全感和情感需求影响的诗人，他的回忆过程是何等强烈。发生在诗人当下的这一想象和感知过程，有两个逆向同时展开：一是热恋时的和谐越来越强地在诗人回忆的当下复现，二是当诗人重温过去的美景烟消云散后再度回到当下时的倍感凄凉。在第六首诗"碧阑干外夜沉沉，斜倚云屏烛影深。看取红酥浑欲滴，凤文双结是同心"中，诗人回忆的是他与异国恋人恋爱生活中最为甜蜜的一幕：碧栏杆外的夜色多么深沉，恋人斜依着云形彩绘的屏风，她的身影在烛光中变得幽深。诗人凝视着她红润柔腻得好像要滴下来的肌肤，把绘有凤凰图饰的带子打成一个同心结以象征两个人永恒的爱情。诗人运用想象，将他与异国恋人的爱情关系描述为共享独有特性并作为独立实体的两个恋人，可以说诗人回忆起这一幕往事时内心是和谐的、幸福的。然而，这种温馨的美景在诗人意识流中很快便烟消云散。在第十二首诗"六幅潇湘曳画裙，灯前兰麝自氤氲。扁舟容与知无计，兵火头陀泪满樽"中，诗人回忆起与异国恋人分手之际的情景及他向恋人倾诉自己对处于战乱中祖国的情感。当时，诗人的恋人正拖着绘有六幅潇湘山水图案的画裙站在灯前，室内弥漫的兰花和麝香的气息从她身上徐徐飘来。这气氛可以说是极其温馨的。但是，诗人觉得与异国恋人一起处于一种类似悠然归隐的、沉湎于个人感情的生活，而对战乱中的祖国却无动于衷，他是办不到的。因此，他决定从日本返回中国，再说两人的异国之恋也是不可能幸福的。对此，作为行脚僧，诗人簌簌落泪掉进面前的酒杯。诗人这一情感的变化过程体现在第十四首诗中："蝉翼轻纱束细腰，远山眉黛不能描。谁知词客蓬山里，烟雨楼台梦六朝。"从诗中可以看出，诗人的恋人细腰束着薄似蝉翼的轻纱，描着远山般青翠的黛眉，住在蓬莱仙境般的房屋，恋人的妩媚与其居所的舒适也留不住诗人回祖国之心。从诗人离去而失去异国恋人开始，诗人与异国恋人关系的这一阶段，便移向随着时间流逝而出现的疏远，再到诗人对他们最初爱情的和谐美满的怀念。诗人从日本回国后对异国恋人的怀念之情在第十九首诗中表露无遗："兰蕙芬芳总负伊，并肩携手纳凉时。旧厢风月重相忆，十指纤纤擘荔枝。"从诗中可以看出，即使异国恋人有着兰花蕙草那样芬芳的气息，诗人还是辜负了她的一片深情厚谊。如今，两人天各一方，昔日两人在厢房并肩纳凉时，恋人纤纤素手剥开荔枝大家一起品尝的温馨情景，让诗人无限留恋。

《东居杂诗十九首》组诗将回忆与想象中异国恋人的呼唤，将过去变为现在的反向时间顺序和想象过程，被自由幻想的感知过程所取代。这十九首诗将诗人与他的恋人之间无望、无奈、令人荡气回肠的爱情悲剧艺术地表现出来，这些让人回味无穷的诗篇在《东居杂诗十九首》的阅读语境中至关重要，而几乎每一首诗都可以独立成章，作为单独的抒情诗欣赏。

二

《本事诗十首》（1909 年）

一

无量春愁无量恨，
一时都向指间鸣。
我亦艰难多病日，
哪堪重听八云筝。

二

丈室番茶手自煎，
语深香冷涕潸然。
生身阿母无情甚，
为向摩耶问夙缘。

三

丹顿拜伦是我师，
才如江海命如丝。
朱弦休为佳人绝，
孤愤酸情欲语谁。

四

慵妆高阁鸣筝坐，
羞为他人工笑颦。
镇日欢场忙不了，
万家歌舞一闲身。

五

桃腮檀口坐吹笙，

春水难量旧恨盈。
华严瀑布高千尺，
未及卿卿爱我情。

六

乌舍凌波肌似雪，
亲持红叶索题诗。
还卿一钵无情泪，
恨不相逢未剃时！

七

相怜病骨轻于蝶，
梦入罗浮万里云。
赠尔多情诗一卷，
他年重检石榴裙。

八

碧玉莫愁身世贱，
同乡仙子独销魂。
袈裟点点疑樱瓣，
半是脂痕半泪痕。

九

春雨楼头尺八箫，
何时归看浙江潮？
芒鞋破钵无人识，
踏过樱花第几桥。

十

九年面壁成空相，
持锡归来悔晤卿。
我本负人今已矣，
任他人作乐中筝。

现代著名诗人、翻译家柳无忌在《苏曼殊及其友人》中指出："曼殊的《本事诗》十章，全为百助而作。"诗作于 1909 年春，当时苏曼殊正在日本东京，与百助交往密切。现代杰出作家、文学翻译家周瘦鹃在《紫兰花片》中说："（曼殊）久寓扶桑，与彼邦名花百助女（眉）史善，过从綦密，燕子龛中，时着亭亭倩影焉。"苏曼殊因自己出家而自觉对不起百助的深情爱意，于是把内心的感慨寄托在诗中。柳亚子说："学佛与恋爱，正是曼殊一生胸中交战的冰炭。……无怪他的《本事诗》十章内要说'还卿一钵无情泪，恨不相逢未剃时'了。"北宋诗人苏舜钦把诗歌看着与人生相偕："诗之作，与人生偕者也。人函愉乐悲郁之气，必舒于言。"① 因而，这样的情感抒发也就显得最为真实可信，最能打动人，从而引起读者的长久共鸣。可见，在《本事诗十首》中反映出苏曼殊同爱他的女子之间的感情已达到了相当深邃的地步，但由于他已经出家，不可能再同恋人结合，因此在诗中道出诗人无可奈何的怅恨。

《本事诗十首》第一首诗至第三首诗叙述了诗人与异国恋人的身世，以及他们多年压抑的沉痛心情与永远无法实现而又无从摆脱的痛苦的悲哀的爱情生活。即便在这样的环境中生活，我们从第四首诗中读出了诗人的异国恋人的生活态度：她宁可不打扮，不抛头露面，独坐在阁楼上弹古筝，也羞于强颜欢笑去取悦于人。在那寻欢作乐之地，家家户户整日歌舞不休，她宁愿落得清闲。异国恋人对人生的矜持与坚贞，令诗人胸中情愫起伏，赢得了诗人的尊敬，也引起了诗人的思索。诗人觉得尽管旧愁未消新恨起，但这也无法消除两人之间的燃烧恋情，即便是千尺高的华严瀑布也远远比不上他们两人感情之深。当异国恋人学着唐朝韩翠苹"红叶题诗"那样向诗人表白爱情时，诗人因落发为僧不能结亲而报答恋人的只有一钵热泪而已。由此可见，《本事诗十首》潜在的主要脚本可以确定为佛教与爱情。这使我们得以将发生的事情理解为朝向特定目标发展的过程。然而，脚本表现的示例却明显偏离了这一图示，因为世俗的要素取代了宗教脚本的要素。能够证明诗人与异国恋人之爱的正当性的是这样一些非凡的东西：发生在两人生命中的爱情奇迹，他们为爱而献身，这使他们成为可与佛教殉教者相比的殉情者，他们创造奇迹并为爱情信仰献身。

在《本事诗十首》第八首诗"碧玉莫愁身世贱，同乡仙子独销魂。裂

---

① 苏舜钦：《苏舜钦集》，中华书局 1961 年版，第 192 页。

裾点点疑樱瓣，半是脂痕半泪痕"中，与对诗人和他的异国恋人的爱情表示反对的读者不同，未来的情人们和读者将有可能打算以赞同的方式来讲述诗人和异国恋人的爱情故事。在这一未来的叙事中，这对诗人和异国恋人的行为被作为一个脚本，他们成为读者可以在其中模塑自己作为情人的典范。在《本事诗十首》组诗中，我们发现两个变化的状态。第一个变化涉及爱情的社会主题，诗歌中的诗人和他的异国恋人经历了初恋时的和谐，因为他们造就了一个仅仅只有他们相互存在的世界。然而，读者却发现在诗人和他的异国恋人面临一个更难被接受的环境，他们存在着更大的压力去为自己辩护，因为爱情对诗人和他的异国恋人来说意味着与世俗的争斗。第二个变化发生在诗人和他的异国恋人身上，这关系到他们相互代表世界的方式，或者制造一个属于他们自己的世界的方式。这样，两个世界形成了对照：一个是宏观世界，在这里我们可以以读者作为代表；另一个是爱情的微观世界，它的核心关注点是情感的需求。诗人创作了他爱情故事的梗概，并将它置于未来的读者的嘴里。在这当中，诗人和他的异国恋人吸取了世界的灵魂，彼此之间有能力看到整个世界，而不仅只是它的一部分，这意味着在诗人眼中，诗人和他的异国恋人的世界不再是开初所表现的一个不完整的世界。而在读者眼里，诗人表现出来的自主爱情是值得商榷的，或只是成为一个他所声称的爱情构建。即便诗人和他的异国恋人相互处于一个自我包含的世界中，他们依然需要依赖客观世界，只有将他们自己置于宏观世界的关系中，他们才有可能存在于他们相互依存的世界中。爱情是一种艺术，它按照自己的规则行事，但它总在这个世界中出现，在并不需要确定它的环境中出现，尽管如此，爱情还是有赖于宏观世界的关系。

在《本事诗十首》组诗中，诗人表现了对他自己爱情故事的结构和类型的理解。诗人向他心爱的异国恋人叙说，以说服她践行他所喜好的那种爱情方式。因而，诗中深思熟虑地借叙事而展开诗人与他心爱的人之间具有不同时空特征、意味着被实现的不可能性的不同爱情的叙述变体。第一种是假设和虚幻的："相怜病骨轻于蝶，梦入罗浮万里云。赠尔多情书一卷，他年重检石榴裙。"（第七首诗）在频密的交往中，诗人和他的恋人都被热烈的爱情和生活中的种种苦恼弄得形容憔悴，消瘦得与蝴蝶一样轻飘飘的，由此诗人联想到两人倘若能飞往万里之外的故乡广东罗浮山安逸生活下来那该多好。可是，他们却无法生活在一起，诗人遂以梵文诗剧《沙恭达罗》赠给他的恋人作为纪念，他希望在未来的日子里，他的恋人开箱检视衣物时看到这本书后能够回忆起他。第二种是真实而且设定在未来："春雨楼头尺八箫，何时归看浙江潮？芒鞋破钵无人识，踏过樱花第几桥。"（第九首诗）诗人决心离开异国恋人而去。一座小楼头时里有人用尺八箫吹奏一曲《春雨》，圆润、柔美、深沉、缠绵不绝如缕的箫声透过迷蒙的雨幕隐约传来。无人认识的出家诗人穿着芒鞋，手捧破钵，穿过樱花林，从一座小桥走过另一座小桥，这样生活状态并没有减弱诗人"何时归看浙江潮"的意志。第三种则是势在必行的，就在眼前："九年面壁成空相，持锡归来悔晤卿。我本负人今已矣，任他人作乐中筝。"（第十首诗）诗人多年面壁静修参禅，今日手持锡杖归来遇到一位女子，虽然难以自持，但是他后悔自己曾是负情之人，要回到从前是办不到了，只好任凭别人去接近弹筝女子从中作乐了。这一无奈使诗人能够从读者那里获得怜悯与支持。

在《本事诗十首》组诗中，发生的事件是诗人与他爱着的女子处在一个一切都受时间支配、一切都短暂即逝的世界中。发生的各种事情包括诗人与女子彼此之间对爱情的渴望，诗人对恋人坚持不懈地恳求，以让他得以实现对她的爱；而恋人同样出于明显的对他的深爱接受了这些请求，充分地分享他的爱。两人之间的情欲交融在第八首诗"袈裟点点疑樱瓣，半是脂痕半泪痕"中体现得淋漓尽致，两个恋人打破原先的沉默，彼此之间都能真正感受到热恋的激情，他们共享的欲望得到短暂实现，这应该是导向两人的共同想法，相互间欲望的力量在于其背后的呼唤：将被动弃置一旁，让被动给行动让位，这与诗人先前情欲实现的延迟形成明显的对照："我亦艰难多病日，那堪重听八云筝。"《本事诗十首》第一首诗中这一叙说所指涉的是诗人体弱多病倍感痛苦和有限的存在，用以突出他缺乏情欲实现的可能，但在情欲强烈的驱动下一切都有反转的可能，例如，苏曼殊《寄调筝人三首》第三首诗中的"偷尝天女唇中露"结合了语义强度的含义与明显的性的隐含意义，爱情的实现在这里具有明确的意图，"偷尝"给人一种强烈、热情和挤压的感觉，突出了力量与情欲的强度。《本事诗十首》第八首诗前两句"碧玉莫愁身世贱，同乡仙子独销魂"中的"同乡"，是诗人说他出生在日本横滨，身上有日本人的血液，从血缘关系上诗人与恋人是同乡，因此，他安慰她千万不要因为自己出身卑贱而感到抬不起头。"销魂"就是诗人听完恋人的叙述后灵魂受到震撼，受到深度的感动，这是人生中非常宝贵的瞬间。于是，哪怕诗人身披袈裟，在情动之下他也要毫无顾忌地拥吻她，袈裟上点点樱花般的水痕一半正是拥抱恋人时沾染恋人的胭脂，一半则是诗人感动、怜悯的泪水。情人的胭脂与泪痕印在一袭袈裟上，他们拥抱相爱的情景交融隐约可见。这一切足见诗人要求读者理解他的爱情，诗人表明爱情在这里更为确切地说就是一个男子对一个特定女子的性欲。爱情是孤立的，它不过就是两个人之间一种从根本上说来受到道德准则制约的自足关系，是由时代和文化所决定的。《本事诗十首》组诗的爱情模式是在传统中可以发现的那种典雅爱情，它主要以文学形式而流传下来。在《本事诗十首》这种爱情图式中，现实中情人们结合的可能性被排除在社会或道德的基础上。从这种爱情图式中，我们看到诗人对异国恋人的行为举止是雅致和体贴入微的，诗人能够控制自己的情欲。诗人试图赢得他心仪女子的青睐，赞美她"桃腮檀口坐吹笙""乌舍凌波肌似雪"（通常借助于诗人的诗歌），并满怀希冀，而她则社会地位卑微，即便她体态优雅与道德完美，但她从道德上的理智出发拒斥他诱惑的意图，并在这一过程中从未表达她自身爱恋的情感。这种爱情图式将作为原则问题的爱情的实现拒之门外，从而使诗人所渴望的这种事件绝无可能出现。从另一个角度来说，这也意味着它增加了任何可能出现并得以实现的潜在的事件性，即她向诗人表达爱情"亲持红叶索题诗"。诗人可能反思他自己当前的出家人身份，在与恋人拥吻之后从而达到一种自我约束和克制（这打破了爱情的自然秉性），或者这种爱情图式可能在诗歌呈现层次上，也就是说在故事层次的方式上发生预料不到的变化。然而，引人注目的是，诗人并未遵循这些传统的常规路径。相反，他通过坚持爱情的现实，完全反对传统的爱情观。从而，诗人与他的恋人被安排在与传统的爱情非对称的位置上，即他们突破世俗爱情与佛教之间的清规戒律。

《本事诗十首》组诗中的一些诗歌从某种悖论开始。从想象或是回忆开始写作，这只能是从再现的汇流开始写作，它让我们看到的想象乃是过渡到他者、过渡到任何他者、这个通过该汇流而呈现为某种整体的他者：这个永远已经开始的故事。这还是最贴近已经给出的东西，以某种紧扣字面意义的方式写出这个诗歌故事。但是，这意味着诗人言说该汇流、这个整体、这个诗歌故事的近似之物，意味着《本事诗十首》组诗把关于整体的见解既转向某种纯粹的换喻游戏，后者呈现为时间的联结，又转向某种提喻游戏——这个想象整体可以解读为显现诗歌本身的一部分。关于共同场域的游戏乃是明显的关于某种去个性化的游戏，按照交际（世俗爱情与佛教之间的清规戒律）两个极颠倒的程序，它也是有关该共同场域之元再现的游戏。对字面意义的拘泥排除对《本事诗十首》组诗某种严谨编码的搁置——由此人们再次回到换喻和提喻游戏。它意味着在这里显现为想象、显现为已经开始的与天使或魔鬼的斗争的诗歌媒介，已经被象形到描画绝对关联之某种方式和任何关联之不可能性的程度，任何诗与它所显示的整体一样，都被独特地借用，只有在这种过渡到界限的见解和对上述过渡的限制意义上，它才是关联和场域。——对《本事诗十首》组诗种种无限可能性的承认乃是对种种共同场域的承认，这种承认也是对元再现所意味的种种界限的承认。同时，也意味着《本事诗十首》组诗似真性不应该与真实对立，即让元再现的问题处于开放状态。《本事诗十首》组诗的叙述者明显以诗人的形象出现时，以一个过着平常生活的普通人出现时，表述着他在其内部写作的种种界限和他所书写的各种模式、场域，此即明确选择共同场域及其整体，这也是对诗人之语词、对这些日子的语词的选择。在那里，这些界限和这些模式所意味的展现编码的不确定性开始了，而《本事诗十首》组诗甚至不表述过渡到这些界限的幻觉。《本事诗十首》组诗元再现之贴切性的可能性和元再现之贴切性的不可能性，也是现当代文学的特点。

在《本事诗十首》组诗中，诗人与他的恋人对爱情是十分赞许的，他们对性欲的主动享受突破了传统的爱情观念。呈现在《本事诗十首》中的故事可以理解为既隐含失败同时也是解决问题的成功过程。诗人面临的佛心与情爱冲突上升了，他因为出家缘故导致他的爱情很难被世人接受，也因为诗人渴望的世界与主宰着这个世界的规范之间存在着矛盾。尽管诗人能够实现与他所爱的人的爱情，但他却不能赢得公众的认可，不能让公众接受他的爱情。面临爱情不被接受的问题，他在现实中对它作出了反应，通过他的讲述试图说服不接受者甚至诋毁者接受他的爱情。然而，对于这一问题的实际解决却被他置于想象中的未来中。在诗人所设想的未来，他的爱情可以载入圣者名册，可以接受并成为其他情侣的典范，他成功地使人们对他的爱情纪念永远活在他的诗歌中，在诗人巧妙地运用他的智慧和构思时，表明他自己也意识到了这一点，他转向未来的佛教后却将他的爱情列入记载这一明显戏谑的方式，使他现在赋予自己情人的角色获得了成功，也使他可以显示他的爱并表明他采取的相应行动。

三

《无题八首》（1913 年）

一

绿窗新柳玉台傍，
臂上微闻菽乳香。
毕竟美人知爱国，
自将银管学南唐。

二

软红帘动月轮西，
冰作阑干玉作梯。
寄语麻姑要珍重，
凤楼迢递燕应迷。

三

水晶帘卷一灯昏，
寂对河山叩国魂。
只是银莺羞不语，
恐防重惹旧啼痕。

四

空言少据定难猜，
欲把明珠寄上才。
闻到别来餐事减，
晚妆犹待小鬟催。

五

绮陌春寒压马嘶，
落红狼藉印苔泥。

庄词珍贶无由报，

此别愁眉又复低。

六

棠梨无限忆秋千，

杨柳腰肢最可怜。

纵使有情还有泪，

漫从人海说人天。

七

罗幕春残欲暮天，

四山风雨总缠绵。

分明化石心难定，

多谢云娘十幅笺。

八

星裁环佩月裁珰，

一夜秋寒掩洞房。

莫道横塘风露冷，

残荷犹自盖鸳鸯。

在《无题八首》组诗中，相续的叙述序列中叙事的出发点都落脚在诗人从根本上对传统爱情那种惯常脚本的不满，以及他渴望制定并实现一种遵循不同路径的爱情。但是，在短小的诗歌中要大幅度地展开诗人对特定对象的情感表达或抒发，自然会有诸多限制，然而，"抒情人仍然可以在极为短暂的时间过程中，以与时间不成比例的篇幅叙说引起抒情人刻骨铭心的情感与事端，从而在极为有限的时间中表现出叙说与情感表达的延缓"①。特别是，出现在诗歌中对于未来的预述，由于往往与刻骨铭心的追忆或与诗人创作之时的强烈情感联系在一起，因而，《无题八首》组诗同样能够激荡起人们的缕缕情思。

---

① 谭君强：《时间与抒情诗的叙述时间》，引自乔国强《中西叙事理论研究》，上海外语教育出版社 2019 年版，第 197 页。

　　第一首诗与传统爱情的脚本和欲望序列最为契合，它表现了对美的赞赏、对不幸的拒斥与哀叹，诗中表示："绿窗新柳玉台傍，臂上犹闻荻乳香。毕竟美人知爱国，自将银管学南唐。"从视觉角度看，映入我们眼帘的是绿窗新柳，诗人心仪的恋人坐在玉饰的镜台旁；从嗅觉角度看，向我们扑鼻而来的是诗人的恋人臂上散发出的鲜嫩豆腐的豆浆清香。然而，难能可贵的是诗人心中的这位美丽恋人的爱国之情，在国难当头，她像当年的南唐乐工一样拒绝演奏。在这里，这一叙事是在一种非现实的状况下被提及的，这意味着即便传统爱情故事的复现也带有一种肯定性的腔调。诗人接受这一进程的发展，并在第三首诗中明确地对它作出积极的评价："水晶帘卷一灯昏，寂对河山叩国魂"，诗人与他的恋人坐在水晶帘卷下，面向一盏光线暗淡的灯，两人相对无言，在祖国大好河山陷入灾难之际，他们仍然没有丢掉国家民族的精神气节，诗歌显示出诗人内心不泯的壮志豪情与悠悠思绪。对此情感，法国作家普鲁斯特曾有过这样的表述："找到与我们此时要表达的思想、感受、艺术功力完全相同的先已存在的回忆，这让我们感到喜悦，就像是一处处路途指点我们不会迷失方向。"[1]《无题八首》第一首诗通过将现实的（熟悉的）空间与时间的无穷延伸，诗人含蓄地表现出对个人爱情在国难当头的无奈与警醒。在这首诗中，元再现信号是其频频发射的光点，它们闪闪烁烁，令人神往。当一个话语的主题是语言，该话语就是元语言；当一个话语的主题是思想或情感的再现，该话语就是元再现。阅读这首诗时，我们可以探查到苏曼殊写诗过程中启用元再现的策略，诗歌中一个特定的意象可能会提及其他一些意象，它会对诗歌叙述者或受述者予以评价，或者它可以讨论叙述行为本身，也可以提到组成它的与传达的那些因素。《无题八首》呈现出自涉性特点实际上构成了元再现。在《无题八首》这些诗歌中，我们发现发话人发送一个信息给受话人，为了有效，信息需要指涉一个语境，它能够为受话人所捕捉，它是言语的，或者是能够被言语化的，这里需要一个符码，它完全地或至少是部分地为发话人与受话人所共享；最后，它还需要一个交际，即发话人与受话人之间的物理通道与心理联系，它使双方都能进入交流并保持交流。细读《无题八首》，读者会发现有的诗的言语行为主要被定向于指示对象或语境，它就具有基本的指示功能；有的诗聚焦发话人并表达它对自己所说的话的态度，它就具有情感功能；有的诗集中于受话人，它就具有意动功能。我认为，《无题八首》的一个言语行为也可以以交际为首

---

① ［法］普鲁斯特：《驳圣伯夫》，王道乾译，上海译文出版社 2007 年版，第 254 页。

要目标。例如，它可被用于检查通道是否工作和延续交流，在这种情况下它主要有一种应酬功能；它也可以为了信息自身的目的而聚焦于信息，并把读者的注意力引到其书写、措辞、语法、结构等方面，它在此履行的是一种所谓的诗学功能；最后，它还可以被定向于符码并传达关于它的信息，在这里它履行的是元语言功能。毫无疑问，《无题八首》明显走向元再现、贴切性的通常直觉，并展示了它们。苏曼殊由此而安置了《无题八首》布局论证的任意性问题、该诗所蕴含的元再现问题、它的贴切性问题。苏曼殊把《无题八首》的修辞时刻变成了把整体形象记入诗语的手段，这种形象可以是共同场域提供的形象，但是苏曼殊通过蕴含元再现的游戏来限制这种形象。苏曼殊不把这种游戏变成可能成为某种退化的游戏，而是变成某种根据共同性之浮现基础的游戏，这种浮现基础可以是任何现实、任何言语、任何生存经验。《无题八首》这些诗歌由此而与诗歌权力的合理性和歧义性继续发展，诗中交际一极的颠倒只是未来想象与游戏的形象。

诗人确定他与恋人只能相爱而不能结为夫妻，分手后两人之间在空间上的分隔尤为显著：一是"闻到别来餐事减，晚妆犹待小鬟催"，"闻到"也就是诗人听说恋人在分手后心情郁闷不乐，吃饭少了，也没有心情进行梳妆，这一消息让诗人心里很不好过；二是"庄辞珍贶无由报，此别愁眉又复低""分明化石心难定，多谢云娘十幅笺"，这几句诗叙述诗人与恋人分手后的情感起伏变化，他常想起分别之际恋人对他叮嘱的那些美好庄重的话语，恋人厚赠他的纪念礼物，他却因无从报答而满面愁容地别去。由于诗人没有结亲成家之意，恋人决定另找归宿，并以书信的方式告诉诗人这一信息。读了恋人的告别信，诗人游移难定的心如化石般踏实了。尽管如此，与恋人分手后内心生起的忧愁情绪总是缠绕着诗人。诗人与他的恋人的爱情与时间和空间的过度延伸之间的对立产生了一种戏剧性的效果，并以一种善意的讽刺的调子呈现在我们面前：诗人向他的恋人强调他只能和她谈情说爱，但就是不能结婚，因为他作为一个出家人不能满足结婚这个特定的条件，因此他为自己辜负她的情爱而内心常会出现强烈的自责。像任何言语行为一样，《无题八首》事实上也是和所有的意义阐述过程一样，其叙事用同样的要素加以描述。这样，如果《无题八首》的特定部分关乎叙述者及其对诗人所叙述之事的态度，我们就可以说《无题八首》具有某种情感功能；如果它们集中于受述者，我们就可以说它们具有某种应酬功能；如果它们被聚焦于叙事的符码，我们就可以说它们首先履行的是元语言功能。换个说法，一个给定意象的元再现成分并不是由任一或所有指涉那一意象或其组成部分的段落构成，也不应该把它们与自指涉成分混淆。毋宁说，它们是由那些明确指涉其符码、元再现信号的段落构成的。但它们最显著和最重要的功能也许在于其组织和阐释功能。毕竟，元再现信号是对《无题八首》诗歌中各部分及潜在于其下的符码的注解。至少在一定程度上，它们提出了一套规范与限制，《无题八首》诗歌根据这些规范与限制展开自身，并产生意义，它们为它的解读提供了示范，它们提出一个解码方案。换言之，它们部分地展示了一个给定意象如何才能破解，应该如何理解，它期望被如何理解。阅读《无题八首》诗歌并理解它，暗含着在几个符码意义上组织和阐释它。元再现信号为我们部分地做这一工作。如果缺少了它们，就需要由我们来决定一个给定《无题八首》诗歌段落的各种各样的内涵、一个给定《无题八首》诗歌事件的象征意义、一个给定状态的阐释功能，等等。元再现信号一方面帮助我们以一定方式理解《无题八首》诗歌；另一方面，它们以此种方式来理解《无题八首》诗歌。于是，它们就构成了《无题八首》诗歌对于这样一个问题的回答：苏曼殊，我们该怎样诠释你？

对于失去恋人的诗人而言，"棠梨无限忆秋千，杨柳腰肢最可怜"可以说是他缱绻之心怀的写照：昔日，在棠梨树下恋人荡秋千的情景，反复出现在诗人的记忆中，特别是恋人那迷人的杨柳腰让诗人刻骨铭心。然而，国难当头，时局动荡不安，诗人觉得即使两个人感情再怎样炽热，又怎能厮守永不分离呢？一切不幸都难以预测。对此，诗人几乎带着自嘲语调说"莫道横塘风露冷，残荷犹自盖鸳鸯"，不要说水塘的风和露有多冷，鸳鸯尚且能成双成对地在残荷的遮蔽下栖息一起抵御着寒冷，而诗人觉得自己与恋人还不如一对鸳鸯，更自责因为自己的离去而使恋人孤零零一个人。这种出现在诗歌中对过往的追述，往往是诗人对难以忘情的过去出自内心的回顾，因而读者阅读这些动情之诗句而产生伤感的感受是十分自然的。这些诗句彰显苏曼殊诗歌的话语通过呼吸表现内在的能量。作为诗人，苏曼殊是敏感的他者，为表达处在首要地位的感受而发声。有时，你会发现苏曼殊的诗歌追求的即便不再是普通的语言，那么至少也应该是真实的语言。苏曼殊找到自己的声音，将自我经历转化成语言，他好像告诉你说，历来写作诗歌的全部问题，就是让诗歌描写你找到的真实生活。

在诗歌场景中，故事时间的跨度和文本时间跨度大体上是相当的，也就是说话语时间与故事时间是相等的。"在抒情诗中，一花一世界，任何外物的触发或内心情感的喷涌，皆可形成与叙事文本中类似的戏剧性情节，并在有限的诗行中独立成篇，形成具有整体意义的情感抒发，使读者获得完整的审美体验，因而它无须像叙事文本中那样，需要与概要相协调，以形成节奏，而完全可以透过场景的展现独立成篇，形成自身内在的节奏。"① 比如，《无题八首》中"绮陌春寒压马嘶，落红狼藉印苔泥"这类有关场景描写性的诗歌在苏曼殊诗中大量存在，诗人集注于对对象的描写，同时诗人也置身其中，透过对客观对象的描述而透露诗人的情感，全似一幅静态的画而出：初春，诗人行走在风景美丽的郊野道路上，隐约听到马叫，只见苔藓滋生的路面上落花被马蹄踏碎如泥，留下一片狼藉。这种支离破碎的场景，触发诗人的情感，不由得感叹一声："庄词珍贶无由报，此别愁眉又复低。"此时，诗人已经由眼前凄惨的场景转入内心对自己有负于恋人的追问。对此，学者董乃斌说："诗歌的叙述既可讲述身外的物态事情、时空转换，也可表白个人复杂多变的内心情感，更常常是二者交融或二者交替出现。在我们看来，讲述身外物态事情的属于叙事，讲述个人内心情感的便是抒情。叙述不等于叙事，叙事和抒情也不存在绝对界限，而是常常互渗互动。在诗中，抒情和叙事既各有自己的职能功效，又如此不可分割地联系在一起。"②

　　就技巧的本质而言，《无题八首》组诗同样不对叙事中的阅读动力机制具有免疫力，因为《无题八首》组诗并不一定会使读者或旁观者意识到自己作为读者的角色，而这种自我意识也不可能仅仅因为视觉化地呈现诗歌中各种的经历而被拭除。在《无题八首》组诗中插入"毕竟美人知爱国，自将银管学南唐"这样带有阐释性注解的诗句有助于我们这个时代的读者与具有明显异质性的素材达成和谐，也就是说《无题八首》组诗的阐释学介入成效显著，使得读者能够透过多样化的不协调的历史和意识形态视角发现一种连续性，从而被读者吸收。《无题八首》组诗能够吸引读者注意力的一个途径就是借助于诗的各种要素的统一：每一个要素的因果必然性与关系格外醒目地在顷刻之间显现出来。阅读《无题八首》组诗时，读者会发现这部组诗将动态机制的力量协调起来：情感抓住了一些外部情景或行为，从而将后者完整地带入脑海之中，漩涡将它彻底清洗，只保留基本的或者主导性的戏剧化品质，而它又以外部的原初的姿态再次出现。另外，《无题八首》组诗将读者吸引至某种非静态的事物，要做到这一点需要某种奇异的惊人的东西，无论是波涛肆意奔涌还是形如脉冲，它都能很好地做到如闪电的旋律。而这种

---

① 谭君强：《时间与抒情诗的叙述时间》，引自乔国强《中西叙事理论研究》，上海外语教育出版社 2019 年版，第 198 页。

② 董乃斌：《关于中国诗歌叙事及其传统》，引自乔国强《中西叙事理论研究》，上海外语教育出版社 2019 年版，第 207 页。

奇异的惊人的东西将随着时间的流逝和在诗歌被重复中建立起来的熟悉感而销蚀，直至褪去。然而，这并不意味着《无题八首》组诗的有朝一日将会比它在现在更能够被理解，而是说它将会获得人们不同的理解。《无题八首》组诗进展的方式如果无法预测，其节奏从稠密的文字中喷薄而出之前，读者可能会被淹没在令人迷失的诗境之中。这是一个协调问题，但流逝的时间却并不是一个协调者。《无题八首》组诗的社会价值可能在于：它提供机会使读者给自己定好调，以便读者能够听到自己同胞的曲调以及天地的曲调。

　　《无题八首》组诗中人物之间的关系即诗人的身份与恋人的身份是不对称的。当两人初恋的热烈延伸到未来时，可能的事件即他们爱情的实现却因诗人的僧人身份被无限期推迟，对作为世俗之女的恋人来说眼看就要收获的爱情从而显得遥不可及。在组诗结尾时甚至不再提到爱情，而在其位置的终点上诗人放弃身体的满足而赞美道德的完美。从而，组诗不再提供一个确定的结果，既无事件又无转折点。诗人叙说了一个假设的爱情故事，这个故事只有在某种明显非现实的状况下才是可能与可被接受的。《无题八首》组诗中的诗人与主人公相认同，因而是自身叙事。诗人借助叙述的诗歌语言行为，带着驱使他们的爱情故事进入文本外的世界的意图，叙说了诸多发生之事。通过在诗人心爱的人面前设置爱情故事的几种可能的形式，诗人希望心仪的恋人接受那个他所爱的故事形式中归之于她的角色，从而引导故事向他所希望的方向发展。总之，《无题八首》组诗将诗人与他的恋人从相识、互相吸引、彼此深入了解、相爱以及最终不能结婚而各分东西到最后诗人怀念的整个过程组成一个完整的叙事故事，叙述自然、平静、舒展，诗意起伏，感情缠绵，读后令人久久回味。

后　　记

　　《叩问与超越：苏曼殊文艺创作研究》两易其稿终于完成了。在探访苏曼殊文学作品的途中，我充满了好奇、惊叹与发现，我感受到他炽热的光芒。

　　在执笔拟写这一后记的时候，我总想先表述一下难以确切表述的难产作者的心境：既像一名长跑运动员，经过漫长的赛程而到达终点，长长地舒了一口气，顿有轻快之感；又像一名应考生，经过埋头笔试，勉强交出了一份答卷，但时有忐忑之虑；还像一名探索者，经过艰苦跋涉，初步完成了预定的计划，取得了些微的收获，回顾一路上好人的关照和指津，内心充满感激之情。

　　倾情专注写作《叩问与超越：苏曼殊文艺创作研究》时，我才真正开启阅读中国近代文学作品、中国古典文学及其文论之旅，之前它们仅仅以公共课的形式出现在新闻系的课程中。这次关于苏曼殊小说、诗歌研究的写作实践，有意识地通览中国近代文学作品、中国古典文学及其文论，于我而言是一大收获。特别是苏曼殊绝句中的对等意象、典故相当庞杂，为了进一步更好地解读它们，我将它们置于认知语言学、中国诗学与日本诗学比较之中进行观照，同时，我将苏曼殊三部爱情组诗纳入叙事学轨道加以分析，这些都是前人研究苏曼殊文学时未曾触及的地带，也是我的研究与前人研究存在着差异的地方。

　　在研究苏曼殊小说方面，我尽量避开前人研究过的第一人称叙述、抒情小说等领域，我进入苏曼殊小说世界的路径是后现代精神分析、因果解构、读者反应、批评与新批评、文学地理学，我的理想是从多学科理论视角来看待苏曼殊小说。这或许是成功的，或许是失败的，但终究这是一个不错的新的尝试。

　　在这里，我要特别感谢中山大学出版社编辑为我指点迷津，教我学会了学术的规范化。

　　在这里，我要特别感谢王洪琛教授的鼓励与支持。

在这里，我要特别感谢张小慧老师的关心与督导。

恳乞方家，我在书写中引用与参考之观点难免遗漏注释，请多予见谅与赐教！鞭策我莫再缠身于事务，勿忘长进！

韦　驰

2022 年 5 月 15 日于板樟山脚下